IO NON SONO NESSUNO

LA LEGGENDA
DELL'ULTIMO MAORI

Se la razza umana si riducesse a sole due persone,
sono convinto che prima o poi…
Anche loro riuscirebbero a trovare il pretesto per farsi la guerra.
L'atrocità della guerra non è la morte di uno dei due contendenti,
ma la capacità di togliergli la speranza lasciandolo in vita.
Così che ogni giorno possa soffrire e soddisfare l'appetito di magnificenza che
ognuno di noi porta nel cuore.

Federico Garavelli.

CAPITOLO PRIMO

Inghilterra 1830, abitazione William Hobson.

Il signor Hobson sedeva come sua consuetudine dinanzi al camino che emanava un dolce calore mentre sorseggiava da un grosso calice di cristallo il brandy migliore della Gran Bretagna.
La sua famiglia era tra le più importanti del regno e suo padre avvocato, attraverso le sue conoscenze altolocate, era riuscito a inserirlo a soli sedici anni nella Royal Navy.
William Hobson era un ottimo soldato ed esploratore, non conosceva la paura ed era fermamente convinto delle sue capacità.
Erano mesi che aspettava una lettera particolarmente importante e quel plumbeo giorno di novembre un giovane ragazzo bussò alla sua porta.
La servitù lo accolse in casa, il ragazzo tremava per il freddo, la pioggia lo aveva inzuppato da capo a piedi e l'unica cosa che non lo aveva fatto desistere, era la ricompensa che pensava di essersi meritato.
Il ragazzo passò una busta rilegata e sigillata dalla cera nelle mani di Hobson, il quale gliela strappò di mano prima che s'infradiciasse d'acqua.
Con un taglia carte spezzò lo spago e con cautela aprì la busta, il foglio finemente scritto da una lunga penna d'oca reclamava il suo indispensabile aiuto e un brivido gli percorse la schiena.
I suoi occhi s'illuminarono come il fuoco che ardeva alle sue spalle e un tremolio della mano tradì il suo portamento rigido come una verga d'acciaio.
<<Signore, se non le serve altro mi congedo>>. Sussurrò il ragazzo.
<<Allora che aspetti, vattene>>.
<<Va bene signore, ma non avrebbe una piccola ricompensa? Mi sono fatto due miglia sotto l'acqua e al gelo per portargliela di persona>>.
William Hobson ammiccò un sorriso, si avvicinò al giovane ragazzo e accarezzandolo sulla testa gli rifilò un ceffone così forte da fargli perdere l'equilibrio.
<< A un gentiluomo non si chiedono soldi, impara l'educazione>>. Sbottò con foga.
Il giovane ragazzo intimorito da quell'eccesso di violenza arretrò a capo chino e prendendo la porta da dove era entrato, uscì sconsolato e amareggiato.
Finalmente William Hobson aveva ricevuto l'incarico più importante della sua vita, lo aspettava con fervore da anni e quasi aveva rinunciato all'impresa che lo avrebbe reso celebre nel mondo e immortale sui libri di storia.

3

Sedendosi nuovamente sulla sua poltrona si fece versare altro brandy nel calice di cristallo e, osservando le fiamme che ardevano, un sogghigno gli trasformò il volto.

NEW YORK.

La perfezione della stanza lasciava intuire una certa ostilità verso il disordine. Ogni oggetto era sistemato con cura maniacale, alla ricerca di una perfezione impossibile da trovare.

Una bellissima scrivania in mogano, elegantemente intagliata, portava con disinvoltura i pochi articoli sulla sua superficie: pochi fogli sporchi d'inchiostro, un computer portatile e un inutile porta biro fatto da mani di un figlio inesperto.

L'enorme tappeto che ricopriva gran parte dello studio riusciva ad avvolgere con dolcezza qualsiasi piede gli si fosse appoggiato e, molto probabilmente, non era stato messo lì per semplice fato.

I muri bianco latte, dipinti da poco, emanavano nell'aria l'odore acre ma allo stesso tempo piacevole della vernice fresca. Nell'aria si poteva assaporare una fragranza di agrumi dedita a nascondere quell'impercettibile molecola chimica di cui era impregnato il muro.

I quadri erano delle riproduzioni di pittori famosi, per lo più contemporanei. Una enorme sveglia di forma circolare scandiva con assoluta perfezione il suo incessabile ticchettio.

Sapevo bene che quella sveglia al centro del muro che mi stava di fronte aveva lo scopo subliminale di farmi capire che ogni minuto era sinonimo di denaro, ma ciò nonostante preferivo starmene seduto nella comoda poltrona senza proferire parola.

Dall'altro lato della scrivania sedeva una bella donna, sempre vestita dalle griffe più importanti e costose. L'età correva sul filo della quarantina, ma qualche intervento estetico di botulino e una quantità impressionante di creme anti età la mantenevano relativamente fresca.

La bella donna teneva appoggiata una mano al viso e annoiata mi guardava, incapace di trovare un discorso anche banale.

Quando scoccò il termine della seduta, la signora si alzò in piedi e accompagnandomi alla porta mi pervase di complimenti e con essi una parcella da trecento dollari.

In men che non si dica mi trovai fuori dall'ufficio senza nemmeno accorgermene, con un foglietto in mano che mi derubava di un quarto dello stipendio da fame che percepivo.

Senza troppi ripensamenti misi la piccola fattura nella tasca dei jeans consumati e ridacchiando uscii dall'imponente edificio per recarmi alla mia automobile.

Quando arrivai in prossimità della Ford Taunus, vidi un secondo foglietto ben incastrato nel tergicristallo posteriore. Speravo fosse una delle tante pubblicità, ma quando fui abbastanza vicino, mi accorsi di aver preso l'ennesima multa per divieto di sosta.

Con diplomazia mi sedetti sul cofano, presi il pacchetto di Marlboro e sfilando una sigaretta assaporai a pieni polmoni il disgustoso sapore di nicotina.

La primavera a New York era in anticipo e un dolce vento caldo spirava tra gli enormi grattacieli rendendo la temperatura mite.

Mi spogliai del giubbino che conservavo solo per le occasioni speciali e sedendomi al posto di guida, intrapresi il viaggio di ritorno verso casa.

Il traffico era sciolto, non vi erano stupide perdite di tempo e questo probabilmente era il primo segno positivo della giornata.

Abitavo fuori città in un piccolo quartiere adiacente alla periferia, ero sicuro che quel quartiere facesse tanti morti quanto il cancro. Una volta la settimana qualcuno moriva assassinato per debiti di droga o chissà per quale motivo. Ma ciò nonostante, nel quartiere ci conoscevamo tutti e le feste di compleanno si svolgevano regolarmente nei piccoli giardini.

Dopo due ore estenuanti di guida arrivai a casa, parcheggiai nel piccolo viottolo e senza girare nessuna chiave nella serratura entrai in quel luogo malsano che chiamavo baracca.

Gli escrementi di gatto erano ovunque e l'odore acido del latte avariato impregnava ogni singolo centimetro quadrato dell'abitazione.

Avevo la giornata libera. L'unico punto positivo della mia misera esistenza era il lavoro, potevo mancare quando volevo e nessuno mi avrebbe detto nulla, perché semplicemente non ero retribuito durante le ore di assenza.

Presi una birra dal frigo e aprendo un voluminoso sacchetto di patatine mi lasciai cadere sul divano ricoperto di polvere. Accesi il televisore e mi scolai gran parte della birra guardando gli inutili canali che andavano in onda durante le ore pomeridiane. Non mi lamentavo della mia vita, quindi mi accontentavo di quel poco che avevo e non sentivo l'esigenza di pretendere di più.

Scolata la terza bottiglia di birra, inghiottii tre pillole di farmaci che mi aveva prescritto la bella signora cui avevo fatto visita nella mattinata e poco a poco mi addormentai in un lungo sonno.

Mi svegliai ristorato il mattino seguente, le pillole che avevo ingurgitato con la modesta quantità d'alcol avevano svolto il loro subdolo compito alla perfezione, amplificando notevolmente la loro capacità di ridurre una persona allo stato vegetativo.

Non sapevo che giorno fosse e non capivo quanto tempo fossi restato sul quel lurido divano a dormire, ero sicuro solo di una cosa, era mattina e dovevo andare a lavorare.

Trascinandomi in bagno notai che la peluria sul viso era accettabile. Lasciai scorrere per qualche istante l'acqua della doccia, quando fu gelida al punto giusto, m'infilai sotto lasciandomi rigenerare da quella magnifica sensazione.

Uscii da casa sgranocchiando un vecchio trancio di pizza dimenticato sotto i giornali da qualche giorno e salendo sulla vecchia Ford mi diressi verso il cantiere, dove prestavo la mia manodopera.

Oltrepassati i vecchi e degradanti quartieri, entrai nella parte più ricca di New York, era la strada che facevo abitualmente, ma quel giorno qualcosa era cambiato.

Quando passai dinanzi al Tequila bar, mi accorsi che non vi era la solita moltitudine di gente snob seduta nei tavolini all'aperto a gustarsi le loro colazioni, ma al contrario un silenzio surreale attanagliava tutta la zona, mentre il lussuoso ritrovo per ricchi era circondato da reporter di varie tv locali.

Senza dargli troppa importanza continuai il mio percorso osservando di tanto in tanto qualche bella ragazza che faceva la corsa mattutina con vertiginosi pantaloncini aderenti e t-shirt quasi inesistenti.

Era quello l'unico scopo di quel tragitto, sapevo di allungare la strada di qualche miglio ma nulla poteva ripagare quelle eteree visioni.

Trascorsi i soliti quarantacinque minuti di monotonia in macchina seguendo code interminabili, arrivai al cantiere navale, parcheggiai l'automobile nell'immenso parcheggio e camminando come un condannato a morte mi diressi sul posto di lavoro.

Il mio compito era il più ripugnante di tutto il cantiere, dovevo ripulire le tubature di scarico dei servizi igienici da qualsiasi cosa li ostruisse. Solitamente su di una nave che vantava oltre ottocento cabine, più della metà avevano bisogno di una controllata. Infilando tuta e guanti raggiunsi il mio posto di lavoro, lì vi trovai un vecchio collega alla soglia del pensionamento.

<< Rellik dov'eri finito? Sei mancato per quasi tre giorni! Gli stronzi replicavano il tuo tocco magico ed io non me la sentivo di smuoverli senza la tua approvazione>>.

Chi pronunciò la simpatica frase fu Maikol Edward Pitterson, un uomo dalle origini sudafricane approdato nel paese della speranza da diverse generazioni.

I capelli crespi e ormai bianchi gli conferivano l'aria del buon vecchio samaritano, infatti da tutti era chiamato scherzosamente zio Pitt per la pancia prominente e la salopette blu che utilizzava da più di vent'anni.

<< E dove vuoi che sia stato? Ho dormito!>> risposi sbadigliando.

<< Rellik io ti considero un buon ragazzo ma in quanto a simpatia fai schifo tanto quanto questo lavoro. Insomma infili il braccio nel tubo sì o no?>> rispose zio Pitt osservandomi divertito mentre infilavo il braccio nell'angusto buco di scarico.

Rigirai svariate volte la mano all'interno del maleodorante tubo che di tanto in tanto vomitava un liquido nero nauseabondo.

Dopo diversi tentativi con una smorfia di disgusto riuscii ad agguantare qualcosa d'indefinito e tirando con forza lo estrassi dal suo lugubre nascondiglio.

<< Allora scommettiamo? Dieci dollari, come al solito zio Pitt!>> lo spronai mentre s'interrogava su cosa tenessi in mano.

<< Va bene, ma io ho due tentativi perché tu hai la possibilità di toccarlo!>> rispose Pitt con uno sguardo ammonitore.

<< Come vuoi, dai spara non posso stare con un braccio nella merda per tutto il giorno!>> esclamai sbuffando.

<< E' un sacchetto di plastica appallottolato o un pannolino!>> suppose Pitt inarcando le sopracciglia.

Con un ultimo sforzo estrassi il disgustoso oggetto che intasava le tubature e, prima che potessi vederlo, diedi la mia risposta << Io dico un assorbente usato!>>.

Appoggiai sul pavimento il fagotto e distribuendolo per bene cercai di focalizzare cosa fosse.

<< Ho vinto Maikol Edward Pitterson, è un assorbente usato! Sgancia i dieci dollari!>> intonai ridacchiando.

<<Ma che dici Rellik, non vedi che è un pannolino per bambini? E poi un assorbente resta sempre un pannolino quindi abbiamo vinto tutti e due!>> incalzò deciso a rivendicare la sua esatta risposta.

Abbozzai uno sguardo severo, ma un sorriso mi sfuggì all'angolo della bocca.

Appoggiando il suo grosso fondoschiena, Pitt si sedette al mio fianco e asciugandosi il sudore dalla fronte con un fazzoletto mi guardò con il classico volto di chi cerca una risposta.

<<Rellik posso farti una domanda?>>

<<Spara, dimmi tutto!>>

<<E' da qualche tempo che volevo chiederti per quale motivo non metti su famiglia, insomma non sei più un ragazzino è tempo di trovarsi una buona moglie e magari sfornare un paio di marmocchi!>>

Maikol Edward Pitterson era un buon uomo di fede, premuroso verso chiunque e in special modo verso di me.

<<Non fa per me Pitt, io sono un cane randagio, vivo alla giornata e non voglio nessun tipo di problema, soprattutto quelli che possono dare i matrimoni falliti con di mezzo i bambini>>. Risposi determinato a far capire al mio compare di non volere nemmeno parlare di quell'argomento.

<<Ascolta Rellik, sono vecchio e qualcosa posso insegnartelo, ti assicuro che un uomo non si può definire tale finché al suo fianco non ha una donna. Ti sembrerà una stronzata, ma credimi se ti dico che la donna ha la capacità di trasformare uno stupido ragazzo in un uomo maturo. E poi non c'è niente di più bello che avere figli, di tanto in tanto ti fanno incazzare, e succhiano soldi peggio di una sanguisuga, senza contare che ti fanno perdere dieci anni per ogni compleanno. Ma alla sera quando rientri a

casa da una giornata schifosa e ti sembra che tutto il mondo ce l'abbia con te, ti rendi conto mentre li guardi dormire che in verità sei il più ricco uomo che esista sulla faccia della terra. Adesso i miei figli sono grandi, la femmina Giuliane è sposata da cinque anni e quando mi porta la mia adorata nipotina mi rendo conto che l'unica cosa buona che ho fatto nella vita è stata proprio fare dei figli>>.

Pitt parlò senza fermarsi, voleva rendermi partecipe della sua felicità e sperava con tutto il suo cuore che capissi il significato profondo di quella chiacchierata.

<<Non saprei cosa dirti Pitt! Un po' t'invidio, tu almeno nella famiglia ti sei realizzato e magari un giorno ci riuscirò anch'io. Sicuramente non ora, ma prima o poi spero di trovare la donna che mi faccia diventare un uomo e magari padre>>.

Cercai di confidarmi con tutta la franchezza che avevo a disposizione e non mi risparmiai sulla realtà dei fatti. << Insomma Pitt diciamoci la verità, ma chi se lo prenderebbe un relitto come me? Possiedo una casa da schifo, una macchina che resta insieme per la ruggine, uno stipendio da fame e un lavoro di merda! Cioè nel senso figurato, mi hai capito no!>>. Pitt mi ascoltò attentamente e passandosi una seconda volta il fazzoletto sulla fronte imperlata di sudore, mi rispose prontamente.

<< Certamente non devi correre, ma quando senti che hai trovato la donna giusta, agguantala e non fartela scappare. Insieme potrete affrontare tutti i problemi della vita, compresi una macchina scassata e uno stipendio da fame. In più ti ritrovi sempre la casa ordinata e la cena pronta, ti sembra poco?>>. Il buon vecchio Pitt finì la frase con una delle sue simpatiche affermazioni, cercando comunque d'inculcare qualcosa di saggio nella mia mente disordinata.

<< Questa volta lo dico a tua moglie, e questa notte dormi in giardino sulla tua amata amaca! Parola mia lo faccio!>> incalzai ridendo.

<< A proposito di mia moglie! Ascolta, questa sera faccio il mio mitico barbecue con tanto di costolette in salsa agrodolce, e tu sai che io sono conosciuto in tutto il quartiere per il mio capolavoro culinario. Mia moglie ed io saremmo felici se venissi anche tu. Ti garantisco che non ci sarà molta gente, riunisco solo la famiglia, tanto per stare un po' insieme, e così ne approfitto per farti conoscere i miei nipotini. Forza Rellik non farti pregare, farai contenta mia moglie, fallo per lei!>>

Pensai qualche istante alla proposta del mio collega, in un'altra occasione avrei rifiutato, ma siccome non vi erano estranei e la mia cena si sarebbe consumata con il solito sacchetto di patatine, accettai senza troppi indugi.

<< D'accordo, ma lo faccio solo per la signora Pitterson, e in quanto alle tue costolette lo sai benissimo di essere un disastro, le fai arrostire troppo, sembrano pezzi di carbone spalmati di glassa! Tutto il quartiere ti elogia solo perché sei vecchio e decrepito e non vogliono darti un dispiacere>>.

Pitt si alzò con fatica dal pavimento e rimboccandosi le maniche sfoderò i suoi pugni.

<< Alzati che ti concio per le feste, campione pesi Welter dalla primavera del quarantuno sino al quarantatré. Tredici incontri disputati con dodici vinti per KO. Forza mettiti in piedi che ti faccio rimangiare quello che hai detto!>> Pitt scherzosamente si esibì in un breve incontro di pugilato, facendomi vedere le varie tecniche che ancora conosceva.

<< Ma che welter, vorrai dire super massimi. Attento Pitt che a forza di fare degli sforzi ti escono le emorroidi. Forza aiutami a rialzarmi!>>.

Nascondendo nella mano il lurido fagotto, allungai il braccio a Pitt che ignaro dello scherzo con una presa decisa agguantò la mia mano restando confuso e assente per qualche istante.

<< Brutto figlio di buona donna, questa volta ti ammazzo, Rellik fermati, non scappare vieni qui!>>.

Ridendo a crepa pelle scappai da Pitt, che con il suo passo pesante mi rincorse urlando come un pazzo per tutta la nave.

La giornata lavorativa era finalmente terminata, salutai Pitt timbrando il cartellino e promettendogli di esser puntuale per la cena mi diressi verso casa.

Al lato di un semaforo, un ragazzino vendeva giornali e sfilando dalla tasca un paio di dollari comprai il quotidiano che accantonai sul sedile.

Non lo avrei mai letto, non m'interessava nulla, non amavo lo sport e non sopportavo la politica, il mio gesto era puramente simbolico.

Arrivato nel tugurio, utilizzai il giornale appena acquistato per pulire i vari escrementi lasciati in giro dai gatti e casualmente intravidi il titolo in prima pagina."Assassinato commerciante di pelli pregiate."

Restai indifferente alla notizia, ma allo stesso tempo capii il motivo di tanto fermento di sciacalli armati di telecamere dinanzi al bar la stessa mattina.

Dopo essermi lavato accuratamente per eliminare ogni traccia di odore dal corpo, indossai un comodo paio di Jeans abbinandoli con una semplicissima maglietta a mezza manica e sapendo che la primavera New Yorkese poteva giocare brutti scherzi climatici indossai il vecchio giubbotto di pelle color cammello.

Indossando gli occhiali da sole mi diressi nel quartiere di Pitt. Ogni casa aveva il suo curatissimo giardino rigorosamente tagliato a opera d'arte. Le ville si alternavano da stili europei ai più classici americani. Solo la vecchia casa di Pitt, costruita dopo gli anni quaranta, sembrava essere lì per caso.

Posteggiai il catorcio a lato della strada e voltandomi vidi il mio vecchio amico impugnare un lungo forchettone di acciaio.

<< Ce l'hai fatta ad arrivare ragazzo!>> sospirò Pitt allungandomi una bottiglia di birra.

<<Pitt, spero per te che non ci sia altra gente oltre alla tua famiglia!>> replicai sorseggiando dalla bottiglia.

Dalla casa uscì Giuliane con la piccola figlia Elisabeth ed entrambe vanirono a salutarmi.

<< Benvenuto Rellik, sono anni che non ti vedo più, ti trovo in forma!>> esclamò la giovane madre con un bellissimo sorriso.

<<Ti ringrazio Giuliane, a dire la verità se qui c'è qualcuno in forma sei proprio tu! Sembra che il tempo non si accorga della tua presenza e dimmi chi è questa bellissima principessa che tieni stretta per mano?>>.

<< E' mia figlia Elisabeth, forza presentati, non fare la timida.>> la piccola bambina non volle saperne di salutarmi e guardandomi con occhi sospettosi si nascose dietro le gambe del nonno, che con pazienza continuava il suo lavoro al barbecue.

<< Non ti preoccupare Giuliane, faccio sempre questo effetto ai bambini e questa volta non è andata nemmeno male, solitamente piangono!>>.

Mentre la signora Pitterson imbandiva il tavolo in giardino, io, Pitt e Steven il marito di Giuliane, parlammo un po' di tutto, dallo sport allo spettacolo passando al lavoro e infine alle macchine.

Steven era un bel ragazzo, alto con il fisico prestante e con un naso particolarmente sottile, raro da vedere sugli Afroamericani e ciò gli conferiva un'aria da attore Hollywoodiano.

Oltre ad essere un uomo dalla vita agiata per il rispettabilissimo lavoro che conduceva come venditore di macchine di lusso, Steven era anche una persona amichevole, che riusciva a stabilire un contatto immediato rendendosi disponibile senza troppi preamboli. Il perfetto contrario del mio carattere, socialmente apatico, introverso e scorbutico verso qualsiasi forma di socializzazione.

Mentre le discussioni continuavano, urla e schiamazzi rapirono la nostra attenzione. Da lontano tre figure si avvicinarono camminando spavalde, prendendo a calci i bidoni della spazzatura e rompendo qualunque cosa gli capitasse a tiro.

Pitt improvvisamente si rabbuiò in volto.

All'improvviso un ragazzo vestito con una giacca di pelle nera scagliò una bottiglia di vetro contro il barbecue di Pitt che restò impassibile, si limitò solamente a mandare in casa il resto della famiglia.

D'impulso feci per avviarmi verso i tre attacca brighe ma fui fermato tempestivamente da Pitt che con uno sguardo ammonitore mi fece capire di restare fermo.

<<Non sapevo che avessero dato il permesso alle scimmie di poter abitare nelle case, gorilla dove è il resto del branco? Quella scimmia di tua moglie si è arrampicata su qualche albero?>> esclamò ridendo e facendo sghignazzare i suoi amici.

11

Fremevo dalla voglia di zittire quella malalingua con un pugno ben assestato ma Pitt con tutto il corpo m'impediva il passaggio e mi dissuadeva dal muovere un dito. Terminato il turpiloquio, i tre elementi se ne andarono via lasciando una scia di caos lungo il loro tragitto.

<< Pitt perché mi hai fermato? Avrei potuto disfarmi di loro in qualche secondo, si può sapere cosa ti è successo? Non dirmi che hai paura di tre stronzi come quelli!>> esplosi gesticolando per sbollire la rabbia che m'imperversava il corpo.

Pitt stappò altre tre bottiglie di birra e offrendole ai suoi ospiti si sedette su di una sedia cercando le giuste parole per iniziare il discorso.

<< Sarebbe stato inutile Rellik, puoi massacrarli e ne arriverebbero altri e poi altri e altri ancora. Se li denunci e vengono arrestati, in meno di ventiquattro ore sono già liberi. Il problema non sono loro, ma Marck LoCavo, un imprenditore italiano figlio d'emigrati, tutti i nostri problemi si racchiudono in quell'unico nome. Questo quartiere era il più povero della città, poi con l'andare degli anni venne poco a poco rivalutato fino ai giorni nostri. Questo tizio espropria, con metodi non troppo ortodossi, i proprietari delle case più vecchie e rivende il terreno a migliaia di dollari a qualche ricco acquirente. Ma se pensano di farmi cedere si sbagliano di grosso, questa casa è mia e quando creperò passerà a un mio famigliare, lo giuro sul mio nome!>>.

Nel frattempo arrivò la dolce signora Pitterson. Con i suoi dolci modi riuscì a dare un minimo di conforto all'animo ferito di Pitt, mentre il povero Steven sembrava avesse perso la sua foga nell'esprimersi e ammutolito osservava la situazione standosene seduto in silenzio.

La signora Pitterson o comunemente chiamata Josephine non sembrava turbata dall'accaduto, nella sua lunga vita aveva assistito a molte differenze razziali e questa era una delle tante che aveva imparato a ignorare.

<<Forza venite a tavola e finitela di discutere su questo triste episodio, il Signore a tempo debito pagherà l'insolenza di quei ragazzi, è inutile rodersi tanto l'animo. Forza Rellik vieni che ti ho preparato le polpette di carne e formaggio che ti piacciono molto! Andiamo Pitt, porta in tavola la carne e tu Steven, bevi un bicchiere di vino ti vedo giù di corda, non ti sarai spaventato vero?>>.

Josephine trovava sempre trabocchetti verbali per deviare i discorsi facendoti dimenticare le frustrazioni appena assorbite.

Steven toccato nell'orgoglio saltò in piedi come fosse caricato a molla e alzando un dito al cielo esclamò: << Josephine devi ringraziare il cielo che sono un cattolico convinto e non faccio uso della violenza, perché se non fosse stato così, mi sarei avventato su di loro come un leone, sì un leone affamato di razzisti e nemmeno la collera divina sarebbe stata così pesante nei loro confronti!>> terminando il discorso se ne andò tremante verso il tavolo apparecchiato.

<< Hai capito Pitt abbiamo un leone a tavola!>> affermai ridendo alle spalle di Steven.

<<Sì un leone travestito da gazzella! Il coraggio non è il suo forte ma lo rispetto perché è una buona persona e credo che con il mondo balordo di oggi giorno sia meglio essere un po' più codardi che eroi, per lo meno ti salvi la pelle!>> enfatizzò ridacchiando pur essendo scosso.

<<Pitt se vuoi ci penso io, metto a tacere quei tre bambocci in men che non si dica!>> sussurrai piano per non farmi sentire da Josephine.

<< No Rellik, preferisco di no, ti ringrazio ma non voglio che nessuno si faccia male. Non ti preoccupare troverò una soluzione, vedrai!>>.

Il povero Pitt terminò di cuocere la carne alla griglia, ma sul viso si poteva leggere una nuova sconfitta morale, non era più allegro e gioioso come a inizio serata e fino alla conclusione della cena restò particolarmente irrequieto come se avesse la terribile sensazione di un evento futuro che non portava nulla di buono.

Ringraziai la famiglia di Pitt per l'ottima cena, era parecchio tempo che non mangiavo così bene e nemmeno mi ricordavo l'ultima volta che avevo fatto un pasto normale.

Amorevolmente la signora Josephine mi baciò sulle guance come fossi suo figlio e rimproverandomi per le troppe poche visite mi supplicò di tornare per una nuova cena. Con una stretta di mano salutai Steven "il leone", che ancora sconvolto per l'accaduto si limitò a un semplice saluto sfuggente.

Infine abbracciai Giuliane e salutai la piccola Elisabeth, finendo la serie di saluti con il vecchio Pitt.

<<Allora grande capo ti ringrazio per la carne! Se non crepo di dissenteria sarà un miracolo!>> esclamai cercando di strappare un sorriso dalla faccia del malinconico amico.

<<Ci vediamo domani al lavoro o come sempre darai buca?>> Pitt non se la sentiva di scherzare e cercò un argomento dove poter concludere in fretta ogni tipo di discorso.

<< Vedo che non sei in vena di scherzi, Pitt se un giorno avrai bisogno di una mano sai a chi rivolgerti. Grazie di tutto!>>

<< Va bene Rellik e tu non cacciarti nei guai mi raccomando. A presto viso pallido!>>.

Lasciai il povero Pitt solo nel suo giardino e mettendomi alla guida mi diressi verso casa. Casualmente fuori da un locale a pochi isolati dall'abitazione del collega vidi di sfuggita il ragazzo dal giubbotto di pelle e quasi istintivamente accostai al ciglio della strada.

Pensai e ripensai alle parole di Pitt ma vedendo quel buffone pavoneggiarsi in mezzo ai suoi amici una rabbia incontrollata prese il sopravvento. Come un'ombra scivolai fuori dalla macchina e mi appostai dietro ad un cartellone pubblicitario.

Dopo mezzora di attesa l'arrogante ragazzo si staccò dal ristretto gruppo d'amicizie e con cautela lo seguii in un vicolo poco illuminato.

Aspettai con calma che il buio avvolgesse tutta la situazione e raccogliendo da terra il collo di una bottiglia rotta arrivai di soppiatto alle spalle dell'ignaro spaccone.

Con precisione e determinazione lo afferrai con un braccio al collo e puntandogli il vetro affilato alla gola, lo spinsi in un angolo del vicolo, lontano da occhi indiscreti.

<<Adesso non fai più il bullo, vero stronzetto! Perché non sbraiti più come prima? Forza dimostrami se hai le palle! Sai cosa succede quando la carotide viene recisa?>>. Il ragazzo in preda al terrore cercò un minimo di onore scuotendo la testa da destra a sinistra.

<<Bene allora te lo spigo. La vittima non crepa subito. Sto molto attento a non recidere la giugulare per farla soffocare lentamente. E' una morte atroce e lenta, senza via d'uscita. Nessuno può aiutarti e tu non puoi urlare, perché l'aria non viene più incanalata verso le corde vocali. Quindi se ti va bene, hai un minuto di tempo per ripensare a tutti i tuoi peccati e chiedere perdono, poi inevitabilmente crepi come un cane. Ora ti chiedo, tu hai dei peccati da confessare?>>.

I tremori delle gambe fecero vacillare il giovane ragazzo e il singhiozzo non tardò ad arrivare.

<< E' inutile, non voglio che il tuo perdono. Sai qual è la cosa più divertente quando si sgozza un povero stronzo come te? La cosa più divertente è che la vittima non si accorge di essere stata aperta. Il taglio è talmente rapido e netto che lo stronzo non se ne accorge, i battiti cardiaci aumentano e l'adrenalina è pompata nel sangue, quindi il dolore non si avverte. Magari in questo momento stai morendo e non lo sai nemmeno!>>.

Un ticchettio proveniente dai pantaloni del ragazzo mi fece abbassare lo sguardo e con gran sorpresa vidi l'urina fuoriuscire dai pantaloni per poi allagare i piedi del giovane.

<< Non te lo ripeterò mai più, stai attento a quello che ti dico altrimenti la prossima volta, sei morto. Non osate mai più ad avvicinarvi alla casa che avete insultato questa sera! Questa volta ti sei salvato, la prossima potrebbe essere fatale e capiresti sulla tua pelle tutta la teoria che hai appena sentito. Adesso mi stacco da te, non voltarti per nessun motivo, se vedo che sbirci ti ammazzo, d'accordo?>>. Il ragazzo annuendo

con il capo cadde in ginocchio appena lo lasciai dalla morsa, e piangendo come un bambino si accovacciò al suolo tenendo le braccia sopra la testa.

Soddisfatto, sbucai fuori dal vicolo e rimettendomi alla guida mi diressi a casa.

La serata tutto sommato non era andata male, quella mezzora passata con il bullo che si era pisciato nelle braghe mi aveva risollevato il morale.

Arrivato a casa, pensai alla mia psicologa, più precisamente al momento in cui gli avevo detto di essere perfettamente guarito dagli attacchi di rabbia incontrollata e, sogghignando sommessamente buttai giù una buona quantità di psicofarmaci seguiti da un lungo sorso di liquore.

Mi distesi sul divano e nell'oscurità osservai un punto nel vuoto pensando a chi ero veramente, finché non mi addormentai di sasso.

Il mio vero nome era John James Miller, mentre il soprannome Rellik mi era stato affibbiato a soli sedici anni dai membri della gang che frequentavo.

Dopo varie azzuffate mi ero affermato come il più feroce e questo mi valse il soprannome di Killer, ma sinceramente non mi piaceva, nemmeno mi sentivo un killer, ero solo un animale in gabbia, con una gran rabbia da sfogare.

Per non offendere il capo della gang decisi di modificarlo in Rellik che essenzialmente era Killer letto al contrario.

La rabbia che da qualche anno tenevo sotto controllo con sedute psichiatriche e potenti medicinali, era dettata da un'infanzia turbolenta e molto difficile.

Per me la vita era sempre stata un preludio di disavventure particolarmente tristi, che culminavano con feroci scazzottate.

Mio padre non lo avevo mai conosciuto e, alla tenera età di soli otto anni, persi l'unica persona cui tenevo veramente. Mia madre.

A soli dieci anni finii in un orfanotrofio dopo svariati tentativi di adozione. Anche lì rimasi per poco, perché dopo pochi anni scappai vivendo d'espedienti.

A soli diciotto anni ero rientrato nella casa di mia madre che mi aveva cresciuto per soli otto anni, ero nel pieno delle forze e capivo molto bene che stava bruciando la mia esistenza.

Mi svegliai di soprassalto sudato e visibilmente scosso da un incubo che puntualmente mi perseguitava.

In sogno vagavo tra le tenebre in una terra lontana, non vi era nessuno cui chiedere aiuto e qualcosa d'indefinito mi scrutava celato dall'oscurità, pronto ad assalirmi al minimo errore. Il sogno era vivido e reale, ogni volta il finale era sempre identico, correndo tra la folta vegetazione, nell'oscurità più totale inciampavo e cadevo.

A quel punto del sogno vedevo il mio volto riflesso in una pozzanghera e la mia immagine era deturpata da linee che percorrevano il volto e culminavano al mento.

Il risveglio da quell'incubo ricorrente era sempre un trauma, il cuore mi palpitava così forte nel petto che mi pareva volesse esplodere e il sudore mi colava dalla fronte mischiandosi a qualche lacrima che inconsciamente nasceva dagli occhi.

Conoscevo il dolore ma sapevo domarlo, non sapevo cosa fosse la paura, perché nel corso degli anni ero riuscito a trasformarla in forza, ma quello strano incubo aveva la potenza di disarmarmi dalle mie infallibili difese, rendendomi schiavo del terrore.

Come ogni giovedì la dottoressa mi aspettava per il suo appuntamento psichiatrico, le giornate si stavano allungando in vista di una torrida estate.

New York con l'arrivo della bella stagione si trasformava nella città per eccellenza della perdizione.

La dottoressa aprì la porta del suo studio con il classico sorriso che solo uno stipendio da oltre settemila dollari poteva regalare. Come ogni giovedì da oltre sette anni mi sedetti sulla sedia firmata di fronte alla mia strizza cervelli.

La dottoressa incominciò il solito rituale facendomi le domande che conoscevo a memoria e dopo aver svolto quel piccolo questionario, si dedicava alla cura delle unghie aspettando che l'ora passasse il più velocemente possibile.

Quel giovedì però avevo qualcosa da chiedere, in sette anni non avevo mai iniziato un discorso, mi ero limitato solo a fugaci risposte. Mi premeva solo la ricetta medica per i miei amati psicofarmaci, non credevo nelle terapie, tanto meno nel colloquio, sapevo solo che i medicinali potevano distrarmi per qualche ora dal dolore e dalla rabbia che da una vita mi affliggevano.

<<Dottoressa, vorrei capire il significato di un sogno, insomma faccio da molti anni uno strano incubo e non riesco a capire il perché>>.

La dottoressa incuriosita dall'evento inaspettato, si passò una mano fra i lunghi capelli biondi e, alzandosi dalla sua comoda poltrona di pelle, si sedette con disinvoltura sulla scrivania.

<<Signor John James Miller sono contenta che dopo tanti anni finalmente abbia trovato il modo per iniziare un discorso e, sono ancora più contenta di darle dimostrazione della mia professionalità>>. Intonò con un lieve sorriso dipinto sul volto. <<I sogni sono ancora fonte di studio per molti scienziati e psicologi, diciamo che esistono molte teorie, ma le più avvalorate sono solamente due. Un incubo può essere l'inconscia paura che ci portiamo dentro per un fatto che ci ha turbato nell'infanzia, la morte di un genitore, un particolare evento cruento, insomma qualsiasi cosa che il nostro cervello individua come doloroso. Di conseguenza l'encefalo per difendersi da quell'evento che potrebbe arrecare dolore decide di cancellarlo, ma probabilmente quel "dato" persiste nascosto in qualche angolo del nostro cervello e si ripresenta come incubo>>.

16

La dottoressa per enfatizzare al massimo la propria cultura, gesticolava come una professoressa universitaria e di tanto in tanto ammiccava con il volto per rendermi partecipe.

Ascoltavo attentamente le sue parole e nonostante sapessi a malapena scrivere il mio nome, riuscivo a capire perfettamente la spiegazione che mi dava.

<<Una seconda ipotesi, diciamo più "new age", sostiene che quando l'incubo non è riconducibile a particolari episodi, e questo è deducibile dal contesto stesso dell'incubo, l'unica ipotesi valida è che si tratta di paure ancestrali>>. Concludendo il suo dibattito, la dottoressa si passò una mano nella lunga capigliatura facendo passare un ciuffo dorato dietro l'orecchio.

Restai in silenzio per qualche istante analizzando ogni singola parola della dottoressa, rivangando nella memoria cercai di ricordare ogni singola porzione dell'incubo e pensandoci bene capii che non aveva nessuna connessione con la mia vita attuale.

Sapevo perfettamente che la mia esistenza era di un trascorso violento e malinconico, ma l'incubo non aveva nulla a che fare con tutto ciò.

<<Perdoni la mia ignoranza dottoressa, ma la parola ancestrale cosa significa?>> domandai incuriosito.

La dottoressa accennò a una risata leggera per la mia scarsa cultura e ancor più orgogliosa dei suoi studi, scese dalla scrivania per fare ritorno sulla sua poltrona di pelle, come un vero docente universitario.

<<Ancestrale significa trasmesso, ereditato dagli antenati, anche se in forma istintiva>>. La dottoressa osservò il mio volto e vedendovi dipinto un grosso punto interrogativo, sospirò osservando il grosso orologio alla parete.

<<Allora, molte persone sono terrorizzate dall'acqua alta, secondo questa teoria è probabile che qualche antenato fosse annegato in circostante analoghe, quindi in mare aperto. Altre persone non tollerano maglie a collo alto o collane e questo è riconducibile a un avo morto per strangolamento. Capisci, sono paure che appartengono a qualche tuo antenato ma che ti sono state trasmesse, e nessuno per il momento sa spiegare come>>.

Restai affascinato dalla spiegazione, ma allo stesso tempo turbato per l'incapacità di poter dare un significato a quell'incubo tanto persistente.

Non avevo mai conosciuto mio padre e non sapevo se fosse ancora vivo, sapevo di aver avuto una madre, ma da anni gli facevo visita una volta al mese al cimitero.

Sapevo, però, di essere un orfano senza parenti cui chiedere informazioni sui miei antenati, quindi capii che quell'incubo sarebbe rimasto per sempre un mistero.

La dottoressa inarcò le sopracciglia e con un colpo d'occhio mi fece voltare verso l'orologio, era un chiaro avvertimento che il tempo era scaduto e che ogni minuto in più erano dollari che mi spillava senza nessun rimorso.

Alzandomi dalla sedia saldai il debito e, prendendo la ricetta medica firmata e autorizzata, salutai e filai via.

Mi fermai a un chiosco di hot dog, presi quanto mi bastava per saziare il mio appetito e sedendomi sul ciglio della strada, lo consumai scolandomi due birre fresche.

Un grosso aereo di linea sorvolò i grandi palazzi, il fischio potente dei motori a turbina rimbalzò sulle pareti degli edifici arrivando alle mie orecchie, alzando lo sguardo lo vidi, un istante prima che scomparisse oltre la grande punta dorata dell'imponente Empire State Building.

Non mi era mai allontanato da New York, conoscevo solo l'asfalto e il cemento di quella grande città che amavo e disprezzavo allo stesso tempo.

I quartieri disagiati mi avevano offerto la falsa copia di una famiglia e non avevo mai pensato di andarmene.

Sapevo perfettamente che quella città mi aveva visto nascere e alla fine mi avrebbe visto anche morire, era solo questione di tempo.

Guardando l'orologio mi accorsi di aver fatto tardi, avevo giurato a Pitt che mi sarei presentato al lavoro e non era mia abitudine dare buca a una promessa.

Mettendo a tavoletta la povera Ford Taunus mi diressi al cantiere navale (New York Harbor) dove la grandissima statua della libertà con il suo gelido sguardo mi osservava da lontano tenendo alta la grande fiaccola e reggendo la costituzione americana.

Di fretta mi diressi negli spogliatoi per infilarmi i lerci vestiti da lavoro e, correndo a perdifiato sulla Crystal Serenity (una delle navi da crociera più belle del mondo), m'infilai negli angusti corridoi che come viscere correvano lungo tutta la pancia della nave.

Dopo aver valicato una decina di porte a chiusura stagna, sentii uno strano eco provenire dal corridoio, cercai di fare meno rumore possibile e trattenendo il fiato per aguzzare l'udito, mi accorsi che stava accadendo qualcosa, e non era nulla di buono.

Allungando il passo mantenendolo leggero, mi avvicinai alla fonte del rumore e quando fui abbastanza vicino, capii che si trattava del lamento straziato di Pitt.

Correndo sempre più veloce arrivai in prossimità dell'amico, non ero uno sprovveduto, sapevo bene che dietro ogni angolo di New York c'era sempre un pericolo. Mi accovacciai raccogliendo da terra una lunga chiave inglese che Pitt usava per svitare le grosse tubature e, sbucando all'improvviso riuscii a prendere di sorpresa gli aggressori sconosciuti.

Due tizi trattenevano il povero Pitt contro le umide pareti di ferro, mentre un terzo uomo lo percuoteva senza un briciolo di umanità al volto e all'addome.

Il buio celava le loro identità, senza pensarci troppo incominciai a sciabolare nell'aria la grossa chiave inglese colpendo i tre individui con una tale violenza da farli cadere a terra.

Ci fu una breve colluttazione, nonostante fossi solo non mi tirai indietro, quelle azzuffate erano pane per i miei denti, quindi lasciando cadere l'utensile a terra mi lanciai all'attacco a mani nude.

Pitt nel frattempo cadde a terra stremato e incapace di aiutarmi, le labbra e il naso gli sanguinavano mentre il costato gli premeva sui polmoni a ogni respiro.

Nell'aria si poteva avvertire la fragranza della ferocia con cui assestavo i colpi, il suono indistinguibile del dolore, ero una furia, picchiavo pugni con una tale forza da rompere le ossa, ero inarrestabile e quando fui sul punto di aver la vittoria fra le mani mi paralizzai.

Una lampada di emergenza illuminò il volto del tizio che tenevo per il collo e sconcertato, lo riconobbi nel teppistello che avevo minacciato con un coccio di bottiglia il giorno prima.

Un'inafferrabile sensazione di disappunto si trasformò ben presto in un lungo brivido che mi percorse la schiena arrivando alla testa.

Il giovane balordo in quel breve frangente capì che l'attenzione si era interrotta e cogliendo l'occasione si creò un varco con qualche strattone, guadagnandosi così la libertà senza dover rimetterci altri denti.

Restai impassibile come i manichini esposti nelle vetrine dell'alta moda, consapevole che il mio sbaglio mi aveva tolto l'unico appiglio a una realtà di vita diversa da quella che facevo. L'unica ancora di salvezza per una vita normale.

Se una voce sottile, che solo io potevo sentire, mi avesse chiesto come mi sentivo in quel preciso istante, l'unica risposta possibile sarebbe stata: "Un cane". Ma non di quelli che mordono o che abbaiano, che si fanno coccolare o scodinzolano.

Il cane di una pistola, quel piccolo pezzo di metallo che una volta armato scatta per merito del grilletto e fa esplodere il proiettile.

Pitt mi aveva avvertito di starmene fuori da quella faccenda, ma la mia esuberanza aveva lasciato armare il cane e, dopo aver punito il giovane teppista facendolo pisciare sotto, il proiettile era esploso e non avevo nessun potere su di esso.

Ogni azione avrebbe avuto la conseguente reazione e Pitt stava pagando per l'azione sconsiderata del giorno prima.

Riprendendomi dal torpore che quella specie di reviviscenza mi aveva causato, mi chinai per aiutare Pitt a rialzarsi, ma il vecchio amico mi allontanò in malo modo.

<<Sei contento? Adesso che farai? La prossima mossa quale sarà? Chi sarà il prossimo ad esser minacciato dal grande Rellik? Farai pestare a sangue mia moglie? Farai uccidere mia figlia? Farai rapire mia nipote? Questa volta è toccata a me per la

tua stupidità, ma la prossima volta a chi toccherà Rellik?>> sbottò Pitt sputando sangue.

<<Lo sai che non lo permetterei mai, ti sono amico, siamo amici vero!>> risposi con tono affranto.

<<E questa la chiami amicizia, ti avevo chiesto di non far nulla, ma tu come al solito non ascolti perché non temi nessuno. Vuoi sapere una cosa! Tu non hai paura di nulla solo perché non hai nulla a cui tenere, è questa la tua forza>>. Pitt era sconvolto e frustrato, il dolore era lancinante e per finire il discorso dovette soffermarsi a prender fiato. <<Quando si ha una famiglia le cose si complicano, quando vuoi bene a qualcuno non sei più invincibile, quando la smetterai di pensare solo a te stesso!>>strillò tenendosi una mano sulle costole rotte.

<<Pitt mi spiace, cercherò di riparare!>> risposi afflitto.

<<Fammi un favore, non fare nulla, restane fuori, sei troppo pericoloso per la mia famiglia. Non ti ho mai chiesto nulla e tu hai già fatto fin troppo>>.

Mi limitai a ingoiare un grosso nodo stretto in gola e a sussurrare un'unica parola, "perdonami."

Avevo perso l'unico contatto con l'umanità, con la normalità, con il buon senso, in quell'istante quel poco di serenità che avevo conosciuto negli ultimi sette anni, si sgretolò sotto i miei piedi facendomi sprofondare in un malinconico vortice autodistruttivo.

Da qualche tempo non mi presentavo agli appuntamenti settimanali con la dottoressa ed incredibilmente la psicologa si prodigò per cercarmi ma senza ottenere nessun risultato.

Al lavoro nessuno mi aveva più visto e anche il povero Pitt in preda al rimorso fece di tutto per trovarmi, mi cercò in ogni via di New York, passò in rassegna ogni stamberga di periferia, mise a soqquadro ogni bar mettendo a repentaglio anche la sua stessa vita, ma di me non vi era traccia.

La mia vecchia Ford Taunus era sempre parcheggiata nel viale dinanzi a casa, delle grosse ganasce rosse in ferro gli bloccavano le ruote e uno strato di multe mai pagate teneva alzato il tergicristallo.

Ero scomparso e desideravo non farmi trovare, la bella New York mi stava aiutando a nascondermi nei suoi lugubri e tristi anfratti, dove solo i relitti della società potevano sentirsi al sicuro dalla vanità e dalla devastante critica delle persone perbene.

Ero divenuto l'ombra di me stesso e l'alcol stava divenendo la cura a tutti i miei problemi.

Emarginato ormai da tutti mi ero abbandonato ai vicoli umidi e putridi di una città che mi stava osservando mentre mi logoravo lentamente e, piano, piano, scomparivo.

20

Il mio lungo calvario culminò un giorno di metà maggio, quando un passante, vedendomi riverso a terra senza sensi chiamò un'ambulanza.

Quel buon samaritano era un turista olandese che per merito delle usanze della sua terra, doveva espellere una notevole quantità di urina, ma trovando il bagno occupato si precipitò nel primo vicolo riparato.

Per la gente di New York uno straccione a terra non era nulla di nuovo, bastava evitarlo senza dargli troppo peso ed era come se non fosse mai esistito, ma questo riguardava solo la gelida popolazione newyorkese.

Il destino volle che fosse un olandese a soccorrermi, così con un colpo di telefono avvisò l'ambulanza che arrivò tempestivamente e dopo una prima diagnosi mi fu riconosciuto uno stato di coma etilico con lieve ipotermia.

Nel letto d'ospedale ero quasi irriconoscibile, una lunga barba incolta mi ricopriva il volto scarno e sciupato, mentre i capelli scendevano mossi e crespi fin sopra le orecchie.

Dopo un paio di settimane trascorse nel letto di un ospedale con delle flebo endovenose, il colore del mio volto aveva ritrovato il suo roseo pigmento naturale, perdendo il colore grigiastro solito degli alcolisti.

Il "bip" sonoro dell'encefalogramma mi fece alzare le palpebre, ero confuso e disorientato e ci vollero almeno una ventina di minuti per capire che la camera che mi ospitava era quella del Presbyterian Hospital.

Una giovane infermiera accorse al mio letto, e con una piccola torcia elettrica mi controllò la contrazione delle pupille.

Mi venne chiesto di toccarmi la punta del naso con il dito indice di entrambe le mani, risposi a innumerevoli domande e fui costretto a mangiare un budino di cioccolato.

La giovane infermiera era premurosa nei miei confronti e per quanto fossi sgarbato ed irascibile lei non perdeva mai la pazienza.

<<John James Miller, non hai mangiato lo squisito purè di patate che prepara lo chef di questo ospedale. Voglio un'immediata spiegazione!>> sorrise accarezzandomi sulla fronte.

<<Non ho fame>>. Mi limitai a rispondere.

<<Lo so, ma devi mangiare qualcosa, altrimenti t'infileranno nuovamente un ago nelle vene>>.

Mi voltai verso la finestra fingendo di non sentire la giovane infermiera, non volevo mangiare e nemmeno farmi curare, non sapevo nemmeno perché quel dannato olandese mi avesse salvato.

Passarono le settimane e incominciai un lento ma progressivo miglioramento, la giovane infermiera si prendeva cura di me, rasandomi e pettinandomi a dovere.

Capitava spesso che mi facesse visita dopo i lunghi turni di lavoro, cercando di accudirmi nel miglior modo possibile.

Quella giovane creatura era impietosita da quel ragazzo incapace di voler trovare una svolta nella sua vita, così a mia insaputa decise di fare una ricerca per capire se esistesse qualcuno che tenesse a me. Voleva assolutamente evitare che la mia vita finisse nuovamente in un vicolo buio di New York, ci aveva messo anima e corpo per recuperare quel triste ragazzo e, ora che stavo dando dei piccoli miglioramenti emotivi, doveva assolutamente trovare qualcuno che mi offrisse un appiglio valido per non sprofondare.

Un giorno mi sbilanciai e le chiesi il suo nome, la giovane infermiera entusiasta rispose con un meraviglioso sorriso. Si chiamava "Maria Sofia Scatler" padre newyorkese e madre cubana. La sua carnagione color mogano risaltava con i colori bianchi della divisa ospedaliera e due grandi occhi color nocciola contornati da dolci tratti del viso la rendevano affascinante e misteriosa.

Io parlavo poco, solitamente non facevo un discorso che superasse le dieci parole consecutive, ma ascoltavo sempre le lunghe storie della mia infermiera, quasi personale.

Dopo svariati tentativi, Maria riuscì a trovare qualcuno che mi conoscesse e il giorno seguente si presentò all'ospedale.

<<John Miller c'è una visita per lei!>>, esclamò Maria con un radioso sorriso.

<<Non voglio vedere nessuno e ti ho già detto di chiamarmi Rellik>>. Risposi pensieroso.

<<Va bene Rellik, c'è una visita per te>>.

<<Ti ho detto che non conosco nessuno e non voglio vedere nessuno. Intesi!>>.

<<Mi duole informarla che sono obbligata a fare entrare la sua visita, è la politica dell'ospedale!>>.

<<E' una balla, non voglio vedere nessuno, te lo vuoi mettere in testa!>>.

<<Rellik ti prometto che ti faccio fumare una sigaretta se mi permetti di far entrare questa persona>>.

<<Fallo entrare, ma solo per cinque minuti, non uno di più>>.

Voltai lo sguardo verso la grande finestra, il vetro rifletteva l'immagine nitida del mio amico Pitt, forse l'unica persona che tenesse veramente a me.

Cercando d'ignorare il riflesso mi sentii stringere il cuore in una morsa e, mordendomi le labbra dalla vergogna socchiusi gli occhi.

<<Ciao ragazzo, ti trovo in forma>>, esclamò timidamente il buon vecchio Pitt.

Restai in silenzio, ma una lacrima sfuggì dal mio controllo scivolando giù per la guancia.

Maria vide il luccichio posarsi sul mento e ponendosi una mano sulla bocca per non singhiozzare uscì di corsa dalla camera per lasciarsi andare in un soffocato pianto di gioia.

<<Ascolta ragazzo, quel giorno ho detto delle brutte cose, stupidaggini che non ti meritavi, solo dopo ho capito che lo avevi fatto per difenderci e credimi mi sono vergognato a morte. Sono un povero vecchio che ha solo la sua famiglia e nulla di più, sono stato impulsivo e codardo, ma credimi che ho sempre tenuto a te come ad un figlio>>.

Scossi la testa e deglutii un nodo stretto in gola, quelle parole mi pesavano enormemente, non doveva essere Pitt a scusarsi, invece era lì di fronte a me con il cappello in mano per chiedermi perdono di un gesto stupido che avrebbe potuto mettere a repentaglio la vita dei suoi famigliari.

<<Ragazzo, ti ho cercato per tutta questa stramaledetta città, ma purtroppo senza mai trovarti. Se non fosse stato per la tua infermiera mi starei ancora mangiando il fegato dal nervoso. Rellik ti chiedo scusa, cerca di capirmi, ero spaventato, tutto qui>>.

Un tumulto si stava ampliando nel mio diaframma, avrei voluto alzarmi per gridare a quel pover'uomo di smetterla di scusarsi, più si scusava e più soffrivo, non doveva permettersi di umiliarsi in quel modo. Se vi era uno stupido, quello ero io.

<<Rellik, sarei contento se venissi a stare con noi, almeno per il tempo che ti serve per riprenderti, poi deciderai cosa fare, ma io e la mia famiglia saremmo veramente felici di averti con noi>>.

A quel punto mi voltai paonazzo in volto, la collera mi fece palpitare il cuore a tal punto che dovetti staccarmi il sensore dell'elettrocardiografo.

<<Smettila Pitt, ti prego smettila, quello che si deve scusare sono io e non tu, ti prego smettila di chiedermi perdono, sono io che dovrei prostrami per chiederti scusa>>.

Pitt avanzò e posandomi la mano sulla testa mi accarezzò come un figlio.

<<E' tutto a posto ragazzo, stai tranquillo è tutto a posto, quando ti dimetteranno verrò a prenderti e per un po' starai con noi. Intesi? O devo prenderti a calci nel culo? Lo sai che sono stato campione dei pesi "Welter" vero!>>.

Accennai a un sorriso e guardandolo negli occhi dissi semplicemente "sì".

CAPITOLO SECONDO.

Australia anno 1835, casa William Hobson.

L'assoluto silenzio era interrotto solo dalla brama di conoscenza del capitano
William Hobson, che scartabellando e spulciando ogni singola mappa che poteva
contenere il suo studio privato, cercava informazioni per il lungo viaggio che
avrebbe dovuto effettuare.

Leggendo rapporti geografici e studiando diari di bordo, sorrideva compiaciuto delle
sue leggendarie imprese che lo avevano reso celebre tra le personalità di spicco
dell'Inghilterra.

Si era battuto contro i pirati assetati di sangue, spazzandoli via dai suoi mari, aveva
navigato sulle tratte delle Indie orientali portando il suo servizio dove ce ne fosse
bisogno.

Le sue cartine disegnate dalla sua mano portavano il suo nome e persino un
arcipelago aveva acquisito il nome di "Hobson bay".

Il ruolo di commander, incominciava a stargli stretto e necessitava di qualcosa che
potesse ancora una volta farlo spiccare sopra ogni cosa.

La moglie Eliza, sposata qualche anno prima, di tanto in tanto gli faceva visita per
portargli una tazza di tè caldo con latte, ma William oltre che un furtivo gesto di
ringraziamento non si scostava dai suoi libri tanto preziosi.

Cannocchiali in ottone finemente lavorati erano sparsi su ogni mobile, mappamondi
e grandi cartine oceanografiche ricoprivano ogni singolo centimetro delle pareti,
mentre compassi e aggeggi vari per la navigazione erano sparsi ovunque per
esercitare il loro minuzioso e millimetrico lavoro ogni qualvolta ce ne fosse stato
bisogno.

William amava sedersi sulla sua poltrona che si era fatto spedire dall'Inghilterra,
accendeva la sua grossa pipa e aprendo l'armadietto che stava vicino alla scrivania,
lucidava e strofinava per ore le armi che per una vita intera lo avevano difeso da
ogni tipo d'attacco.

La lunga lama della sua spada ricurva, luccicava come uno specchio, il filo era
talmente tagliente che avrebbe potuto spaccare un capello nel mezzo e l'impugnatura
di ottone rilegato portava la firma di "Commander William Hobson."

Con cura prendeva la lunga asta a cui aggiungeva all'estremità un canovaccio e
strofinando con forza la canna del suo moschetto, si assicurava che all'interno non ci
fosse nessuna traccia di polvere da sparo.

La baionetta era sempre ben lubrificata con grasso animale per evitare che l'acqua
la potesse arrugginire, ed infine si occupava delle sue pistole che si portava appresso
come avrebbe fatto un prete con il vangelo e l'acqua santa.

Controllava gli stoppini, le puliva meticolosamente, controllava gli ingranaggi del
grilletto, gli soffiava all'interno per espellere i residui della polvere empirica che una

volta utilizzata potevano arrecare fastidio alla palla che doveva scivolare all'interno della grossa canna.

William amava prendersi cura delle sue armi tanto quanto dei suoi testi che aveva scritto in una vita di viaggi e conflitti con popoli lontani.

Cinque anni prima una lettera lo aveva avvisato di una missione che avrebbe cambiato la sua vita, ma non sapeva che una nuova lettera lo avrebbe spinto oltre i confini dei mari.

Presbyterian Hospital, una nuova vita.

La stanza profumava del disinfettante con cui ogni superficie era accuratamente pulita. Era il classico odore che si avvertiva appena entravi in un ospedale. Ogni cosa all'interno del Presbyterian Hospital era impregnata di quella molecola chimica capace di sterilizzare e annientare qualsiasi forma batterica che cercasse d'insidiarsi nelle sue fessure.

Dalle finestre socchiuse entrava un filo d'aria che portava l'acre odore dello smog che solo una delle città più caotiche del mondo poteva regalare. Così dinanzi alla finestra mi lasciavo inebriare da quel puzzo che saliva fino ai piani più alti.

Finalmente dopo molte settimane di degenza ero riuscito a ristabilirmi completamente e potevo alzarmi dal letto per fare qualche passo.

Fuori dalla finestra vi era un mondo che correva senza mai fermarsi, nessuno di quegli individui che freneticamente camminavano avanti e indietro si era fermato un solo secondo per la mia assenza. Nonostante fossi quasi morto a nessuno era fregato nulla e, di tutta quella dannata storia, forse quello che mi dava più fastidio, era proprio quella stupida indifferenza.

Il povero olandese che avevo stramaledetto, mi aveva inviato una cartolina di auguri per una veloce guarigione. Un uomo che abitava dalla parte opposta del mondo non solo mi aveva salvato ma aveva avuto anche la cortesia di mandarmi degli auguri.

Per la prima volta guardai oltre le lunghe strade di New York, il mio sguardo salì oltre i grandi palazzi e ancora più in alto verso i grattacieli, si elevò ad una altezza che nemmeno io pensavo esistesse e capii che il mondo non finiva fuori da quella schifosa città che da qualche tempo odiavo e non sentivo più come casa.

Una dolce voce allegra s'insinuò nei miei pensieri facendomi sorridere visibilmente. Dal riflesso della finestra vidi Maria entrare con dei vestiti in mano e dopo qualche volteggio, posarli sul letto.

Maria era sempre allegra, sempre positiva, sempre pronta ad aiutarmi e, di tanto in tanto gli regalavo piccoli sorrisi che per lei erano più preziosi del salario che percepiva ogni mese.

Guardai gli indumenti che Maria mi aveva portato, un paio di jeans della mia misura, scarpe usate ma tenute bene, una maglietta bianca e un giubbotto di cotone primaverile.

Dove avesse trovato quella roba non me lo spiegavo, ma visto che il primario aveva già firmato la mia dimissione dall'ospedale per la completa guarigione e, avendo perso gli abiti il giorno del ricovero, tagliati a brandelli dagli infermieri, non mi rimaneva altro che l'aiuto di Maria.

Con calma mi vestii, constatando meravigliato che tutto mi calzava a meraviglia. Presi poche sciocchezze dal mio armadietto e le infilai in una busta di plastica.

Ero pronto per uscire, per scontrarmi ancora una volta con la vita, non ero un codardo, sapevo che la vita era una continua sfida, così prendendo un lungo respiro feci il primo passo per uscire.

<<Te ne vai senza salutarmi? >>. Sorrise tristemente Maria.

26

<<Ti avrei fatto avere mie notizie il prima possibile, non sono bravo con gli addii>>, risposi con un filo di voce.

<<Ti caccerai ancora nei guai?>>, mi domandò rabbuiandosi.

<<Perché hai fatto tutto questo per me? Non mi conosci neppure, non sai nulla di me!>> domandai guardandola negli occhi.

<<Mio fratello aveva la tua età, era entrato in una banda di strada e un giorno tornò a casa in una cassa di legno. Quando ti ho visto, mi hai ricordato il fratello che avevo perso tanti anni fa e ho capito che il buon Dio mi aveva dato la possibilità di strappare alla morte una creatura che si era smarrita. I vestiti che porti sono i suoi, promettimi Rellik che non ti caccerai più nei guai, giuramelo>>. Gridò Maria piangendo a denti stretti.

<<Te lo giuro, cercherò di stare lontano dai guai>>, sussurrai.

Maria mi abbracciò forte piangendo, io contraccambiai stringendo la giovane infermiera che mi era stata accanto con amore per tutto quel tempo.

Prima che Maria lo lasciasse andare sentì nitidamente nell'aria il profumo di suo fratello, ma non l'essenza derivata dai flaconi di profumo, ma il vero odore che ogni persona si porta addosso come un marchio. I vestiti erano stati lavati e lasciati nell'armadio per anni, quindi non potevano essere la causa di tale fragranza.

La baciai sulla fronte ringraziandola amorevolmente e riprendendo la mia strada scomparvi tra la folla che si accalcava nei corridoi del reparto.

In strada vi era Pitt che mi aspettava seduto in macchina, lo guardai dal finestrino e il mio grande amico con un gesto della mano mi fece cenno di entrare.

La radio trasmetteva "Josephine" di Chris Rea. E sulle note di un britannico che aveva fatto sognare intere generazioni di ragazzi con la sua voce struggente e ruvida, ci avviammo verso casa.

Casa di Maikol Edward Pitterson (Pitt) e Josephine Pitterson.

Pitt posteggiò la vecchia Chrysler, comprata usata con molti sacrifici, nel garage adiacente alla casa, teneva a quella macchina come fosse parte integrante della famiglia, ogni domenica la lavava in maniera maniacale e una volta al mese controllava i livelli dei fluidi e ogni centimetro della tappezzeria per assicurarsi che i nipotini non l'avessero sgualcita o sporcata.

Il garage di Pitt era un vero deposito di utensili per il giardinaggio, la carpenteria leggera e per la lavorazione del legno.

Affisso al muro vi era una grossa tavola con scritto a caratteri cubitali. "Il mio rifugio, siete pregati di non entrare."

Tutto era meticolosamente ordinato e accatastati in un angolo vi era un'innumerevole quantità di oggetti che i vicini gli portavano per riparare.

Pitt era un mago del fai-da-te, poteva aggiustare di tutto, nel garage si contavano almeno due frigoriferi, una radio, una motosega, una finestra e una bicicletta, tutta roba aggiustata alla perfezione che aspettava un legittimo proprietario.

Pitt raramente si faceva pagare, il suo passatempo era quello di rimettere a nuovo oggetti che la società moderna avrebbe gettato al primo segnale di malfunzionamento. Era cresciuto in una famiglia povera e suo padre gli aveva insegnato il senso dell'onestà e del risparmio.

Guardando stupefatto quel garage pulito come un salotto, pensai alla mia lercia casa e sbattendo le palpebre mi feci un piccolo esame di coscienza.

Dopo aver coperto con un grosso lenzuolo la vecchia Chrysler stationwagon richiuse la basculante per non permettere alla polvere di posarsi sulla carrozzeria.

Osservando quel gesto sorrisi e seguendo il mio vecchio amico entrammo in casa.

La signora Pitterson mi strinse amorevolmente come fossi un figlio, Josephine era una buona donna, conosciuta in tutto il quartiere per le sue buone opere, dava ripetizioni ai bambini delle scuole elementari e quasi tutte le domeniche si recava nella casa di cura per gli anziani per portare un po' di allegria a tutte quelle persone che erano state abbandonate dai propri famigliari.

Guardandomi sbofonchiò qualcosa d'incomprensibile e baciandomi sulla fronte corse in cucina per cucinare il pranzo.

La casa di Pitt era vecchia e dall'esterno poteva risultare un po' antiquata, ma all'interno era grande ed accogliente e arredata con gusto.

Ogni camera aveva le pareti dipinte da colori sgargianti, bellissimi lampadari di cristallo riflettevano centinaia di sfumature arcobaleno su ogni parete, vecchi mobili d'antiquariato restaurati dalle mani di Pitt erano stati accostati ad una mobilia moderna.

Un grosso camino al centro della sala rendeva il tutto suggestivo e particolarmente affascinante.

Pitt mi mostrò con orgoglio la casa ed io gli restituii un autentico sguardo di stupore per quelle camere finemente curate.

Prima che mi fosse mostrata la camera che mi avrebbe ospitato, Pitt mi trascinò nel proprio studio, che un tempo era la camera di sua figlia, ma dopo le sue nozze era rimasta vuota e Pitt, inguaribile sentimentale, per non soffrire vedendo la camera della sua amata bambina vuota e silenziosa, aveva deciso di ricavarne un piccolo studio per guardarsi in pace le partite di football e meglio ancora gli incontri di box. Svariate fotografie di Pitt scattate negli anni della sua giovinezza, lo ritraevano su di un ring mentre disputava degli incontri di pugilato e, a valorizzare quelle foto, vi era un discreto numero di coppe e medaglie, che ben sistemate arricchivano le mensole di una vetrinetta.

In sette lunghi anni di amicizia Pitt non era mai riuscito a convincermi ad entrare in casa, nemmeno per usufruire del bagno.

Avevo il terrore di dover ricambiare il gesto di cortesia, ma la mia casa assomigliando a un ricovero per cani abbandonati mi metteva notevolmente a disagio.

Pitt m'invitò a seguirlo, salimmo per le scale e attraversando una porta sbucammo nella mansarda.

Era la stanza per gli ospiti, ma in realtà nessuno aveva mai soggiornato in quella grande ed accogliente camera.

Un grande letto matrimoniale era appoggiato al muro in mezzo a due ampie finestre, in un angolo vi era una vecchia scrivania sulla quale c'erano ancora i disegni a matita di figli e nipoti.

Un vecchio armadio tenuto bene, portava al suo interno solo qualche coperta invernale e qualche stampella vuota e una libreria colma di libri scolastici occupava lo spazio che rimaneva.

Pitt sorrise compiaciuto vedendo il mio sguardo stupefatto e, con orgoglio mi mostrò l'ultimo lavoro che aveva effettuato nella mansarda.

Una porta nascosta, mimetizzata con lo stesso colore della parete si apriva in un piccolo bagno, per quanto fosse piccolo era ben curato in ogni dettaglio.

Mi lasciai cadere sul letto e guardando il mio vecchio amico gli feci un triste ma sentito sorriso. <<Non so come ringraziarti amico.>> sussurrai con un filo di voce.

<< Adesso riposati, quando la cena sarà in tavola ti chiamo.>> Ripose sorridendomi a sua volta.

Pitt scomparve richiudendo dietro di sé la porta ed io mi rilassai sul letto morbido e dalle lenzuola profumate e immacolate.

Il silenzio mi avvolse cullandomi dolcemente, intorno vi era solo pace e tranquillità, i raggi del sole che filtravano dalle finestre m'imprigionarono all'interno di una cella fatta di luce.

Mi posai una mano sul cuore, lo sentivo battere forte, lo sentivo pulsare con vigore, ero vivo, ero così vivo che quel battito mi pareva la ritmica percussione di un tamburo.

Il mio pensiero si staccò da vecchi ricordi tormentati, raggiunse un mistico equilibrio tra cielo e terra, percorrendo le tortuose vie della redenzione.

Potevo sentire un'inebriante scossa vitale, quell'istinto di sopravvivenza trascendentale che mi scuoteva con vigore.

Avevo l'obbligo di vivere, sentivo l'esigenza di evadere, l'assoluto bisogno di ricostruire la mia vita partendo dalle fondamenta.

Nel corso degli anni mi ero costruito una galera con le mie mani, i mattoni che m'imprigionavano non erano altro che stupidi vizi, la malta con cui avevo legato mattone dopo mattone, era la violenza con cui mi ero fatto largo nella vita.

Le amicizie fittizie avevano contribuito a rendermi un reduce di guerra, una guerra combattuta alla luce del giorno, senza armi e senza eserciti, una guerra che solo in pochi potevamo dire di aver visto, una guerra che era sempre sotto gli occhi di tutti ma che nessuno voleva vedere realmente.

Mi alzai dal letto, entrai nel piccolo bagno e guardandomi allo specchio vidi l'immagine riflessa di un uomo che non conoscevo.

Non riuscivo a capacitarmi di come avessi fatto a ridurmi in quel modo, mi disgustavo e mi odiavo, ma proprio per quel motivo decisi di cambiare.

Pitt premurosamente aveva infilato nel piccolo armadietto del bagno qualsiasi cosa servisse per l'igiene personale di un uomo, schiuma da barba, lamette, dopobarba, saponette, una crema e anche un rasoio elettrico per capelli.

Presi il rasoio e incominciai un minuzioso lavoro di rasatura.

Quando la testa fu completamente rasata passai alla barba, passandomi un velo di schiuma sul volto incominciai a radermi il viso dai tratti sciupati e dagli zigomi sporgenti.

Parte della rinascita era ricominciata con due semplici gesti, ma era comunque l'inizio di una nuova vita.

Pitt mi chiamò a congiungermi con il resto della famiglia, per merito di Josephine la tavola era imbandita di ogni prelibatezza e trovando la forza di sconfiggere una neonata timidezza mi sedetti a tavola con un sorriso malinconico.

<<Forza ragazzo riempiti il piatto prima che questo vecchio orso spazzoli via due ore di fornelli.>> Ridacchiò Josephine passandomi un fantastico brasato.

Misi nel piatto qualche fetta di brasato e mezza pannocchia lessa, lo stomaco era riluttante ad assorbire cibo di qualsiasi forma o sapore avesse.

Con la seconda forchettata mi sentii completamente sazio, così Josephine prese uno spicchio di limone e strizzandolo sopra la carne mi guardò con la fronte corrugata e una strana espressione militaresca.

<<Ragazzo vedi di finire quello che hai nel piatto altrimenti ti metto a cavalcioni sulle mie gambe e giuro dinanzi a Dio che t'imbocco come un bambino.>> Sentenziò.

Ingoiai il boccone che tenevo in bocca e riprendendo in mano forchetta e coltello ripresi a masticare gli squisiti piatti cucinati a dovere.

A cena ultimata Josephine portò il caffè sul tavolo, e sedendosi al mio fianco mi strinse la mano accarezzandomi il volto.

L'effetto della carezza con la sincera stretta di mano mi provocò un dolorosissimo tumulto all'interno della testa, una vertigine mi fece stringere i denti e alzandomi di scatto uscii di casa per prender fiato.

Pitt mi raggiunse di corsa con il tovagliolo ancora infilato nel colletto della camicia.

<<Calma ragazzo, non è successo nulla, Josephine è una madre, e come ogni madre vede in ogni giovane ragazzo un potenziale figlio. Non voleva metterti in imbarazzo, sente molto la lontananza della nostra bambina. Era una carezza, nulla di più.>>

<<Lo so Pitt, non so nemmeno cosa mi sia successo, sentivo la faccia in fiamme e mi mancava l'aria nei polmoni.>>

<<Qualche strizza cervelli lo chiamerebbe attacco di panico, ma secondo il mio modesto parere era solo paura, paura di qualcosa di nuovo, che non conoscevi. O forse qualcosa che conoscevi molto tempo fa e te n'eri completamente dimenticato.>>

La spiegazione di Pitt fu più che esauriente, così dovetti accettare un nuovo stile di vita da condividere con la famiglia Pitterson.

Da quel momento ero diventato per tutti: John James Miller alias Rellik, e Josephine non voleva assolutamente sentire il mio soprannome.

Ero alto oltre il metro e novanta e grazie alla cucina di Josephine avevo quasi recuperato il mio peso forma di cento chili.

Ero geneticamente predisposto per un fisico asciutto e muscoloso e quando l'estate arrivava la mia pelle si tingeva di un'abbronzatura rara da vedere a New York.

Trascorsero un paio di mesi e le ritorsioni a discapito del quartiere incominciarono a farsi sentire. La malavita, più ostinata che mai, aveva intenzione di comprare gran parte delle case del quartiere e di tanto in tanto si vedeva qualche famiglia fare i bagagli per poi scomparire.

Ai più tenaci veniva bruciata la macchina come minaccia, a qualcuno scomparve il cane, e dopo svariate ricerche se lo ritrovò impiccato sulla soglia di casa.

La polizia cercava di dare un freno a quell'ondata di violenza che stava imperversando in uno dei quartieri più tranquilli di New York, era sempre stato un luogo pacifico dove crescere i figli, ma con l'arrivo di Marck LoCavo, le cose precipitarono in un turbine di disperazione.

Una calda mattina di agosto mi svegliai in un bagno di sudore, il sogno ricorrente che mi perseguitava era tornato a farmi visita, ma avendo diminuito drasticamente gli psicofarmaci, lo stesso sogno mi sembrò meno inquietante.

La notte era ancora intenta a rubare ogni forma di colore ed il silenzio era interrotto solamente dai fattorini che correvano in tutte le direzioni portando latte ad ogni casa. Decisi di scendere in strada a fare due passi, prima che la caldana soffocasse ancora una volta la torrida New York.

Un timido bagliore oltre i tetti delle case lasciava intuire che un nuovo sole stava per sorgere, le stelle erano quasi totalmente scomparse dal firmamento e una luna ammalata stava sfumando poco per volta.

Mi sentivo in forma, era da tempo che non facevo una salutare camminata, quindi decisi di recarmi alla mia abitazione per prendere la corrispondenza che da mesi non ritiravo.

Le imponenti piante che costeggiavano la strada erano rischiarate da piccoli lampioni che emanavano una dolce luce calda, camminavo solitario verso la mia destinazione ascoltando la dolce serenata di qualche cicala.

Il canto degli uccelli incominciò a farsi sentire quando una bellissima alba dorata fece capolino all'orizzonte e mentre proseguivo il mio percorso vidi le luci delle case accendersi per iniziare un nuovo giorno.

Il tragitto fu gratificante e decisamente rilassante, ma quando spuntò la mia vecchia casa le mani si strinsero in due pugni.

La Taunus era stata quasi totalmente demolita dai vandali che imperversavano il quartiere, i copertoni erano stati tagliati, la vernice rovinata da incisioni e scritte a bomboletta, mentre due finestrini erano stati frantumati.

Accarezzandola come una vecchia amica di avventure mi riproposi che un giorno avrei trovato i soldi per restaurarla completamente e che per nulla al mondo sarebbe finita in uno sfascia carrozze o, peggio, mutilata e venduta a pezzi.

La casa era ricoperta da uno strato di smog che la rendeva tetra e malinconica, assi sconnesse della veranda la facevano assomigliare ad una di quelle case che si vedevano nei film dell'orrore e, qualche finestra rotta, presa di mira da sassaiole di bambini un po' troppo scalmanati la rendeva triste come il volto di un vecchio signore.

Il piccolo giardino si era trasformato in una selva oscura, dove erbacce e spazzatura rendevano quasi impossibile il passaggio verso l'entrata.

All'interno fortunatamente tutto era rimasto invariato, salvo qualche escremento e tonnellate di sporcizia, sembrava sana dall'umidità e, secondo gli insegnamenti di Pitt questo era già un'ottima cosa.

Salii al piano superiore e chiudendo le imposte delle finestre rotte interruppi le frequenti visite dei piccioni che da qualche tempo cercavano di nidificare nelle camere da letto.

Con una scopa ripulii quanto meglio potevo ogni camera e sfrattando i miei coinquilini felini, ristabilii un minimo di ordine in quel luogo dove l'anarchia l'aveva sempre fatta da padrona.

Con qualche chiodo e una tavola di legno sigillai l'unico ingresso che sfruttavano i gatti per entrare. Uscendo di casa, per la prima volta nella mia vita feci scattare la serratura.

La cassetta delle lettere era colma di carta, pubblicità di ogni genere era stata stipata in quella piccola scatola di metallo che portava il nome del proprietario scritto malamente con un pennarello indelebile.

Presi l'intero cartoccio tra le mani e sedendomi a terra incominciai un lungo lavoro di selezione.

La pubblicità venne accantonata immediatamente per essere in un secondo tempo gettata nel bidone, mentre le bollette della luce e dell'acqua vennero impilate ordinatamente per un repentino pagamento.

Tra le mani mi restò l'ultima lettera che apparentemente non assomigliava né ad una multa né tanto meno ad una bolletta arretrata.

Sul lato opposto si poteva leggere il timbro postale del mittente e sorprendentemente quella lettera arrivava dalla Nuova Zelanda.

Aprii la busta incuriosito, leggendola le mie mani incominciarono a tremare vistosamente al punto che dovetti interrompere la lettura per calmarmi. In una calda mattina di agosto, avevo scoperto di non essere solo, il padre di mia madre, mio nonno, mi stava cercando.

La Lettera.

Alla cortese attenzione del Sig. John James Miller.

La informiamo che a causa di un lieve malore, suo nonno, il Sig. Maato Karana, da parte materna, chiede urgentemente di poterla incontrare.

Data la condizione fisica del Sig. Karana, saremmo lieti di poterla ospitare.

In allegato troverà un biglietto aereo per la Nuova Zelanda preventivamente pagato.

Se acconsentirà positivamente all'invito, all'arrivo telefoni a questo numero 3215262874.

Cordiali saluti dal consolato Zelandese in distaccamento negli U.S.A.

Un improvviso formicolio si sviluppò velocemente nelle mani, la sensazione che provai era vagamente somigliante a quando si cerca di trattenere una farfalla tra le mani mentre spera di guadagnarsi la libertà sbattendo le flebili ali.

Una vampata di calore mi colpì in pieno volto facendomi arrossire visibilmente, la fronte imperlata dal sudore brillava per i primi raggi solari che debolmente mi colpivano.

Il cuore accelerò il suo instancabile lavoro e visualizzai nella mente un'incredibile svolta della mia vita.

Il fato, parente stretto del destino, ancora una volta aveva giocato d'astuzia e di certo non mi sarei fatto scappare l'unica speranza d'evasione, da quella città di automi senza una vera e propria integrità morale.

Come un immenso puzzle, la mia vita si stava ricomponendo un pezzo alla volta.

I tasselli di quell'intricato mosaico si stavano ricomponendo facendo riaffiorare l'immagine vera del mio futuro.

Un neonato sole dai colori sbiaditi aveva inondato la città con i suoi raggi dorati.

Ed io, catapultato in un mistico sogno ad occhi aperti, camminavo con tanta leggerezza che mi sembrava fluttuassi a pochi centimetri dal suolo.

La mia mente cercava di vagare verso quella terra lontana di cui avevo appena letto sulla lettera, ma condannato dall'ignoranza, la peggior malattia che si poteva contrarre, non sapevo far nascere nessuna immagine.

Come un esiliato senza patria, tornai verso l'abitazione che mi stava dando asilo, cercando di capire quale fosse la cosa giusta da fare.

Mille domande mi stavano affollando la testa, per ogni risposta che trovavo altri interrogativi nascevano per farmi distrarre e innervosire.

Mi domandavo per quale motivo mia madre non avesse lasciato nessun indizio per far sì che mi ricongiungessi con mio nonno, perché aveva preferito farmi crescere tra orfanotrofi e famiglie che non conoscevo e detestavo, e perché mai mio nonno voleva conoscermi proprio ora.

Per un istante sentii crescere un impulso di odio verso quella madre che avevo perso da bambino, un conflitto di emozioni si stava per scatenare nell'angolo più profondo del mio cuore.

Una tempesta di irrazionalità e sgomento stava per scontrarsi con l'affetto e l'amore che provavo per quella donna che mi aveva messo al mondo.

Riuscii a stento ad arrivare nella mia camera senza svegliare la famiglia Pitterson e lanciando un sordo urlo di disperazione presi a pugni il muro fino a farmi sanguinare le mani.

Pitt mi prese alle spalle e trascinandomi con la sua mole sul letto mi calmò tenendomi stretto fra le sue braccia.

<<Ragazzo calma, cos'è successo? Calmati Rellik ti prego, mi stai spaventando.>> Digrignai così forte i denti che un canino si scheggiò e dopo qualche istante incominciai a respirare a pieni polmoni.

<<Forza ragazzo respira, respira e concentrati.>> Sussurrò Pitt accarezzandomi la testa come fossi suo figlio.

<<Ho appena scoperto di avere un nonno Pitt, ha chiesto di vedermi!>> boccheggiai per lo sforzo.

<<Capisco ragazzo, ma questo non è il modo di reagire, quello che è stato fatto non si può cambiare, adesso devi guardare al futuro.>>

<<Ma perché, perché ho dovuto vivere così, e credere di essere solo alla vita.>>

<<Ci saranno stati ottimi motivi credimi, non c'è madre al mondo che vuole il dolore del proprio figlio.>>

Il mio carattere era sempre stato impetuoso, una sorta di dinamite con la miccia troppo corta, ma quel mattino, dopo aver realizzato che la gioia mi era stata negata per qualche misterioso motivo, il candelotto di dinamite si trasformò in una letale bomba al tritolo che solo Pitt con la sua pazienza era riuscito a disinnescare prima che compiessi qualche atto sconsiderato.

<<Forza dobbiamo bendarti le mani, te le sei scorticate e mi hai imbrattato i muri di sangue.>>

<<Perdonami Pitt, sono un continuo fallimento.>>

<<Non dirlo nemmeno per scherzo, tu non sei un fallimento, sarei stato orgoglioso di avere un figlio come te, e non devi odiare tua madre. I genitori compiono errori come tutti. Ma la vita come sai bene tira colpi mancini e ci guida su strade impervie, sta a noi decidere se affrontarle o sederci sul selciato ad aspettare una fine.>>

Pitt riusciva sempre a trovare le giuste parole per farmi ragionare, nella sua semplicità era un uomo con una profonda morale e in fondo al suo cuore sapeva benissimo che non ero quel delinquente che tutti credevano, ero solo una povera anima in pena che aveva smarrito la strada, ma che con tutte le forze cercava di uscirne indenne.

Guardai gli occhi sinceri del mio vecchio amico, ero contento che il destino avesse deciso di metterlo sulla mia strada, quel grosso afroamericano mi aveva aiutato ad alzarmi dal selciato e mi stava spronando a continuare il mio cammino.

Pitt cosparse di liquido disinfettante le mie nocche spellate, con cura passò un tampone per ripulirle del sangue coagulato e con delle bende mi fasciò meticolosamente utilizzando la stessa procedura che i pugili usano per fasciarsi le mani prima d'infilarsi i guantoni.

Passarono i giorni, di tanto in tanto a tavola discutevamo di quella lettera che avevo ricevuto e ognuno diceva la sua cercando di convincere gli altri delle proprie convinzioni.

Josephine si pronunciava con cuore di madre e spirito libero, ripeteva in continuazione di seguire il mio intuito e di cercare la strada ovunque lei decidesse di svoltare.

Era convinta che il tragitto non era altro che un'inevitabile conseguenza che ogni uomo doveva affrontare, perché quel cammino non era altro che la semplice vita.

Quello che la gente non capiva era il punto di partenza e l'arrivo, quei due punti erano l'essenza della persona, perché ognuno sapeva perfettamente come partiva, ma non avrebbe mai saputo come si sarebbe trasformato quando giungeva alla fine.

Ed era anche dell'avviso che un famigliare anziano doveva essere seguito da un parente stretto e che un'irresponsabilità così grave poteva macchiare l'anima di una persona rendendola nera come china.

Pitt guardava sua moglie con aria distratta, fingeva che quelle parole non fossero altro che vaneggiamenti di una credente troppo attaccata al vangelo e che la cosa giusta da fare non era pensare all'arrivo, quanto concentrarsi sul tragitto.

Pensare troppo in là non serviva a nulla, ogni persona doveva occupare le proprie giornate interessandosi solo del domani o poco più. Era quello il vero segreto per vivere in modo tranquillo ed agiato.

In più se quel "*Lupus in fabula*" del nonno si era svelato con trent'anni di ritardo, era tempo di rassegnarsi.

Ascoltavo le dispute serali tra i due coniugi con molta attenzione, mi trovavo in un punto di stallo e non sapevo veramente che decisone prendere per il futuro.

Ogni giorno mi svegliavo prima dell'alba e prendendo in prestito da Pitt vari attrezzi, camminavo con spensieratezza verso la mia malconcia casa.

Il lavoro mattutino mi aiutava a pensare, e mentre la mia materia grigia veniva sferzata da scariche elettriche a basso voltaggio, il mio cervello si sdoppiava per lavorare e pensare contemporaneamente.

La decisone di partire mi assillava ormai da settimane e non riuscivo a trovare un punto fermo per poter decidere cosa fare della mia vita.

Avevo trovato un equilibrio ben calibrato e un aiuto esemplare ma una stupida lettera mi diceva di lasciarmi tutto alle spalle e partire in fretta e furia.

New York da qualche tempo mi stava stretta, e i newyorkesi m'infastidivano notevolmente, ma quella sinergia che avevo instaurato con Pitt e Josephine non poteva essere ignorata.

Con pazienza e dedizione misi in pratica tutti gli insegnamenti del mio caro mentore Pitt e poco per volta la vecchia casa decrepita incominciò a risorgere dalle proprie ceneri come una fenice.

Il giardino si trasformò in un piccolo appezzamento di terra ben battuta con una leggera sfumatura di verde, il prato che da poco era stato seminato incominciava a crescere.

Le finestre erano state riparate alla perfezione, i vetri erano stati cambiati e ogni imposta levigata e dipinta con impregnante per proteggerla dalle intemperie.

Le tavole sconnesse della veranda erano state sostituite e, dopo un mastodontico lavoro di pulizia, incominciai a tinteggiare l'interno donando a quella vecchia casa una tonalità di vita.

Ogni sera mi coricavo pensieroso sul letto, e mentre l'estate giungeva al termine e venti più freschi incominciavano a riportare le temperature a livelli più vivibili, m'interrogavo sulla mia esistenza e cercavo la chiave per una risposta definitiva all'invito che mi era stato fatto.

L'autunno arrivò quasi all'improvviso, prendendo di sorpresa la cugina estate e riducendola ad un ricordo quasi malinconico.

I colori sgargianti che solo il solstizio estivo potevano regalare, furono ben presto rimpiazzati dai caldi colori autunnali.

Le piante cambiarono le loro tonalità inseguendo la moda del momento, passando da un verde smeraldo, ad un rosso acceso.

Giubbotti e maglioni vennero messi in libertà condizionata dalle loro carceri di legno, costretti per lunghi mesi di agonia all'interno di angusti cassetti colmi di naftalina per evitare che dei piccoli insetti facessero un banchetto con capi firmati e pagati a caro prezzo.

I venti caldi del sud incontravano i parenti stretti del nord dopo un lungo tragitto e, quando questi riunioni meteorologiche avvenivano, il risultato era un temporale che portava forti acquazzoni.

Quella notte un forte temporale stava infuriando su parte di New York e la via dell'abitazione Pitterson non era scampata a quell'inondazione proveniente dal cielo.

Il vento sferzava con forza le chiome delle piante, strappando poco per volta le ammalate foglie che innalzandosi come piccoli aquiloni, volteggiavano come ballerine per poi rincorrersi e cadere a terra.

Stando sdraiato nel letto ascoltavo quella malinconica ma incredibile sinfonia fatta di tuoni, fischi e ticchettii di gocce che cadevano sul parapetto.

La stanchezza stava per prendere il sopravvento, ma qualcosa rapì la mia attenzione facendomi alzare le orecchie come il migliore dei pastori tedeschi così incominciai un sottile lavoro per decriptare le informazioni che giungevano al mio timpano.

37

Stilai una serie di probabili ipotesi: un ramo che spinto dal vento toccava la grondaia, un'anta cigolante o un ladro che cercava d'introdursi in casa.

Dopo aver analizzato bene le tre eventualità, scartai automaticamente le prime due e a piedi scalzi mi avviai verso le scale per capire cosa diamine stesse accadendo.

Sapevo che Pitt teneva una vecchia mazza da baseball autografata da Jackie Robinson nel suo ufficio personale, e scivolando come un gatto nella piccola stanza presi dalla teca quell'arma contundente che mi avrebbe difeso da una probabile colluttazione.

Senza fare il minimo rumore scesi per l'ultima rampa di scale, pensai per un istante di svegliare Pitt, ma conoscendo il mio amico e soprattutto la sua mole, era meglio che restasse addormentato in camera da letto.

Rellik si acquattò come un leone nella savana, prima di sferrare il suo colpo micidiale, e osservando la porta finestra con attenzione restò nascosto nel buio.

Un fulmine regalò qualche istante di luce ad una notte buia e tenebrosa, e quel breve istante bastò per far scorgere una figura fuori dalla porta.

Avevo indovinato, il rumore che avevo sentito grazie all'eco che le lunghe rampe di scale scandivano meravigliosamente come un anfiteatro flavio, era l'inconfondibile sfregamento di una lama all'interno della serratura mentre una pinza cerca di far saltare il meccanismo della chiusura. E la prova definitiva mi venne regalata da un lampo che per un istante rischiarò il quartiere facendomi intravvedere una sagoma nera dietro la piccola finestrella della porta.

Imperturbabile restai concentrato sulla mia missione, qualsiasi altra persona si sarebbe lanciata alla ricerca di un telefono per avvisare la polizia, o peggio si sarebbe nascosta singhiozzando e pregando che l'intruso non gli facesse del male.

Ma il mio -modus operandi- era stato affinato in anni di dure lezioni di strada e quella notte avrei messo in pratica tutto ciò che aveva imparato.

Il ladro riuscì a forzare la serratura e come un fantasma scivolò nella casa senza fare il minimo rumore, lo seguivo con lo sguardo come un rapace segue la propria preda nel buio della notte e alla prima occasione lo avrei assalito senza nemmeno dargli il tempo di rendersi conto di quanto stava accadendo.

La sinistra figura vestita di nero prese dalla tasca una piccola torcia elettrica e camminando verso la sala da pranzo con passo deciso non degnò di uno sguardo nessun oggetto di valore che si trovava in casa.

Lo seguii strisciando a terra, quando ebbi la certezza di averlo in pugno sbucai dal nulla come il più bravo dei prestigiatori e, prendendo bene la mira, lo colpii perfettamente alla testa.

Qualcosa non andò per il verso giusto, avvertii una strana vibrazione del legno che impugnavo, e l'ambigua figura invece che stramazzare al suolo, si degnò solamente di appoggiare un ginocchio a terra, come se avesse perso solamente l'equilibrio.

38

Intuii che la testa non si era fracassata come un cocomero per merito di un casco da motociclista, e deciso a colpirlo la seconda volta, il fortunato ladro mi prese in contropiede sferrandomi uno spintone che mi mandò a gambe all'aria.

La caduta mi fece sbattere la nuca contro il grosso tavolo ovale che padroneggiava nel mezzo della sala, e l'uomo in nero si diede alla fuga in una corsa disperata verso la salvezza.

Dopo qualche istante mi rimisi in piedi, e vedendo il losco soggetto correre attraverso il giardino, non persi un secondo per rincorrerlo con tanto di mazza.

Il temporale stava ancora infuriando e l'acquazzone che scendeva a dirotto s'infrangeva contro il mio viso, rendendo difficoltoso l'inseguimento.

L'imprudente ladro correva come se fosse inseguito dal diavolo in persona e, disfandosi del casco che un istante prima gli aveva salvato la vita, si lanciò all'interno di un'automobile che lo stava aspettando.

Con una sgommata la macchina filò via tra le folate di vento e acqua, ed io restai ansimante al centro della strada a osservare il fuggitivo sparire in una notte da diluvio universale.

In parte sconfitto in parte vittorioso, ritornai verso casa brandendo la mazza di Pitt, osservandola vidi l'importantissimo autografo sbiadirsi e per un istante pensai che il mio amico non me l'avrebbe perdonata.

Il rombo potente di un'autovettura mi fece alzare gli occhi dalla mazza e un brivido mi corse lungo la schiena.

Lo scagnozzo di Marck LoCavo, il ragazzo dal giubbotto di pelle che avevo terrorizzato nel vicolo, era completamente esposto dal finestrino fino alla cinta e urlando come un pazzo mi mostrava il dito anulare di entrambe le mani. Compresi immediatamente la gravità della situazione, per un istante il tempo rallentò fino al punto di fermarsi e un attimo dopo accelerò fino a confondere le leggi della fisica. Tempo e spazio si fusero insieme e mi ritrovai dinanzi alla casa di Pitt che stava andando in fiamme.

Restai paralizzato dinanzi a quella scena apocalittica, se un dottore in quel momento mi avesse analizzato, mi avrebbe diagnosticato il –Rigor Mortis-.

Le fiamme stavano avvolgendo il piano inferiore, e dalle finestre del secondo piano si poteva vedere nitidamente il fumo riempire i locali per poi trovare piccole vie di fuga verso l'esterno.

Mi precipitai nel garage, presi la grande coperta con cui Pitt copriva la sua amata automobile e gettandola in una grande pozzanghera del giardino la inzuppai completamente di acqua.

Nel frattempo delle urla incominciarono a farsi largo nella confusione del legno scoppiettante, Pitt e Josephine erano intrappolati nella loro camera da letto senza una via di fuga.

Mi avvolsi nella coperta bagnata cercando di coprirmi tutto il corpo e con un balzo mi gettai tra le fiamme che divoravano tutto quello che incontravano.

L'aria era incandescente e le vampate di calore avrebbero cotto un pollo a cinque metri di distanza, attraversando una barriera fatta di lingue infuocate presi la rampa di scale e tenendo la testa china e la stoffa sulla bocca raggiunsi la camera di Pitt.

Con un balzo riuscii a entrare nella loro camera da letto, Josephine era seduta sul cornicione della finestra per scampare dal fumo denso che inondava ormai tutta la casa.

Pitt si era sdraiato a terra perché durante un corso effettuato qualche anno prima sul lavoro gli avevano spiegato che il fumo avrebbe sottratto ossigeno ai locali partendo dall'alto.

Avanzai nella stanza senza timore e prendendo Josephine per un braccio la riportai all'interno della casa.

La coperta poteva garantire ancora un po' di protezione, era quasi totalmente asciutta ma le trame del cotone erano ancora umide e avrebbero svolto il loro dovere fin fuori da quell'inferno.

<<Forza Pitt dobbiamo andarcene da qui!>> urlai.

<<La mia casa, la mia casa, perché? Perché?>> si disperava piangendo copiosamente.

Mi chinai e con tutta la forza che avevo in corpo lo presi sottobraccio e lo aiutai a rialzarsi, Pitt era sconvolto, completamente inebetito e incapace di reagire dinanzi a quella distruzione globale.

Tutti e tre ci unimmo in un abbraccio disperato e con l'aiuto della pesante coperta cercammo di guadagnarci la libertà uscendo dalla tana di Mefisto.

Trattenendo il fiato per non riempirci i polmoni del tossico fumo che inondava ogni centimetro della casa, facemmo l'ultimo grande sforzo per uscire da quella trappola mortale e sbucando nel giardino ci lasciammo cadere a terra per placare il dolore delle lievi ustioni.

La pioggia non riuscì a frenare la fame di quel fuoco ostile ma ci rinfrescò dopo essere passati nel mezzo dell'inferno.

Pitt piangeva come un bambino e Josephine in ginocchio gli teneva la testa fra le braccia cercando invano di consolarlo.

La gente del quartiere accorse immediatamente cercando di portare il minimo indispensabile a quelle povere persone colpite dal disastro.

Di tanto in tanto qualcuno mormorava parole di odio verso Marck LoCavo ma prontamente un parente vicino, se non il proprio coniuge, lo azzittiva perché consapevole del rischio.

Quando i pompieri arrivarono non vi era molto da fare, la bella casa di Pitt era ridotta ad un cumolo di legno fumante e milioni di particelle rosse volavano sospinte dal calore verso un cielo che a poco a poco andava rasserenandosi.

Fradicio e sporco di fuliggine fin dentro le narici, guardai i miei amici stringersi in un abbraccio disperato, entrambi cercavano di darsi forza a vicenda ma il risultato era solo un pianto soffocato.

In quell'istante venni raggiunto dall'ispirazione, incredibilmente avevo trovato la risposta che da mesi cercavo invano.

Sapevo quello che dovevo fare.

CAPITOLO TERZO.

La nuova missione del capitano William Hobson.

La carrozza aspettava da venti minuti l'arrivo del capitano William Hobson, il quale indaffarato a raccogliere le sue carte nautiche non si preoccupava del cocchiere o dei cavalli, costretti a starsene sotto il sole cocente dell'Australia.

Erano cinque anni che viveva su quell'immensa isola quasi totalmente deserta e dopo tutto quel tempo aveva ricevuto la carica di "capitano" surclassando quella di "commander".

Correva l'anno 1837 e per ordine del governatore della colonia del nuovo Galles del sud, Richard Bourke, il capitano Hobson fu chiamato d'urgenza nell'ufficio privato della capitaneria di porto.

William sapeva bene che una richiesta così repentina significava qualcosa di molto importante, quindi arraffando tutto il materiale che aveva minuziosamente studiato per anni, si recò di tutta fretta verso la carrozza.

Quando il cocchiere vide il proprio padrone arrivare tirò un sospiro di sollievo, l'acqua nella borraccia era stata prosciugata e i cavalli incominciavano a schiumare dalla bocca.

Il capitano William era sempre stato una persona esemplare e non permetteva che i suoi dipendenti fossero trasandati come ubriaconi scozzesi, quindi pretendeva sempre la massima diligenza e con essa un vestiario completo di camicia a manica lunga, pantaloni e stivali e una pesante giacca che portava lo stemma della marina militare.

Solo l'imponente cappello era stata una scelta azzeccata, perché riparava alla perfezione dai raggi solari che essendo quasi perpendicolari alla terra avevano la forza di una lente d'ingrandimento.

Il cocchiere senza troppe smancerie salutò il suo padrone e aizzando i cavalli con le briglie si lanciò a tutta velocità verso il grande palazzo che ospitava una divisone della marina.

All'arrivo un damerino vestito con una lunga casacca rossa e pantaloni bianchi si preoccupò di aiutare il capitano a scendere dalla carrozza e, prendendo in consegna i suoi testi, chiese cordialmente di seguirlo.

Il grande palazzo era fresco e lustro come Buckingham Palace, un lungo tappeto rosso seguiva i lunghi corridoi e ogni muro era affrescato con immagini di vascelli pronti a solcare le acque più burrascose dei sette mari.

Dopo una lunga gincana il capitano William entrò nell'ufficio dell'ammiraglio Anton Glassmilo, il quale rivolto verso un'immensa finestra guardava il porto mentre fumava una grossa pipa che emanava un forte puzzo di tabacco irlandese.

<<Ben arrivato capitano Hobson, si segga.>> ordinò l'ammiraglio dando la schiena al suo invitato.

<<Grazie ammiraglio, ma preferisco restare in piedi.>> buttò lì il capitano.

<<Bene Hobson, mi fa piacere la sua risposta, le sedie sono per i rammolliti, le persone che aspirano a comandare amano stare in piedi, perché un vero comandante deve farsi sentire e vedere e deve sempre dare il buon esempio.>> spiegò tra una boccata di fumo e un colpo di tosse.

<<Ammiraglio per quale motivo ha richiesto la mia presenza?>> domandò Hobson.

<<Sono più di cinque anni che sei approdato su quest'isola, in questi anni hai sconfitto un gran numero di pirati che volevano arricchirsi con le tratte dei commercianti, hai difeso le rotte delle Indie orientali, e fonti sicure mi hanno riferito che sei anche un ottimo soldato sulla terra ferma oltre che un eccellente capitano.>> Il capitano Hobson ascoltando orgoglioso il suo ritratto sonoro, gonfiò il petto come un gallo.

<<Abbiamo bisogno delle sue qualità e della sua spiccata attitudine al comando.>> aggiunse l'ammiraglio.

<<Ebbene, mi dica quello che devo fare, sono mesi che aspetto un incarico ammiraglio.>>

<<Quello che le sto per chiedere non è una delle tante missioni che ha svolto Hobson. Il mio amico James Busby ha comunicato a Richard Bourke che gli indigeni della nuova colonia stanno dando troppi problemi, e se qualcuno non ci mette ripiego saranno costretti ad abbandonare la Nuova Zelanda. Abbiamo investito molto su quella terra e ci abbiamo spedito una notevole quantità di denaro. Mi serve che riporti l'ordine e spazzi via tutti i nativi, le daremo una flotta con marinai esperti e un esercito di professionisti. Ma al suo ritorno la Nuova Zelanda dovrà essere sottomessa alle nostre volontà, intesi?>>

Una scintilla si accese negli occhi del capitano Hobson, l'incarico gli avrebbe fruttato fama e gloria e molto probabilmente una carica importante in politica. Senza ombra di dubbio avrebbe spazzato via chiunque si fosse opposto alle sue volontà e la scintilla che si accese un istante prima divenne un rogo dopo il pensiero di una carica superiore.

<<Mi dica quando partire.>> rispose con tono sprezzante.

<<Stiamo lavorando per recuperare l'equipaggio e le navi, le armi sono già stipate nelle segrete del palazzo, quando tutto sarà pronto la manderemo a chiamare. Per il momento si rilassi e passi delle tempo con sua moglie.>>

Il capitano William Hobson con un colpo di tacchi si congedò dall'ammiraglio e voltandosi sparì dallo studio dell'ammiraglio che ancora voltato a guardare il mare finiva di fumare la sua pipa.
Il cocchiere aiutò a salire il suo padrone e sbuffando riprese la strada per tornare a casa.

New York, tempo di cambiamenti.

L'eleganza dello studio avrebbe fatto impallidire il presidente degli Stati Uniti d'America.

La ricerca della perfezione era arrivata a livelli maniacali e il dandismo era la lunga estensione della logica di un individuo che poteva permettersi qualsiasi cosa.

Una scrivania imponente e maestosa dava le spalle ad un camino in marmo raffinato e scolpito da mani di un maestro scultore.

La libreria talmente alta da toccare il soffitto avrebbe potuto contenere gran parte dei volumi che stipavano la biblioteca comunale di New York, mentre statue e quadri di artisti di fama mondiale arricchivano ulteriormente quel luogo di pura vanità.

Stavo seduto in una poltrona simile ad un trono, talmente pesante da non poterla alzare, con le borchie in oro e una pregiata pelle sui cui appoggiare il fondoschiena.

Il pavimento era una perfetta lastra di marmo rosa, sicuramente proveniente dalle cave italiane, le migliori a esportare quel materiale freddo e prezioso.

Incredibilmente la scrivania era sgombra di qualsiasi articolo, non vi era nulla, solo una bella penna in oro e argento che, diligentemente posata su una piccola pezza di alcantara, aspettava il suo padrone per poter scorrere su qualche foglio.

Un giovane uomo di trentacinque anni entrò nell'ufficio e, allungandomi la mano per presentarsi, mise in bella mostra un Rolex d'oro.

Il suo aspetto ben curato era perfetto per gli abiti su misura che indossava e due occhi taglienti mi sorridevano compiaciuti.

<<Allora signor John James Miller è proprio intenzionato a fare questo passo?>> Affermò con tono annoiato.

<<Certamente, senza ombra di dubbio.>> risposi guardandolo fisso negli occhi.

<<Mi scusi la domanda, ma poi cosa farà?>> chiese nuovamente con un sottile sorriso d'arroganza.

<<Ritorno a casa.>> esclamai.

Il ricco notaio scartabellò un fascicolo che teneva in mano e dopo qualche istante alzò lo sguardo con fare interrogativo.

<<Mi risulta che lei abbia solo quella abitazione e una sola cittadinanza, o erro?>>

<<Infatti si sbaglia.>> risposi semplicemente.

<<Ah capisco, non vuole dirmi dove si trasferisce. Un segreto per scamparla da qualche ex moglie? Signor Miller, anche io vorrei scappare ma purtroppo il mio destino è qui.>> sentenziò quasi prendendosi gioco di me.

Una bella segretaria entrò nell'ufficio e posando un foglio sulla scrivania, se ne andò muovendo con sensualità le curve da modella.

<<Mi servono un paio di firme e poi penserò io al resto.>> Mi spiegò il notaio toccandosi i polpastrelli delle mani in una specie di preghiera al dio denaro.

Firmai il foglio senza esitare e passandolo al notaio lo guardai in cagnesco.

<<Perfetto! L'abitazione di John James Miller è stata lasciata in eredità alla famiglia Pitterson, che potrà prenderne possesso fin da ora.>>

Quelle due semplici firme mi erano costate cinquemila dollari e dopo aver pagato con i risparmi di una vita capii il motivo di tanta ricchezza.

Senza salutare mi alzai dal trono, e attraversando l'enorme studio scomparvi dalla vista del giovane notaio stizzito per la mia maleducazione.

Avevo fatto l'unica cosa buona della mia vita, avevo deciso di partire per la Nuova Zelanda e una casa a New York non mi sarebbe servita a nulla.

Pitt e sua moglie mi avevano salvato dall'autodistruzione e per sdebitarmi di quell'immenso regalo, offrii la mia casa a quelle persone che avevano perso tutto.

Un taxi mi accompagnò a casa, ora di proprietà della famiglia Pitterson, presi una valigia che conteneva praticamente tutta la mia vita e guardandola per l'ultima volta, richiusi la porta.

Pitt e sua moglie vivevano da qualche tempo a casa della figlia, il pover uomo era entrato in una piccola depressione che lo faceva piangere tutti i giorni, mentre sua moglie con dolci parole cercava in tutti i modi di risollevargli il morale.

Quel giorno il campanello di Giulien, - la figlia di Pitt- suonò insistentemente, la giovane madre andò ad aprire la porta mentre i suo genitori stavano seduti vicini ad un tavolo bagnato dalle loro lacrime.

Giulien ritornò dopo qualche minuto con gli occhi gonfi e un sorriso incredibilmente raggiante.

<<Mamma, papà dovete sentire questa. Venga avanti signor Lanzoni.>>

Il giovane notaio fece la sua comparsa e si sedette senza troppi convenevoli al tavolo insieme a Pitt e sua moglie, prese la sua ventiquattrore e sfilandone un documento con un mazzo di chiavi lo porse ai due coniugi.

<<Lei è il signor Maikol Edward Pitterson?>> domandò il damerino con un sottile sorrisetto.

<<Si sono io, per quale motivo vuole saperlo?>> rispose Pitt.

<<Perché il signor John James Miller ha lasciato la sua casa intestandola a lei, le pratiche sono già state svolte e il debito verso la mia prestazione professionale saldato, quindi le rendo le chiavi, da questo momento è proprietario dell'abitazione di Rue Avenue N36. Complimenti signori Pitterson.>>

David si alzò dalla sedia e prendendo la sua valigetta costosa si fece accompagnare all'uscita della casa dove una Porche 911 fiammante lo aspettava.

Pitt guardò sua moglie e Josephine abbracciò suo marito, Giulien strinse entrambi i genitori in un unico abbraccio e un pianto di gioia riempì quella triste giornata autunnale .

Verso la Nuova Zelanda.

Tenevo in mano la lettera che qualche mese prima mi aveva quasi fatto impazzire, mi trovavo sul Boeing 747 con un biglietto di sola andata per una terra lontana.

Alla televisione stavano trasmettendo un documentario sulla deforestazione e, per sfuggire alle turbe mentali di una ipotetica sciagura aerea, mi ero infilato le cuffie e seguivo disgustato i danni causati dall'uomo all'ambiente.

Una stupenda hostess di volo mi posò delicatamente una mano sulla spalla per catturare la mia attenzione, al tocco rinvenni quasi spaventato dalla catalessi indotta, e visibilmente frustrato regalai un mezzo sorriso alla dolce fanciulla che mi stava di fronte.

<<Signore, ho notato che è molto teso, se vuole posso offrirle un bicchiere di Champagne della nostra compagnia aerea.>>

Osservai la giovane ragazza, era la classica bellezza americana, un viso spigoloso ma decisamente affascinante sorretto da un collo sottile che scendeva su di un corpo perfetto tutto da immaginare.

<<Sono in seconda classe. Pensavo che fosse una prerogativa solo per i passeggeri della prima classe.>> Replicai contraccambiando un enigmatico sorriso.

<<Effettivamente ha ragione, ma dato che in prima classe ci sono solo una decina di persone, ho pensato bene di offrirlo anche in seconda. La nostra compagnia non fallirà per una bottiglia in più.>> Scherzò l'hostess passandosi una mano tra i capelli.

<<La ringrazio enormemente ma sono astemio, però se vuole farmi compagnia..>> Esclamai con un filo di malizia.

<<La ringrazio enormemente per l'invito ma purtroppo sono in servizio.>> Rispose lei facendomi l'occhiolino.

<<Allora non mi resta che starmene da solo a guardare questo documentario sulla deforestazione.>>

<<Non c'è nulla da fare, magari in un'altra occasione..>> e lasciando in sospeso il discorso girò i tacchi e scomparve oltre le tende che delimitavano la zona dei ricchi dalla semplice plebe.

Il viaggio fu lungo ed estenuante, capitò un paio di volte che l'aeroplano venisse scosso da turbolenze o peggio da sinistri e pericolosi vuoti d'aria.

Ogni qualvolta l'aereo faceva strani rumori, mi aggrappavo con forza ai poggioli e inconsciamente trattenevo il fiato, come se volessi aiutare il pilota nella manovra per scongiurare il pericolo.

Nei momenti di calma rileggevo la lettera che tenevo sempre a portata di mano, era una sorta di vangelo, e sentivo per quel pezzo di carta un'importanza pari alla bibbia per un vero Cristiano.

Il mio volo sarebbe giunto al termine nell'aeroporto di Kerikeri, una cittadina del nord della Nuova Zelanda, ma oltre a quello non sapevo nulla.

Non chiusi occhio per gran parte del viaggio e, quando la stanchezza finalmente mi sconfisse, un brusio di persone agitate mi fece rinvenire dal leggero torpore in cui ero entrato grazie ai monotoni documentari che ininterrottamente andavano in onda.

Incuriosito mi voltai a guardare cosa stesse accadendo e, sorpreso, vidi tutti i passeggeri in piedi che si spogliavano dei cappotti e dei pesanti maglioni per deporli nei piccoli bagagli a mano per indossare al loro posto delle camicie a manica corta o magliette di cotone.

Alzando un braccio cercai l'attenzione della giovane hostess, la quale si accorse immediatamente del mio cenno e sfilando per il corridoio mi raggiunse con un sorriso ammagliante.

Una targhetta dorata spuntava sulla camicia della bella fanciulla, anche lei si era spogliata della classica giacchetta blu per restare solo con la stretta e sfiancata camicetta estiva.

<<Mi dica, le serve qualcosa?>>

<<Sì, vorrei sapere per quale motivo si stanno cambiando i passeggeri?>> domandai.

L'hostess che di nome faceva Pamela Pekins assistente di volo di seconda generazione, sorrise divertita e ponendosi una mano sulla bocca in segno di educazione per non esplodere in una risata strizzò gli occhi compiaciuta.

<<La Nuova Zelanda è un paese subtropicale, fa molto caldo. Quindi la gente si spoglia dei vestiti dell'autunno newyorkese per infilarsi qualcosa di più leggero e fresco.>> Mi spiegò trattenendo a stento le risate.

<<Tra quanto atterriamo?>>

<<Quindici minuti al massimo.>>

<<Mi perdoni Pamela, ma io non avverto tutto questo caldo. E' proprio sicura che faccia caldo in Nuova Zelanda?>>

La signorina sorridendo mi posò una mano sulla spalla indicandomi le grate sul soffitto dell'aereo.

<<C'è l'aria climatizzata, la teniamo sempre accesa per scongiurare cattivi odori, per questo non avverte la differenza di clima!>>

Mi sentii un vero idiota, e con un sorriso, sommessamente ringraziai Pamela dell'aiuto.

La ragazza per tutta risposta sfilò dal taschino della camicia un biglietto da visita e allungando le delicate mani me lo sistemò nel taschino della giacca. <<Resterò a Kerikeri per tre giorni prima di ripartire, se non hai nulla da fare, telefonami.>> E mordicchiandosi un labbro con fare provocatorio ritornò alle sue mansioni.

Era da molto tempo che non uscivo con una ragazza e il motivo era molto semplice.

L'alcol mi aveva consumato e nessuna donna "per bene" avrebbe accettato l'invito di un relitto umano.

Mi guardai nel riflesso dell'oblò, ero tornato il bel ragazzo di qualche anno prima, forse più uomo che ragazzo ma comunque piacente.

L'aereo atterrò senza troppi problemi, il grosso portellone pressurizzato si aprì e le persone incominciarono a scendere ordinatamente.

Pamela mi salutò con un sorriso e il pollice e il mignolo alzati, mimando una cornetta telefonica, ed io ricambiai l'invito strizzandole l'occhiolino.

Una vampata di calore mi colpì appena misi un piede sul primo gradino e quando fui a terra ero già completamente sudato, ripensando al termine subtropicale reagii con filosofia e sfilandomi il pesante maglione restai con la semplice canotta bianca.

Dopo aver recuperato l'unica valigia che mi ero portato, cercai un telefono e sfilando qualche moneta dalla tasca digitai il numero a memoria.

Lo scambio d'informazioni si trasformò in una fredda conversazione con una voce giovane e femminile la quale mi avvisò di portare pazienza per almeno quaranta minuti o forse di più e tagliando corto riagganciò la telefonata.

Seduto su di un muretto di cinta contemplavo quello che la vista poteva regalarmi e lo sguardo cadde su alcune bellezze dall'accento russo.

Il mondo stava progredendo a ritmi inverosimili e la grande madre Russia scampata al comunismo stava facendo passi da gigante per rincorrere e superare le altre super potenze che stavano gareggiando nell'immensa economia globale.

Le splendide ragazze mi fissavano con la fierezza che solo un paese come il loro poteva forgiare, sicure e sprezzanti dinanzi ad ogni cosa.

I loro occhi azzurri erano un tripudio di vanità, mentre i loro corpi statuari dalla carnagione chiara e vellutata potevano ammaliare persino un cieco.

Con un cenno delle lunghe e affusolate braccia, mi fecero capire di alzarmi per raggiungerle e imbambolato da quei sorrisi bianchi e dalle labbra sottili e rosee, mi diressi senza esitare nelle braccia delle due sirene ammaliatrici.

Quando fui a pochi metri dalle due veneri, qualcosa o qualcuno mi afferrò per un polso e strattonandomi con forza mi bloccò nella mia lenta ma progressiva camminata da gallo.

Voltandomi di scatto vidi qualcuno che mi superò con fare deciso, la sagoma posteriore era decisamente femminile e lunghi capelli neri come petrolio grezzo si adagiavano su di una schiena sinuosa color bruno chiaro, lucida per il sudore che colava a piccole gocce.

Una canottiera molto corta con sottili spalline ridotte a due fili, m'innescò un repentino cambio di vedute.

Nonostante le bellezze dell'est Europa fossero ritenute fra le più belle al mondo, contro quell'abbronzatura e un fondoschiena a cui si aggiungevano due gambe slanciate e toniche messe in risalto da corti pantaloncini, vinceva senza alcun dubbio la Nuova Zelanda.

L'enigmatica figura femminile che mi aveva strattonato avanzò con la stessa fierezza di un soldato. Le due sovietiche arretrarono serrando automaticamente i loro dolci sorrisi e strabuzzando gli occhi si dispersero velocemente tra la folla.

Quando la ragazza si voltò, contemplai la sua bellezza esotica e notai un distintivo con scritto -Ranger- agganciato alla cinta che le reggeva i vertiginosi pantaloncini.

Era straordinariamente bella, con un corpo da favola su cui si adagiava con delicatezza un volto che in America era praticamente impossibile da trovare.

Ma lo stesso volto delicato, era deturpato da strane linee che lo attraversavano congiungendosi ad un piccolo mento a punta.

Quel triste tatuaggio, mi riportò nell' incubo che puntualmente mi affliggeva, e vedendo la ragazza avanzare, istintivamente arretrai.

La ragazza scorgendo il mio sguardo turbato si lasciò scappare un buffo sorriso e prendendomi per le mani si avvicinò al mio volto.

Pensando ad un inaspettato bacio, socchiusi le labbra, ma quando fui a pochi centimetri dalla sua bocca capii di aver commesso un imperdonabile sbaglio.

<<Stupido Americano, ma che cacchio stai facendo? Ci stiamo salutando, non voglio mica una famiglia da te. Forza, toccami la fronte e il naso ma non baciarmi!>>

Restai impietrito dall'affermazione spontanea della ragazza e alzando una mano le appoggiai il palmo sulla fronte.

<<Che fai idiota, non la mano, dobbiamo unire le nostre fronti e congiungere i nostri nasi. Questo è il nostro saluto Maori, ma non sai proprio niente!>>

Appoggiai la mia fronte e le sfiorai il naso ma scostandomi velocemente arretrai di qualche passo.

<<Dalle mie parti non ci si saluta in questo modo ragazzina!>> esclamai innervosito.

<<Ma qui non siamo dalle tue parti, siamo in Nuova Zelanda e la "ragazzina" ti ha appena salvato il portafogli e la valigia da quelle due sventole europee. Ricordalo!>>

Sgranai gli occhi e mordendomi la lingua dalla rabbia guardai di sbieco la ragazza.

<<Americano io sono Faata Onda, sono stata incaricata di accompagnarti da tuo nonno, il capo Maato Karana. Aspettavamo la tua visita da molto tempo!>> Aggiunse facendomi segno di seguirla.

<<Ma come hai fatto a capire che ero io?>> Domandai incuriosito.

<<Magia..>> ridacchiò con fare scherzoso. <<Non è stato difficile, un americano stupido e grosso è facile da scovare da queste parti.>>

<<Attenta ragazzina..>> esclamai sedendomi nella jeep.

51

Faata ingranò la marcia della sua piccola jeep sporca e impolverata e, saettando per le strade di una città completamente diversa da quelle che conoscevo, si diresse verso l'abitazione del capo Maato. Ovvero mio nonno.

Dal traffico della grande città di Kerikeri, tra palazzi di cemento e costruzioni che si addossavano l'una all'altra, entrammo in una natura incontaminata dai tratti paradisiaci.

Restai incantato a guardare quelle enormi piante svettare verso un cielo terso, come un bambino al luna park mi lasciai trasportare dall'entusiasmo di scoprire un luogo tutto nuovo osservando meraviglie naturali che nemmeno pensavo esistessero.

Faata di tanto in tanto mi lanciava furtive occhiate per godere del mio sguardo inebetito e ammiccava a piccoli sorrisi di felicità.

Dopo qualche chilometro la piccola jeep venne inghiottita dalla folta vegetazione. Giganti dall'aspetto possente aprivano i lunghi rami formando un tunnel e lance di pura luce a fatica riuscivano a penetrare quell'intreccio magistrale.

Mi trovai catapultato in un'epoca, dove solo animali ormai estinti avevano avuto la possibilità di calpestare una terra tanto bella quanto selvaggia.

Un senso di tranquillità s'impossessò del mio cuore, riducendomi schiavo di un nuovo mondo.

<<Ci possiamo fermare? Dovrei…!>> esclamai sfilandomi gli occhiali da sole.

<<Certo, preferisci farla dietro una pianta o preferisci un bar?>> ridacchiò ingenuamente la ragazza.

<<Visto con chi viaggio.. Meglio fermarci in un bar! Avrei anche sete.>>

<<Ma qui non esistono bar..>> sghignazzò Faata vedendomi sgranare gli occhi.

<<Ma tra una ventina di chilometri troveremo un villaggio, rilassati>> aggiunse.

Scossi la testa con una smorfia di disappunto, quella ragazza affascinante ma dal carattere ribelle stava mettendo a dura prova la mia pazienza.

Di tanto in tanto la osservavo con la coda dell'occhio, con indifferenza gettavo lo sguardo sulle lunghe gambe abbronzate e imperlate di sudore, era senza dubbio uno schianto, se solo fosse stata più affabile avrei anche tentato un approccio.

I miei pensieri erano sempre concentrati sulla risoluzione di quell'enigma che la ragazza si portava dipinta in modo indelebile sul volto e più mi spremevo e meno capivo per quale motivo si fosse fatta deturpare da quegli inutili tatuaggi che da una vita mi perseguitavano in sogno.

La jeep con un sobbalzo frenò la sua corsa in un piccolo villaggio immerso nel nulla. Pensai che una piccola folla mi si sarebbe accalcata attorno con i palmi a cucchiaio per ricevere qualche soldo, ma dovetti ricredermi quando vidi gli abitanti di quel luogo non curarsi minimamente della mia presenza, e senza degnarmi di uno sguardo continuarono le loro mansioni quotidiane.

Faata con una pacca sulla spalla mi fece cenno di seguirla e senza esitare m'incamminai tra le tipiche abitazioni fatte di legno e paglia.

Entrammo in un grosso edificio, una sorta di capanna con un'unica sala, dove decine di persone se ne stavano a parlare per i fatti loro.

<<Questo per noi è un luogo di ritrovo, la gente qui parla della propria famiglia, del lavoro e di ogni cosa. Allora vuoi una Coca?>> Mi domandò dopo una piccola lezione di cultura generale.

Guardandomi attorno non vidi nemmeno l'ombra di un frigorifero o spine da dove poteva zampillare qualsiasi bevanda ghiacciata.

<<Mi stai ancora prendendo in giro vero? Se ti dico di sì, tu mi porterai un boccale di legno con acqua malsana, che mi metterà sul cesso almeno per una settimana!>>

<<Si vede che sei americano, tutti quelli che provengono dalla tua terra sono pieni di pregiudizi e diffidenti. Il generatore elettrico è qui dietro, lo tengono lontano per non dare fastidio con il suo continuo ronzare. Allora la vuoi la lattina o preferisci stare a bocca asciutta?>> sbottò con un'occhiata accattivante.

<<Si, una cola andrà benissimo. Grazie.>> risposi arricciando le labbra.

Faata sparì oltre una piccola porta e così restai solo con gli abitanti del luogo.

Dal nulla sbucarono tre tizi enormi, quasi totalmente tatuati, alti e ben piazzati come giocatori di rugby.

Cercai di non incrociare il loro sguardo, sinceramente non volevo cacciarmi nei guai, ma sapevo bene che i guai solitamente cercavano me.

Uno dei tre tizi, il più alto e con braccia grosse quanto due tronchi, rubò l'attenzione dei suoi amici e allungando l'imponente arto muscoloso m'indicò con fare minaccioso.

Dopo qualche risata e svariate manovre per mettere in mostra la propria forza, mi raggiunsero e circondandomi mi fissarono con sguardi gravi.

Non abbassai lo sguardo in segno di sottomissione, non lo avevo mai fatto e non lo avrei fatto in quella circostanza.

Mi sentivo minacciato da quei tre energumeni somiglianti ad armadi, ma la mia sfrontatezza legata a doppio nodo con un coraggio da leone non mi fece desistere dal battermi in ritirata.

L'adrenalina si trasformò in energia e l'energia si trasformò in una tensione che si poteva percepire nell'aria come il ronzare dei cavi dell'alta tensione.

Le persone più anziane si alzarono dal suolo e in silenzio uscirono dalla capanna, per qualche minuto i tre individui parlarono tra di loro in una lingua incomprensibile.

Io mi spogliai del giubbotto di pelle mettendo in mostra i muscoli tesi e gonfi di sangue, i tre giganti smisero di ridere e assumendo uno sguardo duro e serio fecero precipitare la situazione.

Il mio atteggiamento fu un vero affronto che non sarebbe passato impunito, ma dal canto mio, sapevo che l'unica cosa che mi riusciva bene era fare a pugni, e quello sarebbe stato solo uno dei tanti scontri che si sarebbero aggiunti alla mia lunga lista.

<<Pakeha sei lontano da casa, sarebbe meglio che te ne vada subito!>> ruggì il più tarchiato dei tre.

<<Devo ancora bere la mia lattina, poi forse me ne andrò.>> Risposi restituendo uno sguardo feroce.

<<Pakeha conosci il dolore? Sarebbe meglio per te se ritorni in America.>> Sibilò il gigante che stava alla mia sinistra.

<<Non mi chiamo pakeha e ho detto che non me ne vado. Voi conoscete il dolore?>> risposi gonfiando il petto e allargando le ampie spalle.

I contendenti si scambiarono un intreccio di sguardi bui e violenti dando inizio al cruento scontro.

I corpi si posizionarono pronti per attaccare, degni dei più grandi eroi che la solenne Roma e la grande Grecia potevano vantare.

I muscoli si tesero in profondità facendo affiorare striature dall'aspetto possente.

Il fluido dell'invincibilità, chiamato "adrenalina" venne pompato ritmicamente dal cuore nelle grosse arterie per distribuirlo in tutto il corpo.

Le narici si allargarono per canalizzare l'aria nei polmoni da scindere poi in raffinato ossigeno.

Le pupille si allargarono inseguendo l'iride per cogliere anche il minimo movimento: Ossa, tendini, organi, ogni singola parte dei corpi era pronta per l'inevitabile scontro fisico.

I fendenti, veloci e precisi come le antiche scuri medioevali usate dai macabri boia, trafissero l'inconsistenza dell'aria per raggiungere gli obiettivi prefissati.

I corpi si aggrovigliarono, il sangue schizzò a fiotti la saliva divenne rossa e dal gusto metallico, la pelle si scorticò sulle nocche, le sopracciglia si ruppero e le labbra mostrarono la polpa rosa che le riempiva.

Il tempo cedette il posto alla spazio, l'acume e l'intelletto vennero soppressi dalla rabbia e la ferocia e il lato umano venne ripudiato e sottomesso.

Il piccolo gruppo di uomini che si dava battaglia in una carneficina, fece un balzo nell'involuzione trasformandosi in animali feroci e pronti a tutto.

In più occasioni mi trovai in difficoltà, ma reagii con forza e con ardore, ma i tre Maori non si spaventarono nell'affrontare un così temibile avversario e imperterriti continuarono ad avanzare.

Quando il suolo polveroso fu intriso di sangue e l'ossigeno dei polmoni fu completamente esaurito solo la forza di volontà o meglio di sopravvivenza dettò le regole.

Non ci furono vinti o vincitori, ci furono solo ferite aperte da curare.

Avevo dato prova di essere all'altezza della situazione, mentre i tre Maori diedero prova di essere pronti a tutto per la loro terra.

Mi lasciai cadere a terra appoggiando la schiena alla portiera, ero stremato, sporco e insanguinato, i vestiti erano a brandelli e il corpo era tumefatto e graffiato, ma ciò nonostante ero vivo e soddisfatto.

Faata arrivò dopo qualche istante con la lattina fra le mani e passandomela si chinò per valutare la gravità delle ferite.

<<Vedo che hai conosciuto Pita, Rawiri e Maaka. Siamo amici d'infanzia e abitano in questo villaggio.>> sospirò profondamente.

<<Perdonami se faccio il maleducato e non gli offro la mano.>> Sentenziai ironicamente passandomi la lattina gelida sulle ferite.

<<Figurati, vedo che avete fatto amicizia da soli. Se ti alzi possiamo ripartire.. Forza in piedi pakeha.>> Ridacchiò sedendosi al posto di guida.

Scossi nuovamente la testa e aggrappandomi alla portiera mi rimisi in piedi, i tre ragazzi ammaccati dalla furibonda rissa abbozzarono un sorrisetto e voltandosi mi lasciarono in pace.

Avevo la sensazione di essere passato sotto tutte e dodici le ruote di un camion con rimorchio, la dolce bevanda zuccherina mi diede po' di energia e l'aria fresca che mi colpiva in volto restituiva benessere al mio corpo.

Ero arrivato in Nuova Zelanda da meno di quattro ore e potevo dire di aver avuto un incontro molto ravvicinato con gli abitanti del luogo che, a parer mio, non erano persone molto ospitali.

Faata mi passò una piccola valigetta di primo soccorso che teneva sotto il sedile, all'interno vi trovai garze sterili, una pomata antibiotica, acqua ossigenata e un piccolo barattolo contenente antidolorifici.

Strappandomi di dosso quello che rimaneva della canotta la utilizzai per pulirmi del sangue rappreso, mentre Faata mi osservava intimidita.

Qualche benda e una massiccia dose di medicinali mi tolse il bruciore delle profonde ferite, acquistando quasi immediatamente un aspetto più salutare.

La folta vegetazione diradandosi cedette il passo alla roccia bianca delle maestose scogliere che come giganti sorvegliavano un mare azzurro e limpido come acqua sorgiva.

Un grande sole stava tramontando per immergersi nell'oceano, ma prima di inabissarsi diede sfoggio della sua potenza regalando un'incredibile variazione di colori da rendere il paesaggio fiabesco.

L'aria divenne fresca e incominciai ad accusare i primi sintomi della stanchezza, il viaggio era stato lungo e la rissa con i tre amici di Faata mi aveva prosciugato le forze.

La piccola jeep sfrecciava su di un piccolo sentiero a ridosso della costa, guardavo con occhi meravigliati delle piccole imbarcazioni restare sospese nel vuoto come aquiloni trattenuti in volo dal vento.

L'acqua di New York non era minimamente somigliante a quello spettacolo naturale, grigia e torbida aveva il potere di neutralizzare qualsiasi colore si fosse immerso solo pochi centimetri sotto la superficie.

Mi concentrai a guardare lo splendido tramonto che veniva inghiottito nella baia, le curve morbide che si snodavano tra terra e acqua mi parevano le sinuose curve di una donna divina che metteva in mostra la parte più sensuale del suo corpo.

Ero nella fase cruciale tra il sonno e la veglia e tutto mi appariva sfuggente come un sogno ad occhi aperti.

La mia mente si scinse in due parti distinte capaci di lavorare in modo autonomo, consegnandomi la suprema chiave dell'ubiquità.

Il mio "io" spirituale era a migliaia di chilometri di distanza, in meno di un secondo avevo sorvolato gli oceani raggiungendo quella grande porzione di terra chiamata America, mentre la parte legata al mondo della materia si trovava su di un'isola sconosciuta in compagnia di una bella e misteriosa ragazza che mi stava accompagnando dall'unica persona che potessi considerare un famigliare.

Pensai a Pitt e a Josephine, scrutai con l'immaginazione la loro nuova vita, in una casa che gli era stata lasciata da un giovane uomo che era partito senza nemmeno salutarli, sempre con la forza dell'immaginazione vidi Pitt lavorare incessantemente su quella casa che mi aveva offerto un riparo sicuro per anni, mentre la cara Josephine indaffarata ai fornelli preparava qualche squisitezza da mettere in tavola appena il marito si fosse degnato di lavarsi le mani.

In un istante passai in rassegna ogni via, ogni sinuoso labirinto e ogni singolo anfratto di New York facendo riaffiorare ricordi che dovevano appartenere solo al passato.

Mentre la mia mente vagava per la città immune da Morfeo, i miei occhi videro il progressivo mutamento di un paesaggio che non finiva mai di sorprendermi.

<<Pakeha siamo quasi arrivati!>>

<<Mi spieghi cosa vuol dire pakeha?>> domandai sollevando la testa dal morbido sedile.

<<Tradotto letteralmente significa intruso, ma è un modo come un altro per dire "straniero.">>

<<Potevi dirmelo prima, mi sarei risparmiato un'azzuffata con quei tre energumeni dei tuoi amici.>> esclamai controllando le ferite.

<<Diciamo che è stato il tuo battesimo del fuoco!>> buttò lì con un sorrisetto divertito.

<<E cosa dici, l'ho superato?>>

<<Quello lo deciderà Maato Karana dopo che… Tra poco capirai tutto.>>

E lasciando in sospeso quella strana frase, Faata posteggiò la macchina in un piccolo parcheggio di terra battuta dove una vecchia staccionata delimitava il mare dalla roccia.

Scendemmo dal veicolo e come ombre ci dirigemmo in rispettoso silenzio verso una piccola imbarcazione che coccolata dalle onde beccheggiava standosene legata al piccolo molo.

Mi sedetti pesantemente sul legno umido che profumava di mare e di sale, Faata girando le chiavi diede corrente al piccolo motore che dopo qualche sbuffo e un lungo borbottio si accese con uno scoppio, lanciando nell'aria una nube densa di fumo.

La barca lasciava una scia al suo passaggio e immergendo una mano in quel brodo primordiale mi lasciai accarezzare dal suo dolce tocco delicato.

Una grande luna apparve dietro una scogliera alta e appuntita e la luce gialla che emanava, creava dei deboli riflessi tra le onde che si propagavano in tutte le direzioni.

Con mano ferma Faata si diresse verso una piccola isola di nome Motura, ricordava perfettamente la prima volta che vi era stata, erano trascorsi molti anni da quell'incredibile momento e ogni qual volta che doveva recarsi in quel luogo carico di mistero, il cuore gli si riempiva di una eccitazione difficile da controllare.

La piccola imbarcazione s'incagliò nel basso fondale, mancavano una decina di metri dalla terra ferma ma il piccolo motore non riusciva più a trovare la giusta spinta per valicare l'accumulo di sabbia che imprigionava la prua della barca.

A malincuore scesi nell'acqua fresca e buia, sentii le scarpe riempirsi e appesantirsi quasi istantaneamente, mentre dai jeans per effetto della capillarizzazione l'umidità risalì la trama di cotone incollandomi i pantaloni alle gambe.

Le onde s'infrangevano contro il legno creando dei deboli schizzi che di tanto in tanto mi colpivano il torace creandomi dei piccoli bruciori al contatto con le ferite aperte.

<<L'acqua salata disinfetterà le ferite e guarirai prima!>> disse Faata.

<<Preferivo mercurocromo e cicatrene in polvere.>> Mugolai avanzando nel mare buio in punta di piedi.

La piccola imbarcazione venne trascinata sulla spiaggia, presi l'unica valigia che possedevo e seguendo la mia giovane guida m'incamminai verso un piccolo sentiero che Faata conosceva a memoria.

L'oscurità mi avvolse in un mantello pesante dove non vi era nessuno spiraglio di luce, la luna che garantiva un minimo di visibilità si nascose dietro l'ennesima scogliera a precipizio sul mare.

<<Mi sono infilato in un bel guaio, sono fradicio, infreddolito e ammaccato e questa tizia mi fa fare un'escursione notturna.>> sussurrai trascinando i piedi pesantemente.

<<Faccio quello che devo fare e me la batto in ritirata, ho bisogno di un bagno caldo, una dose massiccia di aspirine e un letto comodo e, se non chiedo troppo, di una televisione.>> pensai mentre tenevo d'occhio la sagoma buia di Faata.

Il piccolo sentiero serpeggiante si inerpicò su di un pendio rendendo la marcia sempre più faticosa, la sabbia della costa aveva lasciato spazio alla terra e una rigogliosa vegetazione ricca d'insetti e piccoli animali rendeva la passeggiata notturna una dolce esperienza.

Guardavo strabiliato il sentiero accendersi al mio passaggio, piccoli insetti luminescenti diffondevano una tenue luce azzurra delimitando un percorso che mi pareva fosse frutto della fantasia.

Faata avanzava gaia immergendosi tra le piccole stelle galleggianti, la tranquillità che quel luogo riusciva a donarle la rendeva solare anche nel mezzo di quella notte buia.

Era una ragazza forte, determinata, consapevole della propria intelligenza, amante integerrima della propria terra e delle proprie tradizioni, Faata era una ragazza pronta a sorprendere tutti con la sua forza d'animo, era pronta a tutto pur di salvare quel poco che rimaneva del loro passato.

La civilizzazione Europea aveva sradicato dalle fondamenta i loro più antichi rituali, la loro lingua, le loro usanze, i pakeha che arrivavano a flotte ogni anno, armati di macchine fotografiche e buffi cappellini avevano corrotto le nuove generazioni Maori, trasformandole nella buffa copia di stupida gente vestita con una banalità sconcertante.

Tutto si stava trasformando, anche quel mare che aveva sfamato per due millenni la sua gente stava divenendo un'inutile attrazione turistica e di tutto ciò ne soffriva terribilmente.

Quando si recava sulla piccola isola di Moturua poteva ricongiungersi con i suoi avi, con le sue tradizioni, con gli spiriti dei guerrieri che avevano reso immortali i Maori. Camminava con la stessa solennità che i cristiani più devoti utilizzavano solo nelle funzioni religiose del Santo Natale, e più si avvicinava all'abitazione del vecchio Maato e più le pareva che il suo spirito si riempisse di vitalità.

Finalmente arrivammo in una piccola piana ben curata, grossi massi delimitavano un cerchio in cui all'interno vi era una semplicissima capanna, dalla minuscola finestra una tenue luce tremula emanava un fascio di luce che si prolungava fino a toccare il terreno.

<<Pakeha ascoltami attentamente, io ho un gran rispetto per tuo nonno, come tutte le persone che vivono su quest'isola, io non ti conosco e non voglio pronunciarmi sul tuo comportamento americano, ma se fai qualcosa che può mettermi in ridicolo, o ti prendi gioco di lui mancandogli di rispetto..>> Sospirò tenendo alto il dito indice.

<<Io ti garantisco che ti anniento con le mie mani, ci siamo capiti?>> ruggì guardandomi dritto negli occhi.

<<Non ti preoccupare, non ho nessuna intenzione di fare il buffone e non sono qui per attaccare briga, voglio solo delle risposte e questo non puoi impedirmelo.>> Risposi dimostrandole di aver assorbito la nozione.

<<Mi sembra giusto, ora seguimi e cerca di non fare cazzate.>> Concluse voltandomi le spalle.

Faata si avvicinò ad una fatiscente porta in legno socchiusa, con un filo di voce pronunciò poche parole che non riuscii a capire e avanzando nella penombra mi fece segno di seguirla.

Entrai nella piccola capanna che puzzava di fumo e di cibo, non mi sarei stupito di trovarci dentro qualche animale, il tetto, se così si poteva chiamare era talmente basso che ero obbligato a stare curvo sulla schiena per non toccarlo con la testa e facendo un giro su me stesso potei constatare che tutta la casa iniziava e finiva con quell'unica stanza.

Un vecchio signore ricurvo e raggrinzito si avvicinò a piccoli passi verso Faata e aggrappandosi alle sue spalle congiunsero le teste sfiorandosi i nasi.

Forse avevo dinanzi agli occhi l'ultima persona che faceva parte del mio albero genealogico, un signore che non conoscevo e che mi sembrava fatto di vetro e ricoperto di carta, talmente fragile che persino uno starnuto avrebbe potuto mandarlo in mille pezzi.

Umilmente Faata si prostrò dinanzi a lui e con un filo di voce sussurrata gli parlò per qualche istante.

<<Pakeha vieni qui!>> mi ordinò alzandosi da terra.

Avanzai nel buio cercando di non sbattere la testa da qualche parte e in silenzio mi affiancai alla mia giovane accompagnatrice.

<<Questo è tuo nonno, Maata Karana, discendente diretto dei fratelli Whorerohi e Rawa, capo indiscusso dei Hongi Hika, solo e unico Moka Kainga.>> mi spiegò Faata con gli occhi che tremavano dall'entusiasmo nel pronunciare quella frase incomprensibile.

Feci un passo in avanti e gli occhi velati del vecchio s'illuminarono, senza aprire bocca mi prese le mani e stringendole forte mi tirò a sé per salutarmi.

Le stesse mani logorate dal tempo passarono in rassegna il mio corpo, scivolando su tutta la superficie per studiare ogni singola ferita.

Dal suo volto ermetico non traspariva nessuna forma di emozione, mi analizzava come fossi un'antica pergamena ritrovata durante uno scavo archeologico. Ogni tanto si soffermava per alcuni istanti su qualche cicatrice del passato e parlando con Faata nella lingua Maori si concedevano piccoli respiri che non lasciavano intendere nulla di buono.

<<Stenditi, figlio mio!>> una voce flebile uscì da quel corpo scarno e indebolito dagli anni.

Non ebbi il coraggio di rispondere, avrei voluto chiedere lui un'infinità di domande ma mi limitai ad eseguire l'ordine.

A terra vi era una stuoia fatta di paglia intrecciata e accovacciandomi mi lasciai cadere sul pavimento fatto di terra battuta che profumava di muschio.

Il vecchio signore si mise in ginocchio e tastandomi il ventre cercò di fondere le proprie mani sul mio corpo.

Potevo sentire le sue dita scavare dentro la mia carne alla ricerca di qualcosa di misterioso, alcune fitte mi fecero stringere i denti ma non diedi la soddisfazione di far uscire un solo sibilo dalla mia bocca.

<<Figlio, questo corpo è molto logorato, il fegato è ingrossato e i reni sono appesantiti, ma quello che mi da più pena è la tua anima. Vuota come il guscio di una conchiglia. Tu non sei vivo.>> disse Maato guardando il suo unico nipote.

Mi alzai dal suolo sconcertato, le parole del vecchio mi scossero nel profondo e mi accorsi di tremare come l'ombra impressa sulle pareti irregolari di quella casupola fatiscente.

Il vecchio mostrò uno sguardo sincero di compassione che non volli ricambiare, il mio passato era stato maestro indiscusso della mia vita e non volevo rinnegarlo nè tanto meno nasconderlo a quelle persone che non conoscevo.

Uscii all'aria fresca per prendere fiato, gocce di pioggia sottili come aghi mi colpivano il volto lavandomi dai miei ricordi più tristi.

Feci qualche passo per sbollire la rabbia, pensieri contrastanti mi percuotevano la mente come martellate di un'incudine fatta di coscienza.

Non sapevo cosa fare, ero in uno stallo che mi faceva precipitare verso una caduta senza salvezza, avevo solo due opzioni da vagliare.

Rendermi partecipe della nuova vita e lasciarmi plasmare da quella persona che mi chiamava figlio, o ricevere le mie risposte e continuare la mia vita solitaria dimenticandomi il più velocemente possibile di quel vecchio.

Se ci fosse stato il mio amico Pitt, avrebbe trovato sicuramente una valida risposta alle mie domande dettate dalla rabbia.

Lui aveva la capacità di farmi riflettere, di calmare i demoni di un passato violento, con qualche parola e un dolce sorriso sicuramente mi avrebbe fatto trovare la giusta strada da percorrere.

In lontananza vidi un fulmine colpire il mare aperto rischiarando l'acqua nera in una ragnatela di crepe infuocate.

Zeus padre degli dei aveva scagliato una saetta a Poseidone forse per scherzo, e le parole sagge di Pitt mi attraversarono la mente come una frase sussurrata.

- La vita tira colpi mancini e ci guida su strade impervie, sta a noi decidere se affrontarle o sederci sul selciato ad aspettare la fine.-

Inzuppato dalla testa ai piedi ritornai verso la capanna, le lucciole si erano spente per la pioggia che scendeva sempre più persistente e dell'incredibile sentiero illuminato non restava che un viscido corridoio che saliva tra la vegetazione.

Faata era sul ciglio della casa che guardava le nubi che si rincorrevano spazzate dai venti tenendo in mano l'unica fonte di luce che si poteva trovare su quella piccola isola, facendo scudo alla fiamma della candela con una mano, il viso s'illuminò mettendo in evidenza la sua particolare bellezza.

<<Tuo nonno era esausto, voleva aspettarti per parlare con te ma si è addormentato!>> buttò li infastidita dalla mia presenza.

<<Tanto meglio, non avevo voglia di discutere di nulla>> replicai.

<<Cosa ci fai qui? Per quale motivo sei venuto? Stai cercando d'incolpare Maato per la tua vita?>> incalzò sfoggiando un'aria severa.

<<Forse prima, adesso non più. Voglio solo capire chi sono e cosa devo fare.>> Risposi restando indifferente alla sua presunzione.

<<Se ti posso dare un consiglio, lascia che tuo nonno entri nella tua vita e vedrai che tutto avrà un senso.>>

Passandomi la candela fra le mani uscì dalla capanna per incamminarsi verso il sentiero che conduceva alla spiaggia.

<<Aspettami, prendo la valigia, vengo con te!>>

<<Tu non vai da nessuna parte, resti qui, ci vediamo fra una settimana. E ricorda quello che ti ho detto.>>

Faata mi voltò le spalle e scomparve in quella notte buia, lasciandomi da solo in compagnia di un vecchio signore e dei miei più tristi pensieri.

Rientrai con un mozzicone di candela tra le mani, il vecchio Maato giaceva a terra su una semplice stuoia di fibra vegetale e per nulla infastidito della mia presenza.

Spogliandomi degli abiti inzuppati d'acqua mi misi quello che mi capitò sotto mano frugando nella valigia, sentivo l'umidità fin dentro le ossa e un brivido freddo mi percorse la schiena facendomi raggomitolare su quel pavimento che trasudava umidità come una spugna, mi addormentai completamente esausto.

Mi svegliai il mattino seguente febbricitante e con svariati dolori in tutto il corpo, il temporale sembrava svanito nel nulla e non aveva lasciato nessuna traccia del suo passaggio. Un sole caldo illuminava la piccola capanna scaldandola come un forno e i raggi che filtravano dalla finestra rischiaravano quei pochi metri sterili di ogni invenzione del ventesimo secolo.

Un tavolino in legno era stato sistemato casualmente vicino ad una parete della capanna e una sedia decrepita gli faceva compagnia da chissà quanto tempo.

La zona cucina, interessante eufemismo per descrivere due pentole appese al muro, era stata dislocata a pochi metri dal tavolo e non vi era l'ombra di fornelli.

Persino la mia vecchia casa, nel momento di massimo degrado al confronto di quel luogo poteva risultare l'hotel Ritz.

Scosso dai brividi mi alzai dal mio giaciglio e camminando verso la porta dovetti ripararmi la vista dai potenti raggi che infuocavano la piccola isola.

Un leggero vento caldo spirava dal mare portando un dolce profumo di salsedine e la vegetazione che mi circondava rilasciava nell'aria un particolarissimo profumo che mi riempiva i polmoni.

Stringendomi nelle spalle cercai una forma di vita all'orizzonte ma senza successo, del vecchio Maato non c'era traccia e non sapendo cosa fare rientrai nella baracca e sistemandomi nuovamente sulla terribile stuoia cercai di riprendere sonno.

La febbre cominciò a salirmi e i brividi di freddo si trasformarono in poco tempo in lunghi spasmi, le articolazioni mi facevano male e ogni respiro diveniva un'insopportabile tormento difficile da controllare.

Ero allo stremo delle forze, madido di sudore non trovavo la forza nemmeno per reggermi in piedi, la vista incominciò a giocarmi brutti scherzi sdoppiando e quadruplicando qualsiasi immagine che mi passava dinnanzi agli occhi.

Quando fui al limite della sopportazione intravvidi una figura indistinta camminare nella piccola stanza, a malapena riuscii a sollevare una palpebra per vedere chi era lo sconosciuto, e focalizzando il mio obiettivo capii che si trattava di Maato Karana.

Riconobbi immediatamente la sua mano raggrinzita appoggiarsi sulla mia fronte, una pezza bagnata d'acqua fresca si posò sulla pelle imperlata di sudore dandomi un po' di sollievo per qualche istante.

Negli attimi di coscienza che alternavo con momenti di svenimento, vedevo il vecchio scuotere un oggetto indefinito nell'aria alzando flebili nuvole di fumo dall'odore acre.

Con ampi gesti faceva roteare il fascio di erbe che teneva in una mano e lasciava che il fumo mi avvolgesse il capo e penetrasse nelle mie narici.

Gli occhi mi rotearono come biglie in una pista di sabbia e mi ritrovai ancora una volta incosciente.

Dopo qualche minuto avvertii una mano dietro il capo e quando riuscii ad aprire gli occhi vidi Maato che mi versava una strana brodaglia nella bocca.

Il sapore disgustoso m'innescò l'urto del vomito e l'odore acre mi diede la nausea, ma data la gravità della mia situazione nemmeno lo stomaco se la sentì di vomitare quello che aveva appena ingurgitato.

Maato mi guardava sorridendomi, il suo viso era striato da innumerevoli linee che gli percorrevano ogni centimetro della pelle, interrotte solamente dalle profonde rughe che come cicatrici scendevano sulle guance scavate.

Nonostante quei terribili tatuaggi riconobbi nella sua espressione il volto di mia madre, e prima di addormentarmi, ebbi la netta sensazione di aver visto quei disegni nel mio incubo persecutore.

Le cure del vecchio Maato mi fecero effetto, il fumo e la brodaglia mi placarono i forti dolori e la febbre svanì lasciando il mio corpo indebolito.

Le mani del vecchio Maata si adagiarono con delicatezza sul mio volto, sentii il suo respiro sulla pelle, e dopo qualche istante un sussurro di parole incomprensibili incominciarono a portarmi a spasso nell'ignoto.

Le parole mi risultarono come sempre incomprensibili, ma la strana cantilena mi provocò uno stato di beatitudine che m'indusse ad addormentarmi.

Mi svegliai la notte seguente rannicchiato sulla stuoia, i vestiti che indossavo erano impregnati di sudore ma la febbre era completamente scomparsa e con essa anche ogni singolo dolore che provavo nel corpo.

Una tenue luce filtrava dalle fessure della porta, garantendomi una buona visibilità, il vecchio Maato se ne stava seduto sulla vecchia sedia con il capo appoggiato sul tavolino. Probabilmente mi aveva accudito per tutta la mia convalescenza e stremato dalla stanchezza si era addormentato sul legno crivellato dalle termiti.

Mi alzai da terra e fiacco mi diressi fuori dalla baracca che odorava di vomito e di urina, poi capii che quell'odore proveniva dai miei indumenti.

In preda alle convulsioni i miei muscoli involontari non ebbero la forza di chiudere lo stomaco dando così esibizione di ampi spruzzi mi sporcai di vomito fino alla cinta.

La luna più grande che avessi mai visto galleggiava a filo dell'acqua, mentre il mare increspato solo da qualche onda brontolava ininterrottamente, raccontando una storia vecchia quanto il mondo.

Un piccolo cerchio di sassi tondi e lisci fungeva da galera a quello che doveva essere stato un piccolo falò.

Sotto le ceneri, scovai ben nascoste ancora delle braci e soffiandoci sopra le rallegrai donandogli la loro tonalità rossa. Con qualche pezzo di legna trovato qua e là mi lasciai avvolgere dalle fiamme e, dopo essermi spogliato dei putridi vestiti, restai seminudo al calore del focolare.

Dei passi sordi mi fecero voltare lo sguardo da quell'immenso schermo sintonizzato sulla trasmissione più bella che potesse esistere, il vecchio Maata Karana mi stava raggiungendo sfregandosi il collo, la posizione innaturale gli aveva procurato un leggero torcicollo, ma visto e considerato dove dormiva, non doveva che essere uno stupido dolore passeggero.

Passandomi una mano sulla fronte, mi strinse le spalle e scuotendomi con forza si assicurò che avessi recuperato la prestanza fisica.

A fatica si sedette vicino al focolare e senza parlare mi fissò per un lungo istante. Potevo vedergli le fiamme riflettersi negli occhi e i tatuaggi che aveva sul volto presero delle sfumature che lo resero più somigliante ad un demone che ad un umano.

<<Figlio, come ti senti?>> domandò incrociando le gambe.

<<Meglio, credo che di essere completamente guarito.>> gli risposi stuzzicando il fuoco con un bastone.

<<No figlio, non sei ancora guarito, il tuo corpo forse si è sbarazzato della malattia, ma la tua anima è ancora ammalata.>> intonò posandosi una mano sul cuore.

Guardai con aria grave il vecchio che cercava di salvare la mia anima corrosa. Incredibilmente, nonostante la sua veneranda età, Maato aveva ancora tutti i denti in bocca e fatto ancora più incredibile, erano bianchi come il latte.

Nella sua espressione leggevo un vero interessamento e non riuscivo a capire come potesse provare tanta frustrazione per uno sconosciuto che arrivava da un paese lontano.

<<Durante la notte, quando stavi male, hai parlato. I demoni che albergano nella tua testa non ti lasciavano in pace e hai raccontato al vento una strana storia che mi suonava famigliare.>> esclamò cercando di rubarmi l'attenzione.

<<Vaneggiavo, la febbre alta può giocare brutti scherzi>> replicai pensieroso.

<<Non erano vaneggiamenti, ma ricordi di un tempo lontano>> sussurrò lentamente immergendosi completamente nella propria memoria. <<Tu non ti ricordi, ma molto tempo fa, quando avevi all'incirca sette anni, tua madre mi fece visita per mostrarmi il mio unico nipote.>> Maato si fermò per riavvolgere la pellicola della vita o forse per focalizzare meglio delle immagini che scorrevano dinanzi ai suoi occhi.

<<Tua madre era bella, forse la più bella donna che questa isola abbia mai visto e proprio la sua bellezza fu la sua sfortuna. Io lo sapevo e cercai in tutti i modi di aiutarla, ma quando si è giovani si trova la forza per fare tutto tranne che per ascoltare i propri genitori.>> il viso di Maato divenne inespressivo e la fronte si corrugò a tal punto che la pelle disegnò delle onde nella fronte.

<<Né io e nemmeno tua madre ci accorgemmo che ti allontanavi, eravamo troppo intenti a trovare le parole giuste per farci del male, e tu poco per volta sparisti dai nostri occhi. Quando finimmo di rimproverarci a vicenda tu eri scomparso e con

l'aiuto del villaggio ti cercammo per tutto il giorno, ma invano. La gente si rassegnò, in molti pensarono che tu fossi caduto dalla scogliera e il mare ti avesse reclamato come vittima innocente trascinandoti sui fondali per non essere mangiato dai grandi pesci. Ma tua madre ed io non abbandonammo la speranza e così con le torce incominciammo a perlustrare ogni luogo che non era ancora stato controllato.>> Maato si ammutolì ed io restai in silenzio ad ascoltare una storia che si era persa nei ricordi di un bambino.

<<Fui io a trovarti, correvi a perdifiato tra la vegetazione spaventato proprio da colui che ti stava cercando. Eri terrorizzato dalla mia presenza e quando riuscii ad afferrarti per un braccio, dovetti stringerti a me per evitare che ti spezzassi un polso. Mi guardavi pietrificato con la bocca spalancata. Non eri abituato alle nostre usanze e credo che di notte alla luce di una torcia il mio volto ti sia sembrato spettrale.>> Incredibilmente tutto aveva un senso, il sogno, vivido nei miei pensieri mi fece rammentare dei particolari che trovavano la giusta logica. Dopo tanti anni a domandarmi il motivo di tale incubo, la risposta mi venne data quasi per casualità da colui che me lo aveva impresso come un marchio.

Il fatto di aver trovato una risposta, aveva esorcizzato il mio persistente incubo notturno e quindi pensai che me n'ero sbarazzato una volta per tutte.

Scuotendo la testa incredulo a quanto mi era appena successo gettai un pezzo di legno nel fuoco che ardeva, alzando istantaneamente una nube scintillante di bruscoli incandescenti.

Maato mi fissava con la fierezza di colui che ha qualcosa da insegnare ed io per la prima volta gli sorrisi.

<<Parlami di mia madre, dimmi quello che ancora non so>> gli domandai scrutando negli occhi che si rattristavano al solo pensiero.

Il vecchio Maato passò una mano sul terreno raccogliendo una manciata di sassi con cui giocherellava tristemente, e dopo un attimo di riflessione incominciò il racconto.

<<Mia figlia, la piccola Pania, venne al mondo mentre infuriava un fortissimo temporale. Lo ricordo come fosse accaduto ieri, il vento soffiava spinto dalla forza degli dei, era implacabile e per un istante pensai che volesse strapparmi dalle mani la mia piccola figlia. I tetti venivano squarciati, e le piante si flettevano fino a toccare il suolo, come se volessero inchinarsi dinanzi ad una divinità invisibile ai nostri occhi. La pioggia scendeva con la stessa intensità di una cascata e i piccoli sentieri si trasformarono in canali d'acqua che trascinavano qualsiasi cosa giù per la costa>>. Si soffermò quasi sentisse ancora il vento che ululava tra le scogliere.

<<Sapevo che quella tempesta avrebbe forgiato il carattere di mia figlia e sapevo che sarebbe scappata lontano da quest'isola, proprio come l'acqua che correva libera fino a congiungersi con il mare>>. Un lungo respiro soppesò le parole che uscivano

65

tremule, alzandosi a fatica si diresse in silenzio verso la capanna lasciandomi solo in balia di mille dubbi e altrettante incertezze.

Riapparve dopo qualche minuto con una lunga pipa che teneva tra i denti, ritrovando la comoda posizione a gambe incrociate, prese in prestito dal fuoco un pezzo di carbone incandescente e posandolo all'interno del piccolo crogiuolo innescò una rapida reazione che fece scaturire un dolce profumo di erbe fruttate.

Ampie nuvole di fumo si sprigionavano dalla sua bocca rincorrendo il vento placido che spirava dal mare.

Quel pezzo di legno cavo riuscì a placargli l'enorme nodo che gli stringeva la gola e che cercava di celare in tutti i modi, dopo qualche boccata degna di un sommozzatore, soffiò all'interno del piccolo crogiolo per favorire la combustione e pensando all'ultima frase pronunciata, cercò le giuste parole per continuare.

<<Quando compì diciotto anni, poco più che una ragazzina, una nave militare approdò alla nostra isola. Noi conoscevamo quell'insolita corrispondenza di uomini che si alternavano per pochi mesi sulla nostra terra, e sapevamo bene che dovevamo tenere alla larga i nostri figli. Quei maledetti pakeha venivano a flotte nelle nostre città, vestiti di tutto punto con capelli pettinati all'ultima moda, e uniformi pulite e candide come appena uscite dalla sartoria. Infilavano nelle teste dei nostri giovani storie di ogni genere, gli facevano provare le loro maledette brodaglie gialle o nere.>> Lo interruppi per capire meglio di cosa stava parlando. <<Parli della birra e del vino?>> domandai.

<<Proprio così, alcolici di ogni tipo e quelle maledette sigarette che non facevano altro che rubare aria nei polmoni. Poi con qualche sorrisetto e promesse che nemmeno uno sceicco avrebbe potuto mantenere portavano a letto le nostre ragazze o peggio se le portavano via.>> Maaka fece un profondo tiro dalla pipa per non piegarsi alla sofferenza del passato e strofinandosi una mano sui tristi occhi mi passò l'aggeggio che rilasciava il dolce profumo.

Mi dispiaceva vederlo affranto, nonostante stesse parlando di mia madre, io la rammentavo a fatica, ma per lui le cose non erano uguali, il suo ricordo albergava ancora nel suo cuore di padre e a fatica riusciva a sconfiggere la straziante realtà di non poterla più vedere.

Annusando la pipa cercai di cambiare discorso, avevo tutto il tempo che volevo per approfondire quella parentesi importante della mia vita, così gli chiesi cosa stesse fumando di così profumato.

<<Maaka, ma cosa c'è qui dentro? ha un ottimo profumo>> buttai lì per rompere quel silenzio pesante che galleggiava nei ricordi più struggenti.

<<Sono erbe figlio, erbe che si trovano nel bosco, vengono raccolte con fiori e messe a essiccare, lì non ci troverai i veleni che contiene il tabacco, solo erbe profumate che rilassano lo spirito.>>

Per quanto fosse anziano e distante dalla civilizzazione, il vecchio Maaka aveva una buona infarinatura generale e sapeva padroneggiare con disinvoltura la lingua delle colonie inglesi. Mi stupiva quando si dilungava in osservazioni di carattere artistico o durante una narrazione storica, era bello ascoltarlo e la sua voce profonda riusciva a trasmettermi un senso di beatitudine che solo gli psicofarmaci avevano avuto la capacità di trasmettermi.

Il legno sul fuoco si stava trasformando in un piccolo cumulo di cenere grigia, l'orologio si era bagnato nell'acqua salata del mare e da tempo aveva smesso di funzionare dando un senso al tempo.

La stanchezza incominciò a farsi sentire, ma prima di ritornare sulla maledetta stuoia, volevo ancora capire una cosa che mi sembrava fondamentale.

<<Maaka perché mi hai voluto qui? Non me la bevo la storia della riconciliazione tra parenti dello stesso sangue>> affermai passandogli la pipa ormai spenta.

<<Vedi figlio, i motivi sono molti, forse tutti importanti allo stesso modo fra di loro, o forse sono solo stupide sciocchezze di un vecchio troppo anziano per distinguere le cose importanti da quelle meno importanti. Ma c'è un dato di fatto che è inderogabile, indissolubile, è un contratto scritto dal nostro destino a cui noi non possiamo sottrarci, e tu ne fai parte>> rispose con un'espressione che avrebbe reso mansueto persino un toro.

<<Sono qui, dimmi.>> furono le sole parole che riuscii a dire.

<<Tu devi sapere.>> rispose.

<<Cosa?>> domandai in una discussione che diventava monosillabica.

<<Una storia, devi sapere tutta la nostra storia così che la perpetuerai>>.

<<La storia di cosa?>> mi limitai a chiedere.

<<La nostra storia. Ma prima d'iniziare devo spiegarti chi sei.>>

<<Quando incomincerai a darmi spiegazioni?>>

<<Ora.>>

Nonostante fosse notte inoltrata e la bruma sotto forma di piccole gocce si adagiasse su ogni cosa prima che la dorata aurea si innalzasse all'orizzonte per farla evaporare ancora una volta, il vecchio Maato immune dal desiderio di dormire incominciò un racconto che ben presto sarebbe divenuto parte integrante di me, quelle parole mi sarebbero entrate nella pelle e si sarebbero fuse con il mio codice genetico e forse anche con la mia anima ammalata.

<<Allora partiamo dal principio, tu sei il nipote di Maato Karana unico discendente dei fratelli Whorerohi e Rawa, capo indistinto dei Hongi Hika. Tu porti il sangue di

67

Te Kainga-Maata, colui che si è battuto contro i pakeha che volevano sottometterci.>>

Cercai di fare chiarezza in quel labirinto di nomi incomprensibili e praticamente impossibili da pronunciare. Probabilmente il mio volto fu più veloce della mia lingua e Maato vedendomi inebetito si alzò e si sedette al mio fianco.

Con un bastoncino scrisse nel terreno i primi due nomi. Whorerohi e Rawa ed evidenziandoli con un cerchio mise sotto la mia attenzione il terzo nome Moka Kainga Maata, che scrisse vicino e lo unì con una freccia agli altri due.

<<Erano fratelli, tutti nostri discendenti, quando gli inglesi decisero d'invaderci, uccisero la loro madre e le due sorelle senza alcuna pietà, loro giurarono vendetta. Moka Kainga-Maata veniva chiamato Te Kainga-Maata e lui fu il capo che più si distinse durante quelle feroci guerre. Il suo nome riecheggia ancora nelle foreste e per le scogliere, le urla dei suoi Hongi Hika vibrano tra le rocce e volano con i venti.>>

<<Chi sono gli Hongi Hika?>> Chiesi incuriosito.

<<Guerrieri, i migliori che potessero esserci in tutto il mondo e Moka ne era il capo. Adesso hai capito chi sei? Capisci l'importanza del tuo sangue?>> Mi domandò con gli occhi pieni di speranza.

<<Certo, sono un discendente diretto di Moka, capo dei guerrieri, che durante le invasioni si distinsero per forza e valore.>> Risposi a Maato come durante un'interrogazione a scuola.

<<Ottimo figliolo, ottimo. Possiamo andare avanti. Alle guerre affrontate dai nostri antenati fu dato un nome: "le guerre del moschetto" ancora oggi vengono narrate sui libri, purtroppo i libri li scrivono i vincitori e la realtà dei fatti viene sempre distorta. Ora però ti voglio parlare di Moka il grande capo.>>

Forse per l'effetto della pipa mi lasciai inebriare dal racconto e con la fantasia riuscii a piegare il tempo a mio piacimento rivedendo tutto ciò che il vecchio Maato mi stava narrando.

CAPITOLO QUARTO

Aotearora, "Nuova Zelanda" Villaggio di Te Kainga-Maata.

Aotearora era il nome con cui il primo Maori aveva battezzato l'isola solcando le tumultuose acque con la sua canoa.
Era partito da una terra lontana in cerca di un luogo dove stabilirsi e casualmente quando credeva che la sua fine fosse ormai vicina, da lontano vide delle alte scogliere erigersi a strapiombo sul mare e una grande isola emergere da quel deserto azzurro che lo aveva circondato per settimane.
Il nome di quel viaggiatore che senza timore aveva attraversato l'oceano si perse nel nulla, ma le sue gesta furono decantate per molto tempo e con esse il nome dell'isola.
Aotearora che tradotto in lingua Maori voleva dire: " Terra dalla grande nube bianca".
Moka era il capo indiscusso, la sua altezza prodigiosa era sostenuta da un fisico muscoloso ereditato da una selezione genetica che gli garantiva forza e velocità.
Era sua consuetudine starsene seduto tra la folta vegetazione di felci ad osservare la grande cascata che cadeva a precipizio nel grande occhio blu.
L'acqua che s'infrangeva dopo una vertiginosa caduta rilasciava nell'aria nuvole dense di microscopiche gocce, che spargendosi in maestosi sbuffi biancastri ricadevano al suolo donando vita alla terra che le accoglieva.
Anche Moka godeva di quell'incredibile nuvola fresca che sorvolava il terreno e, standosene seduto su di una roccia pensava come poter migliorare la vita del proprio popolo.
La sua astuzia in battaglia era degna dei migliori strateghi mai vissuti mentre la sua forza di volontà sapeva sorprendere sempre tutti, trovando soluzioni semplici con l'aiuto della grande madre Natura.
Nel corso degli anni aveva migliorato i raccolti piegando la volontà dell'acqua costringendola a seguire la direzione che lui aveva scelto.

L'isola viveva un tempo di pace e tutto si trovava in equilibrio perfetto, ma la vecchia profeta che viveva in cima alla montagna aveva scrutato nel cuore del grande pesce con i denti a lama e aveva predetto qualcosa di terribile.

Il grande capo Moka spaventato dalle visioni della veggente decise d'intervenire tempestivamente per valutare con giusto anticipo le decisioni da prendere. Per conoscere meglio il futuro che tanto lo intimoriva, doveva assolutamente catturare il grosso Kiwi e donarlo all'oracolo.

Giunse la sera e un manto nero si posò con delicatezza sull'isola sbiadendo i colori vivaci che brillavano alla luce del giorno, solo un tenue riflesso di un sole destinato a scomparire, riusciva a penetrare debolmente la grande ombra.

Moka approfittando così degli ultimi riflessi di luce si mise in cammino per raggiungere la dimora della vecchia veggente.

Camminando a passo sostenuto seguì il piccolo sentiero che saliva la montagna e s'inerpicava nel bosco trasformandosi in uno stretto serpentello di terra battuta.

Con disinvoltura si addentrò nell'intreccio di arbusti che gli sbarravano la strada, il buio era rischiarato da una grande luna tonda e Moka affidandosi ai suoi sensi incominciò una dura arrampicata verso la sua meta.

Il lungo cammino divenne ben presto una sfida per arrivare alla cima della montagna, il crinale divenne sempre più ripido, i suoi muscoli si tesero e si gonfiarono per lo sforzo, il sudore gli colava dalla fronte e il suo unico pensiero era trovare sempre l'appiglio giusto per ogni metro che percorreva verticalmente.

Sotto di lui un precipizio fatto di rocce affilate e appuntite terminava la caduta con il mare, dove le onde s'infrangevano regalando alti spruzzi biancastri.

Una caduta da quell'altezza e il mare avrebbe reclamato il suo corpo straziato mentre il grande pesce dai denti a lancia avrebbe banchettato per tutta la notte.

Sdraiandosi sul terreno fresco si riposò qualche minuto per ritrovare le forze e guardando la volta celeste gli parve di poter toccare il cielo con un dito.

Suo nonno da bambino gli narrava che le stelle erano le anime dei grandi guerrieri, i più valorosi erano rapiti dagli dei e messi a sorvegliare il cielo di notte in modo che nessuno potesse sorprendere le divinità mentre dormivano.

Ansimando per lo sforzo si rimise in piedi e inerpicandosi tra le maestose piante si diresse senza paura verso il centro di quella piana dominata da giganti immobili.

Il silenzio che avvertiva era paragonabile agli abissi del fondale marino, ombre tenebrose aleggiavano nell'aria seguendolo ad ogni passo.

Dai lunghi rami, occhi gialli restavano sospesi a mezz'aria osservando il suo passaggio, mentre le fluttuazioni della vegetazione circostante gli sussurravano nelle orecchie frasi incomprensibili.

Dopo una lunga camminata si ritrovò nella radura che dominava tutta la foresta, un piccolo fazzoletto di terra spoglio da qualsiasi tipo di vegetazione, quello era il posto ideale per catturare il Kiwi che la veggente gli aveva reclamato.

Cercò sul terreno le tracce del tozzo volatile, piccole impronte nascoste dal buio apparivano agli occhi di Moka come sinistre scritture, poco più avanti una traccia fresca di escrementi lo ragguagliò sulla distanza e sulla direzione da intraprendere.

A passi leggeri varcò con la raffinatezza di un felino una schiera di arbusti secchi, il minimo rumore avrebbe messo in fuga il volatile e in meno di un istante lo avrebbe perso.

L'odore del corpo di Moka era celato dal lungo lavaggio alla cascata e poi mischiato al terreno con cui si era cosparso pochi istanti prima, questo gli garantiva un ottimo vantaggio che doveva assolutamente sfruttare per catturare l'uccello incapace di volare.

Moka sapeva bene che quell'animale notturno aveva un'ottima vista anche nelle notti più buie, ma sapeva altrettanto bene che la sua attenzione diminuiva quando il suo grosso becco era impegnato a scavare nel terreno alla ricerca di qualche piccolo roditore.

Scivolando nell'ombra si acquattò dietro un grosso cespuglio che gli garantiva la completa mimetizzazione e affinando l'udito scorse a poca distanza il classico suono che emetteva il grosso becco quando picchiettava contro il terreno.

Il kiwi era a poca distanza, con un salto balzò fuori dal cespuglio e con lunghe falcate raggiunse il volatile che all'ultimo istante si accorse dell'imminente pericolo.

Moka capì che aveva una sola possibilità per agguantarlo e per non perdere la sua preda si lanciò a filo del terreno con le braccia protese in avanti.

Le mani si serrarono sulle ispide penne intrappolando la preda , il povero uccello si dimenava per conquistare una libertà impossibile da raggiungere mentre le piccole ali sbattevano per un istinto che aveva perso nella notte dei tempi.

Moka aveva il suo trofeo e la sua missione sarebbe finita solo all'alba, quando la vecchia veggente gli avrebbe predetto il futuro e forse lo avrebbe istruito sul da farsi.

Superando il bosco, intravide il piccolo sentiero che lo avrebbe portato ai piedi della grande pianta madre.

Un'antica storia tramandata dalle bocche sapienti dei capi famiglia alle giovani proli, narrava che la grande pianta madre non fosse altro che la capostipite di tutte le piante che si potevano contare sull'isola.

Il suo tronco aveva una circonferenza talmente ampia che ci sarebbero voluti almeno una ventina di persone adulte per abbracciarlo e la sua altezza era talmente prodigiosa da non riuscire a scorgere i rami più alti.

71

L'altitudine elevata portò refrigerio al corpo esausto e accaldato di Moka, che vittorioso seguiva con lo sguardo la possente chioma della grande pianta madre. Centinaia di volatili si accalcavano sui grossi rami, in un inno di schiamazzi che si poteva sentire da lunghe distanze.

A notte inoltrata Moka giunse dinanzi alla grande pianta e camminando attorno alla sua circonferenza cercò l'entrata della capanna.

Una volta di rami dove grossi ragni avevano tessuto pesanti ragnatele, filtrava la flebile luce della luna trasformandola in polvere d'argento.

Moka entrò nel tetro passaggio, ma prima di varcare la soglia si pronunciò con il suo timbro di voce possente.

<<Veggente, sono Te Kainga Moka, chiedo di poter entrare nella tua dimora.>> Esclamò scrutando nel buio.

Un vento freddo soffiò dall'interno della capanna gonfiando le grosse ragnatele come vele e una piccola luce apparve alla fine dell'angusto passaggio.

<<Vieni avanti Kainga Moka, ti stavo aspettando.>> Rispose una tremula voce.

Moka senza indugio camminò chino nella grande nicchia seguendo l'eco della voce ultraterrena, sbucando in un'ampia stanza adiacente al tronco della pianta madre.

Le pareti erano di legno e roccia, ricoperte da uno strato di muschio che odorava di muffa e umidità, dal pavimento spuntavano centinaia di radici che come serpenti si avvinghiavano in lunghe spirali per poi scomparire nel terreno.

Al centro della camera ovale qualche ciottolo delimitava un piccolo fuoco che scaturiva da pochi arbusti secchi e creava una luce giallastra che illuminava quel luogo umido e tetro.

Moka restò pietrificato nel vedere la vecchia avanzare a piccoli passi tra le radici e, consegnandole il Kiwi, si sedette in un angolo.

La vecchia si sistemò dinanzi al fuoco con il pennuto tra le gambe accarezzandolo amorevolmente.

<<Dimmi Moka, cos'è che ti turba tanto?>> gli domandò la vecchia profeta.

<<Le tue parole, mi avevi predetto che i pakeha sarebbero venuti sull'isola e avrebbero sparso il nostro sangue. Cosa devo fare per cambiare il futuro?>> chiese Moka guardando i vitrei occhi delle vecchia.

<<Nulla, il futuro non si cambia, lo si asseconda. Non c'è nulla che puoi fare, puoi solo decidere se reagire o restare fermo ad osservare.>> sghignazzò quasi felice per poi cadere in un misterioso silenzio.

<<Quindi è giunta la nostra fine, la nostra isola verrà invasa e i Maori verranno sottomessi.>>

<<Maori significa normale grande Moka, ma per i pakeha noi non abbiamo nulla di normale, ci vedono come mostri e faranno di tutto per sottometterci. Devi decidere se batterti per il tuo popolo o soccombere in silenzio>> replicò la vecchia.

<<Ma anche se mi batto il futuro è chiaro, perderemo.>> Rispose rassegnato.

<<No, ci sono molti modi per perdere, e il peggiore fra tutti è quello della resa incondizionata.>> Chiarì guardando il pennuto addormentato tra le sue gambe.

<<Veggente, voglio che scruti il futuro, dimmi quanto tempo ci separa dalla guerra, e dimmi se vedi uno spiraglio di vittoria>> domandò Moka allargando le braccia.

<<Come vuoi Kainga-Moka. Ma rammenta, il futuro non si cambia è stato scritto dal grande Kio e nessuno può modificare ciò che lui vuole. Possiamo solo cercare di capire le sue scelte. Quello che ti dirò lo userai per avere una speranza nella disperazione. Nulla di più.>> specificò la veggente.

La mano scheletrica della vecchia indovina afferrò con decisione il collo dell'uccello e brandendo una lunga roccia affilata con un colpo netto, gli staccò la testa.

Con la stessa lama lacerò le carni e penetrando all'interno dell'animale ne estrasse il piccolo cuore ancora palpitante.

Frugò nelle interiora studiandone la consistenza, le esaminò con cura e dedizione e, quando ebbe tutte le risposte, le gettò nelle fiamme facendo scaturire un puzzo nauseabondo.

Chinandosi raccolse la testa del povero uccello e infilando le unghie nelle carni gli strappò gli occhi che dispose dinanzi alla luce per guardarvi attraverso.

Cadendo a carponi raggiunse uno stato di trans e una voce dura e ruvida uscì dal suo esile corpo facendo rabbrividire il grande Moka.

<<Quaranta lune ti separano dalla guerra, sarà dura e cruenta, in molti moriranno, ma il sacrificio di pochi salverà il sangue di molti. I pakeha sono armati dal piccolo tuono e voi sarete colpiti dai loro lampi. Muovetevi veloci e non abbiate pietà, perché loro non ne avranno con voi. Abbraccia tua madre e le tue sorelle, Kio le reclama per mano bianca. Il foglio scritto sarà la salvezza e la rovina.>> La veggente stramazzò al suolo con un sussulto.

Moka aveva capito e metabolizzato ogni sua parola e sconvolto uscì da quella lugubre dimora con il cuore affranto.

Non voleva credere a quanto aveva sentito, non poteva essere vero, sentiva una forte nausea salirgli alla testa e appoggiandosi a una roccia vomitò fino a farsi venire i crampi allo stomaco.

Un timido sole apparve al confine del mare e con i suoi deboli raggi colpì l'intera isola facendola riaffiorare dalle tenebre della notte.

Il bosco fu folgorato da un'infinità di lame di luce che filtravano attraverso le chiome rischiarando e ravvivando ogni colore.

Le miriadi di volatili che occupavano i rami della grande pianta madre spiccarono il volo in cerca di cibo e Moka, inebetito e frastornato si diresse verso casa.

L'insegnamento.

Mi svegliai con uno strano cerchio alla testa che svanì dopo qualche istante, la pipa che mi aveva consegnato Maato aveva avuto uno strano effetto sui miei sogni e con certezza non era così innocente come aveva voluto farmi credere.

Guardandomi attorno vidi il vecchio Maato che teneva in mano un fagotto e sorridendo mi faceva segno di seguirlo.

Assonnato mi alzai dal suolo e barcollando lo raggiunsi per capire che intenzioni avesse.

<<Erbe esiccate e fiori!>> replicai strofinandomi il viso.

<<Erbe speciali.>> rispose ridacchiando.

Guardando il fagotto mi accorsi che teneva tra le mani i miei vestiti sporchi e puzzolenti.

<<Quelli sono i miei vestiti.>> Esclamai.

<<Si e adesso andiamo a lavarli e anche tu hai bisogno di un bel bagno, se ti sono sottovento sento la tua puzza da cento piedi di distanza>> ridacchiò consegnandomi gli indumenti.

Scendemmo per il crinale della collina in un piccolo sentiero che si era formato con il continuo passaggio del vecchio.

La natura ben presto si trasformò in una selva che mi ostacolava ad ogni passo, mentre la mia guida con quarant'anni in più sulle spalle non sembrava minimamente infastidita dagli arbusti e dalle rampicanti che cercavano di avvinghiarsi alle caviglie per farmi cadere a terra.

Quando la terra cedette lo spazio alla sabbia, la vegetazione restò confinata e ben delimitata ai piedi del pendio, il sale del mare non permetteva la nascita di nessuna forma vegetale.

Maato mi guardava sorridente, lo spettacolo che avevo dinanzi agli occhi era unico al mondo, nemmeno la mente più fervida avrebbe potuto partorire un tale scenario.

Le due coste erano unite da un sottile lembo di sabbia che attraversava il mare nel punto più stretto.

Camminando sulla sottile cresta a pelo dell'acqua, mi guardai attorno completamente strabiliato, mi sembrava di galleggiare su quello specchio limpido dove potevo vedere la mia ombra seguirmi sul fondale marino.

Raggiungemmo la costa opposta e voltandomi per dare l'ultimo sguardo, cercai di memorizzare quell'angolo di paradiso con un negativo che catalogai nella mia memoria.

Il vecchio Maato compiaciuto del mio entusiasmo mi apriva la strada tra la vegetazione rigogliosa e, inerpicandoci per un sentiero che seguiva la montagna, mi trovai immerso in una foresta di piante secolari.

Maato di tanto in tanto, si voltava per assicurarsi che non fossi scivolato giù dal ripido pendio e vedendomi ben piantato al suolo, ammiccava con la testa senza aprire bocca.

<<Faata mi aveva detto che avevo ricevuto una specie di battesimo del fuoco, e che a breve avrei capito tutto per merito tuo>> esclamai per iniziare un discorso.

<<Si, sono stato io, ho chiesto ai ragazzi di attaccare briga con te>> rispose per nulla turbato.

<<Ragazzi? Quei tre bisonti si potrebbero mettere tranquillamente all'interno nel parco di Yellowstone e nessuno noterebbe la differenza. Gli mancano solo le corna>> intonai ripensando all'accaduto.

<<Però sei riuscito a tenerli a bada!>> replicò Maato.

<<E' merito del mio passato, ho imparato a difendermi>> sintetizzai per non dover raccontare aneddoti della mia vita.

<<No, non s'impara a difendersi, è innata quella capacità. Guerrieri si nasce non si diventa, e quelli che sostengono il contrario sono solo pusillanimi evocatori della violenza, che cercano di piegare il prossimo con la forza. Ma un vero guerriero non usa la violenza, ma mette a disposizione la propria forza per difendere i beni comuni>> scandì con vigore per farmi comprendere al meglio la lezione.

<<Parli molto bene, con termini forbiti e profondi, non me lo sarei aspettato da un uomo che abita come un eremita su un'isola dove non c'è nulla>>.

<<Sono un Maori, mica un selvaggio. Ho letto molti libri in vita mia e tu dovresti fare lo stesso>> m'informò chiaramente.

<<E perché vivi così?>> domandai incuriosito.

<<Così come?>> mi rispose con una nuova domanda.

<<Senza nulla, hai solo un tetto sulla testa e basta>> lo informai.

<<Perché è tutta roba superflua che non serve a nulla, serve solo a renderci più intolleranti verso la vita e non ci fa apprezzare le piccole cose che si nascondono dietro ogni singola sfumatura.>>

Tutto sommato non aveva torto, potevo godere di piccole soddisfazioni che solo una settimana prima mi sarebbero passate inosservate.

Un crepitio sordo mi fece alzare lo sguardo, ero inzuppato di sudore per la lunga camminata e la gola arsa necessitava in primis di un lungo sorso d'acqua fresca.

Superando l'ultimo tratto di arbusti e piante sradicate arrivammo a ridosso di una meravigliosa cascata che defluiva in un laghetto sottostante.

Una leggera condensa fresca si librava nell'aria donandomi un sollievo immediato e lasciandomi cadere su di una grossa roccia bianca, ripresi il respiro osservando ammagliato quell'incredibile salto che compiva l'acqua prima d'infrangersi nel piccolo specchio.

L'acqua era verde smeraldo e si potevano vedere tranquillamente grosse trote che risalivano la corrente.

Le chiome delle piante garantivano la perfetta schermatura dalla caldana estiva, e la leggera altitudine permetteva di beneficiare di un'aria frizzante che riempiva i polmoni.

Maata stando seduto sulla riva del torrente trangugiava avidamente l'acqua fresca mentre guardava il mio volto perso nell'entusiasmo di un ragazzino.

Con un tuffo mi librai nell'aria e in un batter di ciglia perforai la limpida acqua immergendomi nel piccolo laghetto sottostante.

La cascata spumeggiante cadeva sopra la mia testa con un rumore assordante, sentivo il peso dell'intera montagna premermi sulle spalle e lasciandomi sottomettere dalla sua forza scivolai sul fondale che pareva ricoperto di gemme preziose.

I miei vestiti affiorarono come bolle a pelo dell'acqua e come barchette di carta s'incagliavano nelle rocce.

Maato mi guardava divertito, vedevo nei suoi occhi una strana felicità, un senso di appagamento per la riconciliazione con il suo unico nipote, ma temevo che quello sguardo sparisse per qualche delusione che potevo arrecargli.

Mentre sguazzavo in compagnia di splendide trote, il vecchio, mi passò un mazzo di erbe appena raccolte, le annusai e capii che erano aromatiche, con un profumo talmente intenso da sprigionarsi nell'ambiente circostante.

<<Sfregatele sul corpo, ti puliranno a fondo e ti renderanno profumato come una ragazza di facili costumi>> scherzò Maato.

Mi strofinai con vigore le erbe sul corpo, e mi cosparsi anche il volto e i capelli, nel frattempo Maato entrò in acqua e prendendo ciò che rimaneva delle erbe mi fece vedere come utilizzarle al meglio.

Quando fui completamente pulito Maato mi mostrò il metodo migliore per lavare accuratamente i miei vestiti.

Immergendoli nell'acqua prese dal fondale una manciata di ciottoli porosi, e sistemandoli con cura all'interno del fagotto, incominciò a strofinarli come fosse una grossa pagnotta pronta per l'impasto.

Mentre aspettavamo che i vestiti si asciugassero, Maato m'insegnò a pescare le grosse trote che sguazzavano nel piccolo torrente.

Le trote erano pesci veramente formidabili, sapevano accelerare ad una velocità incredibile sfuggendo dalle mie mani ancor prima che riuscissi ad avvicinarmi.

I primi tentativi furono un disastro annunciato e dopo una mezzora di fallimenti mi sedetti sconfitto.

Maato rideva come un pazzo vedendomi dannare per uno stupido pesce, la mia caccia era un rocambolesco inseguimento che finiva sempre con la mia caduta e un pesce vittorioso che si nascondeva sotto qualche roccia.

<<Fermati ragazzo, se continui così non avrai le forze per tornare a casa, sembra che un pesce sia più in gamba di un americano>> ridacchiò entrando in acqua.

<<A quanto pare..>> mi limitai a sussurrare sconfitto.

Maata camminò all'interno del torrente con calma, scrutò nell'acqua qualcosa che non riuscii a decifrare e immobilizzandosi aspettò qualche istante.

Restai immobile a osservarlo con la bocca sigillata, volevo proprio vedere come un uomo anziano riusciva a prendere una di quelle dannate trote che filavano come i siluri giapponesi.

Con calma immerse le mani nell'acqua e dopo qualche secondo le estrasse velocemente lanciando un grosso pesce sulla riva.

Balzando in piedi mi avventai sulla preda squamosa portandola lontano dal suo elemento naturale.

<<Hai visto ragazzo? Vuoi imparare?>> Mi chiese con la sua solita gentilezza e una strana voglia di lasciarmi in eredità ogni suo trucco.

<<Certo, sei stato magnifico.>> Risposi ricambiando la sua cortesia.

<<Non è così difficile, questi animali avvertono ogni singola vibrazione, e rincorrerli è praticamente impossibile. Bisogna catturarli con l'astuzia, le trote amano starsene sotto i grossi massi, dove si sentono al sicuro dai loro predatori. Bisogna avvicinarsi con calma in modo da non sembrare una minaccia, poi con altrettanta calma infilare le mani nell'acqua e con molta delicatezza agguantarle per bene. Questo è il metodo migliore, adesso provaci tu>>.

La lezione di Maato fu breve e concisa ma anche molto esauriente e precisa, non mi restava che mettere in pratica la teoria appena assorbita.

Con calma entrai nuovamente nell'acqua, camminai in punta di piedi fino a una grossa roccia che stava nel centro del torrente e immergendo le braccia incominciai a tastare con calma la roccia ricoperta di melma.

Le dita sfiorarono quello che mi sembrava una pinna quindi intrecciai le dita formando una culla e con uno scatto fulmineo estrassi dall'acqua una bella trota che finì sulla riva.

Maato aveva ragione, per avere delle soddisfazioni bisognava sbarazzarsi del superfluo e quella pesca a mani nude ne era la prova inconfutabile.

In America non c'era più nulla che riusciva a smuovere il mio entusiasmo, era stato completamente risucchiato da ogni comfort, bastava fermarsi a un fast food per avere qualsiasi fonte di cibo, una lavanderia per avere vestiti puliti e stirati, la televisione con i suoi inutili programmi sapeva rapire e soggiogare ogni sogno, non vi era più nulla che ti faceva sentire utile.

Ma in quell'isola lontana in compagnia del vecchio Maato stavo rinascendo da quel torpore che per anni mi aveva tenuto all'interno di un sistema di automi senza emozioni.

Maato strappò un ramo da una pianta e infilzando per le branchie le due grosse trote mi fece cenno di raccogliere gli indumenti ormai asciutti.

Al ritorno seguimmo un sentiero particolarmente battuto, potevo distinguere nitidamente le tracce delle biciclette da sterrato che si arrampicavano zigzagando verso la cima di quella collina.

<<Dove andiamo Maato?>>domandai incuriosito dalla direzione opposta da dove eravamo arrivati.

<<Ti faccio conoscere una persona>> si limitò a rispondermi il mio mentore.

<<E chi sarebbe?>> chiesi incredulo che in quel luogo potesse viverci una persona.

<<Tra poco lo conoscerai, è una brava persona, ci conosciamo da molto tempo>> esclamò mantenendo un alone di mistero.

Dopo qualche chilometro di marcia senza sosta, convenni che era meglio infilarsi i jeans e una canotta, nella mia vita mi era successo di tutto, ma non volevo finire nei guai anche per un eccesso di pudore.

Maato continuava a camminare in silenzio ed io come un fedele cagnolino lo seguivo senza esitare.

Dopo un'ora di camminata tra sentieri e boschi secolari arrivammo in cima alla piccola montagna e incredibilmente vidi una bellissima villa interamente fatta in legno di stampo puramente inglese.

<<Siamo arrivati ragazzo, l'ultimo sforzo e ci riposeremo nel salotto del mio amico>> balbettò dallo sforzo il vecchio Maato.

L'arsura della gola era a un picco storico, non avevo mai provato tanta sete in tutta la mia vita e mi rimproveravo per non essermi riempito la pancia come un cammello quando ne avevo avuto la possibilità.

Aumentando il passo superai Maato e fiondandomi sotto la veranda mi riparai all'ombra da un sole che mi pareva volesse friggermi il cervello.

Maato sorridente arrivò con calma e bussando con un batacchio a forma di ferro di cavallo aspettò che la porta si aprisse.

Passi pesanti interruppero il silenzio che vigeva sulla collina e un uomo che sembrava appena uscito da un vecchio film in bianco e nero, o più probabilmente da una macchina del tempo che lo aveva rapito durante la guerra civile, ci fece accomodare nella sua modesta abitazione.

Ci accomodammo in un magnifico salotto, dove un enorme camino apriva la sua incredibile bocca dipinta di nero dalla fuliggine.

L'arredo era datato quanto il suo proprietario ed era perfetto per quell'uomo che vestiva con alti stivali di pelle nera, pantaloni gonfi sui lati, una camicia dal colletto a balze e una giacca rossa che scendeva a pennello fin sotto la cinta.

Il suo viso rubicondo era arricchito da due enormi baffi cespugliosi che spiccavano verso l'alto con vertiginose curve ben curate e la sua testa completamente pelata rifletteva la luce che filtrava dalle finestre.

Mi sedetti in una poltrona monumentale, morbida e fresca che al mio contatto rilasciò una nube di polvere che si propagò nell'aria.

<<Che bella sorpresa, caro vecchio Maato Karana erano secoli che non ti facevi vivo, temevo il peggio!>>si pronunciò con la classica cadenza inglese.

<<Non ti preoccupare, non è ancora arrivato il mio momento, dovrai sopportarmi ancora per molto>> rispose stringendogli la mano con affetto.

<<E questo ragazzone chi sarebbe? E' proprio una bella stazza, dimmi giovane come ti chiami?>> mi domandò stando ritto sugli attenti.

<<Piacere mi chiamo John James Miller, nipote di Maato Karana. Piacere di conoscerla>>.

L'inglese dal portamento di un nobile alla corte della regina d'Inghilterra strabuzzò gli occhi e spolverò il labbro superiore con i grossi baffi.

<<Sei il figlio di Pania, che Dio l'abbia in gloria. Il piacere è tutto mio, caro John James Miller>> mi rispose guardandomi di sottecchi. << Io mi chiamo Leopold Manchester, e siete arrivati appena in tempo per degustare ottimo tè inglese>>.

Dopo qualche istante il buffo inglesotto devoto alla sua amatissima regina, di cui aveva un ritratto a grandezza naturale sopra il camino, spuntò con una grossa pipa ricurva e lasciandosi cadere sul comodo sofà accese il tabacco con un fiammifero diffondendo uno sgradevole odore in tutta la stanza.

79

<<Ebbene, raccontami ragazzo, dove vivevi prima di ricongiungerti con tuo nonno?>> domandò con ampie boccate tra una parola e l'altra.

<<America, New York per l'esattezza>> risposi cercando d'inquadrare il suo strano portamento.

<<Oh ma guarda un po' un americano, e cosa si dice di bello nella grande mela?>> chiese nuovamente sbuffando nuvoli di fumo come una vecchia locomotiva a carbone.

<<Nulla di che, o comunque nulla che vale la pena di ricordare>>.

<<Immagino, in una città come quella, il contatto umano è praticamente impossibile>>.

Quell'uomo era di una pedanteria che avrebbe potuto stroncare la vita di una libellula in volo. Ogni parola era dissoluta a un livello incredibile e la lentezza con cui parlava mi faceva sbattere le palpebre per la stanchezza.

<<Sai chi sono? Te l'ha detto tuo nonno?>> brontolò tossendo mentre guardava di sbieco il vecchio amico.

<<No, non saprei! M'illumini>>.

<<Sono un lontano cugino di William Hobson, colui che rese colonia inglese questa bellissima isola>> esclamò con orgoglio.

<<Colui che sottomise questa bellissima isola vorrai dire!>> lo corresse Maato.

<<Vecchio Maato sempre la solita storia, sei testardo più del mulo che avevo nella mia casa di campagna quando ero un ragazzino>> sentenziò succhiando avidamente la pipa che s'illuminava di rosso. <<Ragazzo la storia è chiara e i libri di storia sono stati inventati per questo motivo, per non incorrere in stupide dispute su chi ha o chi non ha ragione. Mi segui?>> intonò osservandomi attentamente. <<Bene, gli inglesi approdarono su quest'isola con buone intenzioni, volevano solo portare l'economia dell'occidente e la parola di Dio. Nulla di più.>> concluse l'erudita signore inglese.

<<Non ascoltarlo ragazzo, sarebbe pronto a giurarti che gli inglesi sono sbarcati sulle nostre coste con pasticcini e forzieri pieni d'oro per gli abitanti dell'isola. Invece erano diavoli travestiti da volpi>> s'intromise Maato con vigore.

<<Scempiaggini, gli inglesi volevano un rapporto amichevole e tranquillo, ma quando i vostri Maori incominciarono a mietere vittime, i soldati dovettero imbracciare le armi>>.

<<E' per questo motivo che erano arrivati con un'intera flotta di navi colme di soldati. Solo per avere un rapporto d'amicizia, proprio come fra te e me. Mi sembra ovvio>> intonò Maato.

Io restavo in silenzio ad ascoltare il diverbio culturale e storico di due anziani che si davano battaglia per le proprie convinzioni e in quel momento capii perché Maato non volle spiegarmi nulla. Non voleva che le mie idee fossero soggiogate dalla sua

80

parola, ma preferiva che mi facessi un'idea ascoltando ambo le parti in un duello imparziale di frasi taglienti a doppi sensi.

<<Era la prassi, e poi i testi di William Hobson parlano chiaro, e in definitiva il trattato di Waitangi lo avete firmato voi>> sbottò Leopold.

<<La prassi prevedeva anche che ci fossero schiavi, che fossero uccise donne e bambini, le testimonianze di Te Kainga Moka parlano chiaro tanto quanto quelli del tuo cugino Hobson. E il trattato è stato siglato per fermare lo spargimento di sangue>>.

La teiera fischiò mettendo una tregua alla disputa tra i due amici di vita ma nemici di sorte. Il signor Manchester arrivò con un costoso cabaret d'argento e una collezione di porcellane decorate elegantemente che valevano senza ombra di dubbio più della mia vecchia Ford Taunus.

Con scrupolo versò l'acqua bollente nelle tazze e immergendovi dentro il tè, lo lasciò in infusione per qualche istante.

Nell'aria si diffuse un aroma che sconfisse il puzzo di tabacco e prendendo una piccola ampolla dosò con parsimonia il latte nella bevanda.

<<Ragazzo, per tagliare la testa al toro sai cosa ti dico?>> sentenziò soffiando sulla propria tazza.<<Ti regalo dei libri che a me non servono più, parlano della Nuova Zelanda e della sua evoluzione. All'interno ci sono anche delle riflessioni di William Hobson, leggili e fatti una cultura>> predicò sorseggiando il tè bollente.

<<Si signore, su questo non c'è ombra di dubbio, ha ragione Leopold, più studi e più avrai modo di farti una tua opinione. Per questo motivo ho chiesto a Faata di portarmi dei libri. Leggili e impara qualcosa.>> Concluse Maato con un sorriso all'angolo della bocca.

<<Brutto testardo di un Maori capriccioso, lo so dove vuoi andare a parare, quell'arpia di Faata ti idolatra come un vangelo per un prete. Vuoi rifilare a questo ragazzo tutti quei testi antichi che venerate come il corano per i musulmani. Dio onnipotente, proteggici da questi fanatici>> intonò Leopold alzando le mani al cielo.

<<Noi due lo stiamo solo confondendo, e poi si è fatto tardi dobbiamo proprio tornare verso casa>>.

<<Di già, ma siete appena arrivati!>> esclamò Leopold con un volto sinceramente rattristato.

<<E' un'ora che parliamo vecchio caprone inglese. Forza, dagli quello che gli hai promesso che dobbiamo andare>>

Leopold si alzò goffamente dalla poltrona, sembrava che la forza di gravità avesse uno strano potere sul suo corpo, inchiodandolo con forza sopra qualsiasi superficie dove lui decidesse di posare il suo fondo schiena.

81

Con uno sforzo non indifferente e l'aiuto di Maato, Leopold riuscì a issarsi in piedi e aprendo un grosso armadio colmo di libri ne estrasse tre.

Con un soffio fece volare via almeno una decina d'anni di polvere, e posandomeli nelle mani mi strizzò l'occhio come ad un vecchio amico.

<<Allora ci conto, quando avrai una tua idea personale, ripeteremo la discussione. Spero che la prossima volta sarai dalla mia parte John James Miller.>>

<<Staremo a vedere, chi può dirlo>> risposi ammiccando ad un lieve sorriso di falsa complicità.

Maato lo ringraziò come si ringrazia un vecchio amico, finita la discussione, l'ascia della discordia fu sotterrata sotto due metri di terra e delle risposte taglienti e dei doppi sensi non restò che un vago ricordo destinato a dissolversi nel vento.

Leopold restò sulla veranda con la mano alzata finché le nostre sagome non scomparvero dietro la collina, la strada del ritorno sembrò più corta dell'andata, forse per la dolce discesa che rese tutto più semplice.

Passammo accanto alla cascata che da lì a poco sarebbe stata inghiottita dalla notte, ma prima che il buio amalgamasse quel tripudio di colori in un'unica sfumatura senza pigmenti, un riflesso rossastro ci regalò uno spettacolo degno solo di una perfetta cartolina.

L'alta marea stava per reclamare la striscia di sabbia che collegava la piccola isola al territorio, quindi ci affrettammo con passi molto lunghi ad attraversarla con l'acqua ormai alle caviglie.

La baracca, in quella sera dove qualche stella incominciava a mostrarsi timidamente e un tramonto dai colori infuocati culminava con l'inabissarsi del sole, mi sembrava che quel luogo fatto di paglia e legna trovata quasi per caso, cercasse in qualche modo di convincermi a superare le barriere della bellezza esteriore e che m'invitasse a scavare più a fondo vedendo in essa un luogo da poter chiamare "casa".

Maato, silenzioso come un fantasma non perse tempo per estrarre un lungo coltello dal cassetto del tavolo e adagiandoci sopra i pesci incominciò un minuzioso lavoro per ripulirli dalle viscere e dalle squame.

Io ero indeciso sul da farsi, averi voluto contribuire, ma non sapendo fare praticamente nulla mi limitai a raccogliere della legna secca per accatastarla sopra alle ceneri del piccolo focolare della sera precedente.

Da qualche parte avevo letto che per accendere un fuoco, bastava sfregare due legni e per magia sarebbe apparso, ma dopo trenta minuti d'inutile sfregamento ero visibilmente accaldato e stanco ma del fuoco non se ne vedeva nemmeno una minuscola traccia.

Maato mi osservava sorridente tenendo i due grossi pesci fra le mani, forse era compiaciuto del mio tentativo o forse sorrideva guardando uno stupido americano che senza un forno a microonde sarebbe morto di fame in breve tempo.

Infilzando nel terreno due bastoni su cui erano stati adagiati i grossi filetti di pesce, Maato si chinò per osservarmi meglio, io restituii un fugace sguardo d'intolleranza e quando fui completamente stanco nel rendermi ridicolo scagliai i due pezzetti di legno con rabbia.

<<E' molto più semplice di quanto pensi, abbassati e guarda>> mi disse con voce tremula e gioiosa di chi ha qualcosa da insegnare.

La rabbia che un mese fa a stento sarei riuscito a controllare, si dileguò dal mio corpo con la stessa velocità di uno starnuto e acquattandomi al terreno osservai il vecchio compiere qualcosa d'incredibile.

<<Molte cose, tra cui il fuoco, sembrano morte, spente per sempre, ma se scavi leggermente sotto la cenere, troverai ancora una parte di vita>> scostando gli strati di cenere Maato portò alla luce delle piccole braci che al contatto con l'ossigeno si ravvivarono illuminandosi di un rosso acceso.

<<Il gioco è fatto, basta un po' di paglia e qualche pezzetto d'arbusto e vedrai che con un soffio le fiamme incominceranno ad ardere sempre più forte trasformandosi in un bel fuoco>>.

Avvicinando la bocca ai piccoli pezzi di legno incandescente dosò il flusso d'aria e lasciando cadere al momento giusto dei pezzetti di corteccia, le fiamme avvolsero la legna accatastata trasformandosi in un perfetto focolare.

Il vecchio saggio aveva una soluzione per ogni problema, ma credo che quella sera di mezza estate l'insegnamento principale non fu come accendere un fuoco, ma piuttosto credere che in ogni persona possa nascondersi un barlume di speranza e di rinascita.

Forse i suoi occhi stanchi e velati avevano visto sotto la moltitudine di strati che mi ero costruito come una corazza durante tutta la mia sconclusionata vita, ed era convinto di aver scovato un barlume di luce che non si era ancora spento, pronto a incendiarsi per ravvivare la mia anima torbida e cupa.

Doveva solo trovare le giuste cure e anch'io sarei rinato dalle mie ceneri.

I due grossi pesci filarono sopra le fiamme per essere cotti e mentre la nostra cucina rudimentale se non preistorica rosolava la carne tenera delle due trote, Maato uscì di casa con una bottiglia di ottimo Rum.

<<Oggi la cucina propone carne di trota al Rum e da bere ottimo Rum, cosa ne pensi?>> mi domandò con un sorriso divertito.

<<Penso che non ci sia ristorante migliore>> risposi ridacchiando.

La notte arrivò a farci compagnia, tutta la natura che ci circondava era diventata silenziosa al punto da poter sentire le onde che s'infrangevano contro la scogliera.

Il pesce cucinato al Rum aveva un ottimo sapore e tra un boccone di carne bianca e un sorso dalla bottiglia, nel tempo necessario a consumare la nostra cena eravamo già entrambi alticci e propensi a scioglierci la lingua dai nostri lunghi silenzi.

<<Maato, per quale motivo non mi chiami per nome?>> gli domandai standomene sdraiato accanto al fuoco a guardare un cielo costellato di stelle e luminoso per una luna piena talmente intrigante da far impallidire qualche pianeta del sistema solare.

<<Perché non è il tuo vero nome>> mi rispose con un filo d'amarezza.

<<Tutto qui? Non c'è dell'altro?>>

<<Forse, ma non è la serata giusta per parlarne, non sei ancora pronto>>.

<<Per cosa? Forza Maato non farti strappare le parole di bocca come al solito, parlami, raccontami>> lo esortai impaziente.

<<Tu hai due nomi, uno è quello che conosci e che non voglio sentire nominare in mia presenza. Mentre l'altro è Hemi Karana. Ma penso che tua madre non abbia avuto il tempo per insegnartelo e credo che questo non sia il momento più adatto per parlarne>> rispose con fare distaccato e risoluto.

<<Quindi ho due nomi distinti?>> indagai ignorando il suo atteggiamento.

Maato sbuffò rassegnato e mettendosi seduto cercò le giuste parole.

<<Certo, quando sei venuto con tua madre avevamo deciso di darti il tuo nome Maori, e Pania decise per "Hemi">> m'informò.

<<E cosa significa?>>

<<James, Hemi è la traduzione Maori di James>> mi rispose con semplicità.

<<Tutto qui? Hemi è uguale a James, praticamente non cambia nulla?>> domandai scioccato.

<<No, perché cosa pensavi?>>intonò Maato sorridente.

<<Non saprei, pensavo: Grande Dio del tuono, potente uragano, l'invincibile. Cioè qualcosa di forte. Mi capisci vero?>>

Maato scoppiò a ridere di gusto, ed io me ne restai accoccolato vicino alle fiamme a guardare quel vecchio anziano che per un istante avevo reso contento.

Il mio nome era Hemi, quindi la gente dell'isola mi avrebbe chiamato Hemi Karana Miller. Non era poi così male, poteva andarmi anche peggio, quindi mi rassegnai alla semplice traduzione e restituii un largo sorriso a Maato che ancora rideva.

<<Hai conosciuto mio padre?>> la domanda interruppe di colpo la sua risata.

<<Si, ma non ne voglio parlare>> rispose bruscamente.

<<Ma io devo sapere>> intonai imperterrito.

<<Non da me, chiedi a Leopold, l'inglese saprà darti tutte le risposte che cerchi. E' tardi, domani avrai una lunga giornata, vado a dormire e sarà meglio che ci vada anche tu>> sintetizzò senza alcuna traccia residua della felicità di un istante prima. Alzandosi barcollante si diresse nella capanna, sentii il suo corpo appoggiarsi goffamente sul pavimento e dopo qualche istante il suo respiro pesante mi fece intuire che la stanchezza aveva preso il sopravvento.

L'inglese paffuto dal nome ridicolo cosa avrebbe mai potuto sapere sul mio conto o su quell'uomo ingrato che mi aveva dato solo il suo cognome.

Restai in silenzio a pensare lasciandomi trasportare dalla quiete che solo un focolare nel mezzo del nulla poteva regalare.

Una strana forma di curiosità stava nascendo in me, volevo sapere chi era quell'uomo ingrato che aveva abbandonato una moglie ed un figlio per non farsi più vedere, volevo capire chi era quella persona che mi aveva lasciato in eredità solo il suo cognome e volevo chiedergli la motivazione di tale gesto.

CAPITOLO QUINTO

Commodoro William Hobson.

Era trascorso poco più di mese dal colloquio con l'ammiraglio Anton Glassmilo, e un messaggero a cavallo arrivò nella residenza di William Hobson.
Il messo scese dallo stallone impolverato e accaldato, ma prima di concedersi una bevanda fresca portò il suo compare d'avventura all'ombra, tastò l'acqua all'interno dell'abbeveratoio e constatando che fosse a temperatura ambiente lasciò che il suo quadrupede si dissetasse dopo la stenuante corsa sotto un sole torrido che aveva fatto salire la colonnina di mercurio oltre i quarantacinque gradi.
Il signor Hobson dalla finestra osservava la busta che teneva in mano il fattorino e un luccichio apparve all'interno della sua pupilla.
L'impazienza che provava era placata solo dal suo proverbiale autocontrollo, ma se avesse avuto la possibilità avrebbe ammazzato il cavallo e frustato il suo padrone per l'attesa a cui era stato sottoposto ingiustamente.
Un cameriere accorse ad aprire la porta e quando il messo gli mise fra le mani la busta, senza perdere un secondo attraversò l'imponente villa e salendo per le scale la consegnò al suo signore.
<<Dite al messo di andarsene immediatamente>> intonò con la sua classica perfidia.
<<Ma è appena arrivato, gli morirà il cavallo con questo caldo>> rispose intimorito il servo.
<<Morirà anche se resta qui, tra meno di un minuto gli buco la testa con una palla di piombo se non fila via. Doveva pensarci prima, invece che curare il cavallo

doveva servire un suo superiore>> ruggì inchiodando il servo alla porta con lo sguardo.

<<Va bene, come vuole lei signore Hobson>>

Il servo scese per le scale velocemente, prese una pelle di capra che poteva contenere fino a venti litri d'acqua, la riempì all'orlo e senza farsi vedere la nascose appena fuori dalla villa mimetizzandola sotto qualche sasso.

Con delicatezza informò il messo di quanto gli era stato riferito e sussurrando a bassa voce mise al corrente l'uomo della capiente borraccia.

Il messo scosse la testa con un'aspra espressione dipinta in volto, ringraziò il servo con una compiaciuta stretta di mano e salendo in sella al suo destriero uscì dalla villa del signor William Hobson.

Hobson osservò il cavallo con il suo cavaliere scomparire all'orizzonte alzando una nube di polvere, poi abbassò lo sguardo e la sua concentrazione fu incanalata solo su quel piccolo pezzo di carta.

Con frenesia stracciò la busta che conteneva la lettera e leggendola in un sol respiro gli occhi s'illuminarono del fuoco della guerra.

Urlando chiamò a raccolta la servitù e versandosi del Rum in un grosso calice sprofondò nella sua comoda poltrona sopraffatto dalle emozioni.

La lettera

L'ammiraglio Anton Glassmilo la informa che una flotta di venti navi con un totale di ottocento soldati sono pronti a salpare per le coste della Nuova Zelanda.

L'ammiraglio Anton Glassmilo la informa che lei, William Hobson, prenderà il controllo totale sia delle navi che dei soldati per la repressione dei nativi.

L'ammiraglio Anton Glassmilo la informa di prepararsi nel minor tempo possibile e recarsi al porto per un'imminente partenza.

Si augura che riuscirà nell'intento e che non subirà una sconfitta, le affidiamo le nostre speranze e i nostri più cari auguri di buona riuscita.

Cordiali e distinti saluti.   *Ammiraglio* ***Anton Glassmilo***

La servitù accorse alla richiesta del suo cinico padrone e posizionandosi schierata come un piccolo plotone aspettò che gli venisse affidato l'ordine.

Il capitano Hobson spronò la sua servitù nel dare il massimo sforzo, dovevano racimolare ogni cosa dello studio e riempire i voluminosi bauli da viaggio con tutti i vestiti che aveva negli armadi.

Non doveva essere trascurato nessun dettaglio e tutto doveva essere pronto per quella stessa sera.

La servitù consapevole che una partenza fosse un ottimo metodo per sbarazzarsi del loro aguzzino per un lungo periodo, si rimboccarono le maniche e senza perdere un secondo si misero all'opera.

Ogni oggetto che stipava l'ufficio fu catalogato, avvolto in carta di giornale e sistemato meticolosamente nei bauli, mentre una squadra di donne stirava e piegava tutta la biancheria e ogni abito che fosse appeso all'interno dell'armadio.

Con un formidabile gioco di squadra, in meno di quattro ore, sei bauli erano stati accatastati sopra il calesse e a William non rimaneva che salutare la sua consorte.

Sua moglie era abituata a questi repentini viaggi del marito, ma questa volta aveva intuito che non si trattava solo di un viaggio in mare, il suo zelante marito era incaricato di condurre una guerra in una terra lontana.

In cuor suo sperava che quel marito freddo e indisponente fosse soppresso dalla ferocia della guerra, mentre il suo lato umano, di moglie, sperava con tutte le forze che facesse ritorno a casa.

William Hobson come un bravo ufficiale si mise sugli attenti dinanzi ad Eliza e salutandola con una stretta di mano la confortò dicendogli di non preoccuparsi troppo, che a breve sarebbe tornato a casa vittorioso.

Eliza in lacrime gli afferrò la mano e, indecisa se abbracciarlo o voltargli le spalle dinanzi alla sua freddezza, si accasciò a terra sopraffatta dal dolore.

Il capitano la osservò con distacco per qualche istante e senza fiatare scomparve da quella casa dove solo la moglie piangeva mentre il resto della servitù gioiva.

Una formazione di venti plotoni da quaranta uomini sostava sugli attenti dall'alba dinanzi al porto, dove venti navi aspettavano di lasciare la terra ferma per intraprendere un viaggio che li avrebbe portati a migliaia di chilometri di distanza.

Il capitano William Hobson arrivò con l'alta uniforme per la celebrazione della partenza, belle parole furono dispensate con arguzia dagli ufficiali per distribuire coraggio e lealtà.

Il capitano, impassibile, guardava i suoi ottocento soldati tenere alti i loro fucili dalle baionette luccicanti e tastando con gioia il fodero del suo archibugio, gioiva immensamente esultando con gli occhi.

Quando gli ufficiali di rango inferiore ultimarono i loro discorsi, un piagnisteo di madri, mogli e di figli pervase il molo.

I soldati prima d'imbarcarsi si concedettero l'ultimo abbraccio con le proprie famiglie e tra lacrime di disperazione e dolci frasi sussurrate senza farsi sentire, dovettero abbandonare i loro cari sotto i comandi dei loro superiori che li spronavano a imbarcarsi.
Così la colonia inglese in Australia imbarcò i suoi soldati per far rotta verso la Nuova Zelanda al comando del capitano William Hobson.

LE ORIGINI.

Mi svegliai il mattino seguente con la bocca arsa e un gran mal di testa, il Rum del vecchio Maato era di alta qualità, dolce come miele nel momento della sbronza ma letale e velenoso al risveglio.

Maato come suo solito era sparito, quell'uomo era incredibile, su di un'isola grossa come un guscio d'uovo, riusciva a svanire per intere ore senza lasciare una traccia. Ero solo con un'emicrania che mi spaccava la testa, il caldo era soffocante fin dalle prime ore dell'alba e la frescura che solitamente l'oceano riusciva a regalare, era inghiottita e neutralizzata da un campo d'energia invisibile che non faceva muovere nemmeno una foglia.

Le tempie mi pulsavano come se volessero esplodere per far fuoriuscire la pressione che mi attanagliava. Il sole alto nel cielo era così forte che mi sentivo come una piccolissima formica che cercava di fuggire dalla lente d'ingrandimento di un sadico bambino.

Con ampie falcate scesi per il pendio che una settimana prima avevo percorso in compagnia di Faata e raggiungendo in fretta e furia la limpida acqua cristallina, con un tuffo mi lasciai librare in un mondo parallelo.

L'assenza di gravità sembrò calmare l'emicrania che sin dal risveglio mi stava perseguitando come un rullo di tamburi.

L'acqua fresca scorreva sulla mia pelle donandomi un senso di purezza che solo i bambini alla nascita conoscono e scrutando sul fondale, mi lasciai affascinare da un mondo fatto di sabbia di cui gli abitanti si erano costruiti una casa sulla schiena. Le conchiglie avevano le forme più svariate ed erano ricche di colori incredibili. Qua e là scovai dei grossi granchi, che per nulla intimoriti della mia presenza aprivano e chiudevano le loro grosse chele forse per intimidirmi.

Mi trovavo in un deserto insolito, bianco come una distesa di perle e sommerso dall'acqua, ma pur sempre un deserto.

Nuotavo contro le onde per avere il piacere di sentirle infrangersi contro il mio viso e quando ero stanco, mi mettevo supino lasciandomi cullare dall'oceano che con i suoi blandi sussulti mi spingeva nuovamente a riva.

Ero a un centinaio di metri dalla riva che galleggiavo come una zattera di un povero disperato alla deriva, tenevo il sole alle mie spalle in modo che non potesse nuocermi con la sua violenta luminescenza e, ad un tratto, una voce famigliare alle mie spalle mi schernì con la sua solita ironia tagliente.

<<Con quelle mutande nemmeno uno squalo avrebbe il coraggio d'ingoiarti!>> esclamò Faata ridacchiando.

<<Preferisci che me le tolga? Questo americano, o meglio pakeha come dici tu, potrebbe stupirti!>> sciabolai con un filo di malizia.

<<Ho i miei dubbi pakeha e comunque preferisco non appurare. Cosa fai ti vesti o ci vieni con quell'intimo a pois in città?>> mi domandò con la sua solita sfrontatezza.

<<Mi stai invitando? Faata la divoratrice di Pakeha americani, m'invita per un'uscita?>> domandai a mia volta ridacchiando.

<<Non farti illusioni, me l'ha chiesto il capo Maato Karana e mi ha dovuto supplicare>> intonò scandendo le parole.

<<Non avevo dubbi>> risposi sussurrando.

Con qualche bracciata arrivai alla barchetta di Faata e salii a bordo, forse era solo una mia impressione o peggio una stupida illusione, ma ogni volta che quella ragazza mi vedeva mezzo nudo si lasciava scappare delle furtive occhiate che non disdegnavo.

Ci metteva tutto il suo orgoglio per schermarsi dietro un finto muro di ostilità, ma ero sicuro che la mia presenza, almeno quella fisica, non la disdegnasse così tanto come voleva farmi credere.

<<Dove andiamo di bello?>> le chiesi con gentilezza.

<<Innanzitutto a prendere i tuoi vestiti, poi andremo a fare un giro culturale molto interessante>> anche lei cambiò tono, utilizzando parole più dolci e senza stizza.

Avviando il motore della piccola imbarcazione mi riportò a riva, mi chiese se c'era Maato Karana, ma scuotendo la testa e alzando le mani al cielo le spiegai che il vecchio aveva lo strano potere di scomparire a suo piacimento.

Lei abbozzò un sorrisetto e sedendosi sull'asse che fungeva da poltrona per il timoniere, aspettò il mio ritorno.

Correndo ritornai alla capanna, i vestiti lavati alla cascata erano ancora intrisi del profumo che aveva rilasciato il miscuglio vegetale con cui Maato mi aveva ordinato di strofinarli.

Purtroppo non si poteva dire la stessa cosa di me, l'odore salmastro della salsedine era terribilmente fastidioso e quindi dovetti sciacquarmi in fretta e furia con una bottiglia d'acqua che doveva essere utilizzata solo per dissetarsi.

Mi ripromisi di comprare acqua potabile in città con Faata, così che Maato non avesse nessun tipo di rimprovero da farmi.

Il contatto con i jeans e una semplice maglietta bianca mi fece ricordare il primo giorno che misi piede su quella piccola e strabiliante isola, era già passata una settimana dall'incontro di Maato e tutto sommato mi sentivo un'altra persona.

Riprendendo il cammino verso la spiaggia mi accorsi dopo un centinaio di metri che non indossavo le scarpe, quel luogo aveva la capacità di disfarti di ogni cosa superflua e finalmente incominciavo a comprendere fino in fondo il modo di ragionare del vecchio e forse incominciavo a impadronirmene anche io.

91

Infilandomi gli scarponcini, che fino a poco tempo fa consideravo comodissimi mentre in quel preciso istante li avrei gettati in mare, ripresi il sentiero verso la spiaggia cercando di dosare le forze per non inzuppare di sudore la maglietta pulita. Con un balzo saltai a bordo della barca senza bagnare le scarpe e sedendomi a prua con le gambe a penzoloni mi lasciai trasportare fino al piccolo molo.

<<Com'è andata la permanenza con Maato?>> mi domandò intavolando una conversazione dai toni pacifici.

<<Pensavo peggio, invece abbiamo molto in comune, soprattutto per il Rum!>> risposi con semplicità.

<<Tutto qui? Ma non hai imparato qualcosa?>>

<<Certo, a lavarmi i vestiti sotto una cascata, a camminare sopra l'oceano e bere tè caldo con un vecchio inglese petulante>> intonai ripensando ai vari episodi degli ultimi giorni.

<<Hai conosciuto Leopold, che tizio! Qui non è molto ben visto e io sinceramente non nutro una grande ammirazione per quell'inglesotto arrogante>> replicò con disappunto.

<<Perché?>> domandai.

<<Perché quando è ubriaco si vanta di essere un famigliare di William Hobson e questo basta e avanza per farsi dei nemici>> mi spiegò affilando lo sguardo.

Faata conduceva la barca tra le onde con semplicità, il piccolo motore spinto al massimo riusciva a malapena a far alzare i lunghi capelli del timoniere dal gentil sesso e, mentre ci dirigevamo verso la terra ferma, restai incantato a guardare un banco di pesci colorati seguirci per tutto il tragitto.

Faata assicurò la barca al molo con un nodo alla marinara e facendomi cenno di seguirla ci dirigemmo alla sua Jeep che stranamente trovai pulita e luccicante.

Anche Faata non aveva i soliti vestiti da "Bad Girl" ma indossava un completino sempre molto sportivo composto da pantaloni attillati fino al ginocchio e una maglietta molto provocante che le metteva in risalto un décolleté da favola.

<<Guarda che sbavi!>> ridacchiò.

Non risposi, un po' per onore personale un po' per essermi fregato con le mie stesse mani.

Senza aspettare il suo invito entrai in macchina, anche se avessi voluto fare un atto di cavalleria non avrei potuto perché la piccola jeep era sprovvista di sportelli.

Faata avviò il motore che si degnò di fare il primo scoppio dopo molti lamenti e arrancando sulla strada dissestata si diresse su per il crinale verso il bosco.

Ripercorremmo la stessa strada che avevamo fatto il giorno del mio arrivo e per la seconda volta restai ammaliato da quella volta di rami che imprigionava i raggi del sole riducendoli in un intreccio di fili dorati.

Passammo accanto al piccolo villaggio dove aveva avuto luogo la titanica battaglia e Faata abbozzò un ridicolo sorriso di disapprovazione.

La strada sterrata e disseminata di buche grandi quanto crateri si trasformò in asfalto nero e rovente, il verde del bosco cedette il posto all'ingrato cemento e infilandoci su di una grande statale sfrecciammo verso il centro di Kerikeri.

La città era una falsa copia di una qualsiasi grande città inglese, non mancava nulla, non vi erano capanne e non vi era la natura, solo palazzi che si addossavano l'uno all'altro e una caotica frenesia generale.

Faata uscì dalla grande strada a quattro corsie svoltando verso il centro, il suo traguardo era un mistero che durava ormai da un'ora, ma per quanto conoscessi poco quella giovane ragazza, sapevo che l'attesa mi avrebbe avvalso di una grande soddisfazione, o perlomeno lo speravo.

Il centro città era la fotocopia sbiadita di New York, grattacieli di cemento armato erano disseminati come funghi in tutte le direzioni e locali alla moda si alternavano con lussuosi negozi, dove una clientela chic faceva una sfilata di moda lungo i marciapiedi.

Durante il viaggio non scambiammo una sola parola, eravamo entrati nella pericolosa spirale del silenzio, dove ognuno dei concorrenti cercava di mettere alla prova il suo rivale aspettando un inizio di conversazione.

Io non cedetti spazio alla mia acerrima avversaria intenzionato a metterla in difficoltà, ma lei con il suo carattere da mastino da combattimento non avvertì il colpo e la sfida si concluse con un pareggio.

Pensai che quelle strane situazioni nascessero solitamente tra le coppiette che si piacevano ma si stuzzicavano per puro atto di corteggiamento, non ero più un ragazzino e anche Faata era una donna matura, ma ciò nonostante stava nascendo quell'imbarazzante frenesia che paralizza l'organo con cui moduliamo le parole e rende le persone più infantili se non che stupide.

Con l'ultima deviazione Faata entrò all'interno di un grande parcheggio e posteggiando sotto l'ombra di una povera pianta reduce da una guerra fatta a colpi di accetta, indicò con la leggerezza di una ballerina classica un grosso cartello.

"MUSEO PUBBLICO DI KERIKERI"

<<Forza pakeha siamo arrivati!>> pronunciò con fierezza.

<<Non sono mai stato in un museo, che mostra danno?>> domandai ingenuamente.

<<Non danno nessuna mostra, questo è il museo Maori, qui c'è la nostra storia, le nostre tradizioni, il nostro passato. Ma dove hai vissuto? Non sei mai entrato in un museo?>>

Lasciai correre le domande di Faata in modo che si disperdessero nel vento, non volevo rabbuiarmi e nemmeno rattristarmi. Era una bella giornata e tale doveva rimanere.

Seguii come un fedele cagnolino la mia padroncina severa e dopo aver comprato due biglietti da una donna completamente tatuata sul volto ci dirigemmo verso il primo padiglione.

Centinaia di foto abbellivano pareti di vetro, Faata mi spiegò che erano le istantanee originali dei primi coloni che, incuriositi dalla nostra cultura completamente diversa dalla loro, impazzivano scattando centinaia di fotografie da spedire in Inghilterra.

Grandi capi Maori erano stati catturati e impressi sulla pellicola, la loro anima era stata impressa in modo indelebile su piccoli fogli che avrebbero resistito più dei loro corpi e Faata come una brava insegnante mi spiegava l'evoluzione della loro storia.

Dalle foto passammo a ritratti, grossi quadri erano stati appesi al soffitto con lunghe corde e penzolavano a mezz'aria mostrando tutta la loro arte.

I dipinti ritraevano l'essenza dei tatuaggi Maori, finalmente ebbi la spiegazione delle strane linee che solcavano il volto dei nativi. Mi fu spiegato che il tatuaggio tipico si chiama Moko, ma che in realtà è solo un adattamento moderno, perché nei tempi antichi le stesse linee venivano fatte attraverso le cicatrici.

Il Moko, mi spiegò Faata, contiene messaggi ancestrali, solitamente specifici a chi li indossa, questi messaggi raccontano la storia della propria famiglia, le affiliazioni tribali e le strutture sociali.

Pensai al perchè il vecchio Maato non me lo avesse spiegato, avevamo avuto modo di parlare di tutto e stranamente si era dimenticato di spiegarmi un punto così importante della loro cultura, forse lo aveva dimenticato appositamente per creare le condizioni giuste di un incontro tra me e Faata e non mi sarei stupito se la mia teoria fosse stata azzeccata.

Mi fu spiegato che il Moko conteneva inoltre vari tipi di ideologie, come la fortuna, la forza o il proprio destino.

In breve, il Moko era una forma d'individualità che si poteva leggere sulla pelle dei nativi Maori.

Faata incredibilmente si posizionò a un palmo dal mio volto e alzando il mento si lasciò osservare il Moko che gli ricopriva il mento appuntito e parte della bocca.

<<Cosa ne pensi, mi dona?>> mi domandò con due occhi che brillavano come gocce di rugiada.

Io restai immobile a osservarla e mi resi conto che il mio sguardo era divenuto talmente intenso da confondersi con una voluta carezza senza mani.

Faata si accorse di quello sguardo involontario che mi aveva paralizzato dinanzi alla sua bellezza e arrossendo si voltò e si diresse verso il secondo padiglione.

94

Entrammo nella camera delle armi, dove un arsenale fatto per lo più di legno serviva per uccidere senza troppi fronzoli il nemico.

Faata fu lieta di spiegarmi che i Maori erano abili guerrieri, forse i migliori del mondo, senza paura e con una violenza inaudita durante gli scontri.

Mi chiarì con fierezza che persino i pakeha inglesi armati di fucili ebbero la peggio sui Maori durante le guerre del moschetto.

Le armi che avevano a disposizione erano poche e molto rudimentali, mi fece vedere il "Patu" una sorta di machete interamente fatto in legno e finemente decorato utilizzato per lo più come arma da taglio.

Poi mi mostrò la "Taiaha" una sorta di lunga lancia per gli attacchi a distanza, con la parte finale appiattita per penetrare nelle carni e uccidere il rivale.

<<Ma sono originali queste armi?>> chiesi per smorzare l'imbarazzo che avevo creato pochi istanti prima.

<<Si, sono tutte originali e vecchie di secoli>> mi rispose in una finta indifferenza.

<<Ma dici che hanno ucciso delle persone?>>

<<Più di quante tu possa immaginare>> rispose quasi sussurrando.

Entrammo in fine nell'ultimo padiglione dove una grossa cartina rappresentava lo sbarco dei pakeha inglesi con le loro navi colme di soldati per innescare la guerra di sottomissione verso i Maori per creare una nuova colonia.

Incredibilmente lo sbarco era avvenuto proprio sull'isola del vecchio Maato e strabuzzando gli occhi guardai sorpreso Faata.

<<La nostra fine iniziò con l'arrivo dei pakeha inglesi e come vedi dalla grossa cartina lo sbarco avvenne sull'isola dove abiti con il capo Maato. E' per questo motivo che lui non si sposta, vuole perpetuare le gesta dei suo avi e sorvegliare le coste della nostra isola dall'arrivo di altri usurpatori>> mi spiegò con un filo di amarezza.

<<Spiegami le guerre del moschetto>> intonai osservando le divise militari inglesi con a fianco i lunghi archibugi provvisti di taglienti baionette.

<<Non c'è molto da dire, gli inglesi vollero colonizzarci, ridurci schiavi di una cultura che non era e non è nostra, ma i Maori si opposero con tutte le loro forze, quando credemmo di averli sconfitti, mandarono dei rinforzi con ottocento soldati al comando di William Hobson, armati di tutto punto e avvenne una battaglia cruenta dove morì molta gente. Donne e bambini vennero uccisi, molti vennero catturati e resi schiavi, altri torturati. Fu un brutale attacco con conseguenze drastiche, i capi Maori tra cui il grande Te Kainga Moka si opposero con tutte le forze e riuscirono a fermare l'avanzata inglese il tempo necessario per far scappare le varie tribù verso il sud dell'isola, ma quando capirono che la battaglia stava per investirli, il capo Moka sfoderò i suoi più abili guerrieri contrattaccandoli con una ferocia indomabile. Te

Kainga Moka sapeva che altra gente sarebbe morta ma il su gesto servì a fermare l'ondata di violenza che gli inglesi riversarono su di noi a colpi di moschetto e polvere da sparo, firmando un trattato che ci rese schiavi ma ci salvò la vita>> la ragazza parlava avvilita, come se avesse vissuto sulla sua pelle tutto quello spargimento di sangue.

Restai zitto a osservarla, guardava le divise inglesi un tempo indossate da qualche ragazzo che era stato spedito al fronte per combattere un guerra ingiusta e senza parole scuoteva la testa incredula.

In quel momento capii il motivo dell'odio verso l'inglesotto Leopold e non potei che rendermene partecipe.

<<Che trattato fu firmato?>> chiesi quasi intimorito.

Faata senza rispondere si avviò verso l'ultimo punto della nostra visita e soffermandosi dinanzi a un bacheca m'indicò un foglio scritto a penna e corroso dal tempo.

<<Quello, il trattato di Waitangi. In poche parole ci promisero che avrebbero protetto i nostri interessi e le nostre proprietà e i nostri diritti se accettavamo di diventare colonia inglese, ma di fatto ci derubarono di tutto. Solo negli anni novanta con sommosse e rivolte riuscimmo a ritrovare solo una piccola parte di noi stessi. Tutto qui, siamo il surrogato di una storia e di una cultura che non ci appartiene, siamo gli schiavi invisibili dei padroni inglesi e nel mondo pochi conoscono la nostra storia, la vera storia di un popolo fiero sottomesso dagli inglesi>>.

Restammo in silenzio a osservare la copia esatta di un foglio ingiallito e ormai sgretolato dal tempo, potevo avvertire il rancore e l'odio che provava quella ragazza verso quegli usurpatori che con la violenza avevano piegato quel popolo fiero e che ora che conoscevo la storia potevo ritenere anche mio.

Faata stringeva i pugni come se avesse voluto mandare in frantumi il vetro che proteggeva il trattato e con un atto di pura violenza sbriciolare quello che restava di quella falsa promessa che li aveva resi schiavi, a trattenerla forse era il titolo che ricopriva o forse solo un atto di pura rassegnazione.

Con discrezione uscimmo alla luce del sole, una volta rossastra stava ricoprendo il cielo ed era giunto il momento di ritornare dal vecchio Maato.

Quella giornata segnò una fase importante della mia vita, Faata mi aveva insegnato parte della mia storia, che di diritto mi apparteneva e ora che comprendevo meglio il popolo Polinesiano, mi sentivo più complice di questa terra.

La mia parte Newyorkese poco a poco si stava assottigliando, diventava ogni giorno sempre più debole e prima o poi sarebbe scomparsa per sempre dal mio copro, dalla mia gestualità, dal mio modo di essere e dal mio modo di pensare e ne ero contento.

Faata era ancora notevolmente scossa dalla storia che mi aveva raccontato, probabilmente perché aveva vissuto sulla sua pelle i soprusi dei pakeha e in quel momento compresi per quale motivo non riusciva ad aprirsi a me liberamente.

Nel bene o nel male anch'io per metà ero parente stretto di quelle persone che li avevano incarcerati in celle senza sbarre dove l'indifferenza era la peggiore umiliazione e non potevo far nulla per farle cambiare idea.

Il traffico si era snellito notevolmente, procedevamo in direzione di Moturua senza il minimo rallentamento e per quanto la giornata fosse stata interessante e la serata pareva dipinta da una mano divina, Faata non aveva nessuna intenzione di farsi scappare una sillaba dalla bocca.

Svoltando verso la periferia ci imbattemmo in un piccolo ingorgo, la radio trasmetteva musica in sottofondo, ma i miei pensieri mi rimbombavano in testa con una tale forza da assopire qualsiasi rumore.

Dopo una decina di minuti vidi Faata alzarsi in piedi sul sedile per svettare oltre le macchine che ci precedevano e saltando fuori dalla jeep mi fece cenno di non muovermi.

Restai fermo come mi aveva chiesto per una manciata di minuti, ma la curiosità mista a un senso di protezione verso quella ragazza mi fece alzare del sedile per controllare che non ci fossero problemi.

Un gruppo di ragazzini che si dirigevano nella mia direzione urlavano e mimavano sequenze di una scazzottata, così avvicinandoli gli chiesi cosa stava accadendo.

<<Ragazzi, sapete cosa sta succedendo?>> Intonai.

<<Se le stanno suonando di brutto, sono un gruppo di marinai inglesi contro quelli americani, sono ubriachi marci>> risposero facendomi raggelare il sangue nelle vene.

Senza pensarci mi misi a correre, sempre più forte, fino a raggiungere la massima velocità che le mie gambe potevano garantire, urlando a squarcia gola creavo un varco tra i curiosi e abbassando la testa per eventuali scontri contro le persone più sbadate proseguivo il mio tragitto nella speranza che non fosse troppo tardi.

Quando arrivai, vidi Faata che stava per ricevere un pugno da un grosso marinaio inglese, con tutte le sue forze si dimenava e mostrava il suo distintivo, ma sulla faccia dell'inglese vi era dipinta solo la voglia di zittire quella nativa impertinente.

Raggiunsi appena in tempo la rissa e ponendo una mano dinanzi al volto di Faata bloccai il pugno che doveva infrangersi contro il suo viso.

La parte più selvaggia di me prese il sopravvento, il vecchio Rellik risuscitò come un diavolo e strappando dalle mani dell'energumeno l'esile ragazza persi il controllo e feci quello che mi veniva meglio. Annientare chiunque mi stava dinanzi.

Misi al riparo Faata dietro il mio corpo, il bestione l'aveva presa per il collo e a fatica riusciva a respirare.

97

Incominciai a sferzarlo di pugni al volto e al corpo fino a ridurlo a una maschera di sangue, la carne tumefatta si gonfiava velocemente dai lividi e dalle fratture che gli causavo e non ancora contento lo presi al bacino con entrambe le braccia e lo scaraventai a terra come un pupazzo.

La polizia arrivò qualche istante dopo ed io prendendo tra le braccia Faata mi dileguai nella mischia, feci sedere sul sedile la ragazza che a fatica riusciva a respirare e ingranando la marcia con una manovra azzardata m'infilai nei stretti vicoli per allontanarmi dalla rissa.

Dopo qualche chilometro guardai nello specchietto retrovisore per accertarmi che Faata stesse bene e mi accorsi che la ragazza annientata dal dolore e dall'umiliazione piangeva silenziosamente.

Non riuscii a trovare le parole giuste per consolarla o più semplicemente non esistevano, aveva appena finito di raccontarmi la storia degli inglesi e della violenza con cui avevano preso il controllo dell'isola e i sacrifici per trovare il loro rispetto e una piccola rissa mi aveva mostrato la realtà dei fatti.

<<Te la senti di guidare? Io sto andando a casaccio se non ti va basta che mi dai le indicazioni>> fu l'unica cosa che intonai.

<<Si, certo, è tutto a posto. Accosta che guido io>> rispose asciugandosi il volto.

Ci scambiammo di posto e per tutto il viaggio non ebbi il coraggio di guardarla negli occhi. Restammo in silenzio, un silenzio assordante, triste, sottomesso, un silenzio che avrei voluto neutralizzare con un urlo, ma oltre che guardarmi i piedi per tutto il viaggio non riuscii a fare altro.

Per finire quella giornata avrei chiesto a Faata di lasciarmi sul crinale del bosco, volevo andare da Leopold per avere qualche notizia su mio padre e sul suo conto. Non avevo nessuna intenzione di fare da investigatore privato, non lo avrei mai cercato, faceva parte di un passato inutile e così doveva rimanere, un ricordo inutile con solo qualche precisazione.

<<Mi lasceresti cortesemente in cima al bosco, vorrei andare dall'inglesotto>> sussurrai con un filo di voce.

<<Ci vai a piedi?>> rispose con voce tremula.

<<Si, devo pensare alle domande giuste da fargli e mi serve tempo>> risposi gentilmente.

<<E uno come te che domande dovrebbe fare a quell'essere inutile. Una riconciliazione tra pakeha? Una rimpatriata tra amici?>> esclamò con rabbia fermando la macchina in cima al bosco.

<<No, nulla di tutto ciò, voglio solo sapere perché mio padre mi ha abbandonato e capire perché non mi ha voluto quando mia madre è morta lasciandomi solo in un

orfanotrofio. Tutto qui! Grazie per la giornata>> scesi dalla macchina avviandomi per il sentiero che conduceva alla casa di Leopold.

Mentre camminavo assorto nei miei più strani pensieri, avvertii dei passi raggiungermi alle spalle, mi voltai e vidi Faata piombarmi tra le braccia.

<<Perdonami, perdonami non volevo, Rellik grazie di avermi difesa. Spero di rivederti>> mormorò piangendo.

Restai fermo ad abbracciarla senza rispondere, qualsiasi parola sarebbe stata di troppo, Faata si scostò da me e alzandosi sulle punte dei piedi mi baciò sulle labbra, un semplice bacio innocente.

Assaporai il sapore delle sue lacrime e respirai a pieni polmoni il profumo della sua pelle. Un istante dopo si divincolò dalle mie braccia e corse via piangendo.

Ero atterrito e disorientato, emozioni che da anni avevo soppresso, ma che stavo riscoprendo grazie a quella ragazza.

Mi sembrava che il mondo stesse sprofondando sotto i miei piedi e che la causa di una tale sciagura, fosse per colpa mia. La situazione mi era sfuggita di mano e proprio l'incapacità di domare gli eventi, stava modificando radicalmente la mia esistenza, rendendomi insicuro e privo di difese.

La sagoma di Faata scomparve all'orizzonte inghiottita dalla notte che avanzava, mi restò solo il suo profumo e il sapore della disperazione che aveva trasformato in lacrime.

Faata mi stava conquistando. Era una ribelle che non temeva il confronto con nessuno e proprio quella caratteristica gli dava uno smalto che mi aveva colpito fin dalla prima volta che l'avevo vista.

Sospirando m'incamminai nel bosco per raggiungere la casa di Leopold.

Pensai che dopo una giornata ricca di avvenimenti e colpi di scena come un bacio inaspettato, fosse preferibile tornare da Maato per farsi consigliare dalla sua sapienza erudita.

Seguendo il sentiero intravvidi le luci della casa del pedante inglese e senza rendermene conto, come una falena che si appresta a inseguire una luce, mi diressi verso la sua abitazione.

Bussai con mano pesante sapendo che Leopold aveva piccoli problemi d'udito, ma prima di sentire il classico "Chi sei?" il rumore metallico di un fucile che si appresta a essere caricato mi mise in allerta.

<<Leopold sono John Miller, il nipote di Maato. Si ricorda di me?>> esclamai scandendo le parole e spostandomi da una probabile linea di tiro.

<<Ragazzo, che ci fai fuori dalla mia porta all'imbrunire?>> mi domandò sospettoso.

<<Devo avere delle risposte e Maato mi ha detto che l'unico che poteva darmele era lei>> spiegai con gentilezza.

<<Sei solo?>>

<<Si, sono solo!>>

<<Sei sicuro?>>

<<Sicurissimo>>.

Una successione di rumori metallici fece schiudere una moltitudine di serrature e catenacci, liberando la porta dai solidi chiavistelli d'acciaio che nemmeno una cannonata avrebbe divelto.

Leopold si affacciò con fare circospetto e guardando in tutte le direzioni mi fece cenno di entrare velocemente.

Il signorotto inglese, in tenuta da letto, teneva in mano un lungo fucile da caccia con le canne sovrapposte e inforcandosi gli occhiali mi fece cenno di sedermi sulla poltrona.

<<Perdona la mia diffidenza, ma di questi tempi la prudenza non è mai troppa, soprattutto per uno come me>> intonò riponendo il grosso fucile nel suo apposito ripostiglio.

<<Ma si figuri, anzi mi scusi per l'orario insolito, ma sentivo il bisogno di avere risposte ad alcune domande>> risposi pensando al trattato di Waitangi.

<<Posso offrirti qualcosa da bere? Un tè, una camomilla, ottimo Rum?>> era evidente che la risposta più appropriata fosse il Rum.

<<Un goccio di Rum andrà benissimo>> risposi con un sorriso.

<<Ottima scelta, ho una bottiglia che fa al caso nostro. Sentirai che aroma!>>

La mia carriera da astemio non durò molto, Maato mi aveva convertito e Leopold mi stava dando il colpo di grazia, ma fortunatamente l'alcol non era più una dipendenza, ma un breve passatempo da dosare con moderazione.

Leopold si affrettò a prendere due grossi bicchieri di cristallo decorati, perfetti per far sprigionare i sentori che il Rum intrappolava nel suo liquido giallastro.

Con grazia e decoro riempì entrambi i bicchieri e dopo aver brindato, sorseggiammo il liquore.

<<Allora, cosa volevi chiedermi di così urgente da piombarmi in casa a quest'ora?>> mi chiese con la sua solita pedanteria mentre il Rum gli scendeva nello stomaco.

<<Una sola domanda, chi è mio padre?>>

Leopold restò in silenzio con una strana smorfia sul volto, la domanda non lo turbò più del dovuto.

Assaporando un nuovo sorso di liquore, guardò i riflessi ambrati riflettersi nel cristallo e sospirando sprofondò nella poltrona.

<<Tuo padre si chiama Steven Miller, sergente della marina militare americana. Vive per sei mesi all'anno in Nuova Zelanda e per i restanti sei mesi a Pearl Harbor>>.

Restai fulminato dalle parole di Leopold, avrei pensato di tutto, tranne che si trovasse ancora su quest'isola.

<<Ragazzo tutto bene?>> mi domandò Leopold versandomi altro Rum nel bicchiere.

<<Si.. tutto okay. Solo che non immaginavo…>>, restai senza parole.

<<Vuoi sapere altro?>> disse scolandosi il secondo bicchiere di Rum.

Avrei voluto sommergerlo di domande e ascoltare le sue risposte fino al mattino seguente, ma il mio buon senso mi fece riflettere. Qualsiasi domanda avrei fatto sarebbe stata una vana ricerca di una giustificazione al comportamento di mio padre e l'unica cosa di cui non avevo bisogno era la commiserazione di un inglese e la prova che mio padre biologico avesse un minimo d'interesse per suo figlio.

Volevo illudermi ma sapevo bene che l'illusione faceva parte della magia e la magia poteva far gioire solo i bambini. Ero un uomo adulto che era cresciuto con le sue sole forze, non mi servivano trucchi da mago per trovare la felicità.

Avevo una risposta, sapevo che era vivo e sapevo cosa faceva, non mi serviva altro.

Bevvi tutto di un fiato il Rum e alzandomi dalla poltrona ringraziai il padrone di casa per l'ospitalità e l'informazione che mi aveva dato.

Leopold mi diede una pacca sulla spalla e accompagnandomi alla porta mezzo brillo mi salutò con un'alzata di spalle e un mezzo sorriso.

<<Lascia le domande nel fango, più scavi e più ti accorgi che sprofonderai con esse. Capito Miller, se apri il vaso di Pandora, non potrai richiuderlo, guarda avanti e dimentica il tuo passato>> mi suggerì Leopold mezzo ubriaco ma abbastanza lucido da formulare frasi di un certo spessore.

Uscii all'aria aperta, la notte era già scesa sulla collina e Leopold salutandomi si rinchiuse velocemente in casa facendo scattare le decine di serrature che lo proteggevano dalla sua pericolosa discendenza con il capitano William Hobson.

La passeggiata serale attraverso il bosco mi diede modo di riflettere, e ripensando al colloquio con Leopold mi soffermai sull'ultima frase che aveva pronunciato.

-Lascia le domande nel fango, più scavi e più ti accorgi che sprofonderai con esse. Se apri il vaso di Pandora non potrai richiuderlo, guarda avanti e dimentica il tuo passato-. Mentre pronunciava quella frase tracannando Rum pensai che fosse l'effetto dell'alcol, ma più ci riflettevo e più capivo che mi stava nascondendo qualcosa.

Forse era meglio dare retta a un vecchio inglese ubriaco e dimenticarmi di tutti i miei punti interrogativi, stavo intraprendendo una nuova vita, che contro ogni mia aspettativa stava assumendo le caratteristiche di una vera esistenza.

Avevo un passato da recriminare e un genitore che non voleva sapere nulla del passato, ma avevo un futuro prospero e un nonno materno che mi stava guidando verso una maturità interiore che non sapevo nemmeno di avere.

Incredibilmente quella sera accusai il colpo e mi rialzai mantenendo la calma, avevo raggiunto il mio primo grande traguardo, mi ero controllato.

Attraversai la sottile striscia di sabbia ormai sommersa dall'alta marea, tenendo le scarpe in mano e i jeans risvoltati fino al ginocchio.

Quando arrivai alla capanna, che consideravo la mia casa, trovai il vecchio Maato che mescolava con un lungo bastone uno strano intruglio all'interno di una pentola nera come il carbone.

Per Maato non c'era segreto che riuscisse a celarsi dietro gli occhi di una persona, sapeva leggere l'animo umano con la stessa semplicità di un dottore verso una radiografia. Gli bastò uno sguardo per penetrare nei miei occhi e arrivare fino al mio cuore, era informato di tutto senza che aprissi bocca.

Mi fece cenno di sedermi perché la cena era pronta, mangiare sul terreno di fronte un focolare con un tetto fatto di stelle incominciava a piacermi.

Maato mi passò un piatto che conteneva la prelibatezza che aveva appena cucinato e avventurandomi sull'impervia strada della culinaria polinesiana constatai che tutto sommato era buono.

<<Hai imparato qualcosa sui polinesiani oggi?>> mi domandò accendendo la lunga pipa.

<<Si, moltissimo, Faata è stata una brava insegnante>> risposi sinceramente.

<<E cosa hai capito?>> mi chiese alitando una densa nube di fumo.

<<Che gli inglesi vi hanno sottomesso e la beffa più grande è stata il trattato di Waitangi che vi ha tolto ogni forma di libertà>> risposi osservando il Moko che gli dipingeva tutto il volto.

<<Bene, ma c'è di più, quello è solo un aspetto di quanto è successo, devi andare più in profondità per capire veramente l'assurdo pensiero dei pakeha>> mi spiegò con ampie boccate.

Negli occhi di Maato si poteva vedere un passato di violenza e di soprusi, un passato di malinconia e di tristezza, un passato di dolore e disperazione. Era tanto evidente che persino io nella mia ignoranza potevo scorgerlo con semplicità.

<<Figliolo, i pakeha ci consideravano esseri inferiori, ogni qualvolta che un popolo si crede superiore ad un altro, si commette un crimine disumano. Quando credi di poterti innalzare a Dio non c'è nulla che ti fa desistere dal compiere qualsiasi forma di violenza. E ci sono molti tipi di violenza, ma la più crudele, la più brutale e atroce è quella di togliere la speranza. Se non hai la speranza, non ti resta nulla per cui valga la pena vivere>> Maato si fermò un istante per fare un lungo tiro che sfociò in una nuvola di fumo che si dissolse in pochi attimi. <<Le nostre usanze sembravano crudeli agli occhi dei pakeha inglesi, pensavano che fossimo inferiori perché mangiavamo il cuore dei nostri avversari. Eravamo ripugnanti come animali da

102

ammaestrare. Ma non è più ignobile e disgustoso attraversare un oceano per rapire delle persone che vivono in pace per poi renderle schiave per il resto della loro vita? Non è forse più disumano incatenare e avere decisione di vita e di morte su una persona senza che abbia la possibilità di difendersi? E' vero noi mangiavamo il cuore dei nostri avversari per catturare la loro forza, ma non abbiamo mai tolto la speranza a nessuno, non abbiamo mai ucciso donne e bambini, non abbiamo mai stuprato giovani ragazze. Noi ci battevamo lealmente e morivamo da fieri guerrieri>> mi spiegò con un triste sorriso dipinto in volto.

Le parole di quel povero vecchio vibravano come corde di un vecchio violino rotto, interrotte solo da brevi sussulti d'angoscia nascosti dalle dense tirate di fumo che scaturivano dalla sua amata pipa.

<<Ma da quanto ho capito, questi soprusi sono continuati fino a poco tempo fa? Faata mi ha detto che verso gli anni novanta avete avuto degli scontri>> esclamai.

<<Ebbene si, diciamo che negli anni novanta ci sono state delle rivolte che hanno cambiato un po' la sorte della nostra razza, ma nulla di troppo eclatante, ci hanno regalato qualche piccola rivincita solo per assicurarsi il nostro silenzio. Ma un giorno troveremo la forza per riprenderci la nostra terra e le nostre tradizioni, io sarò già morto ma il mio spirito gioirà dall'alto del firmamento, questo te lo posso assicurare>> mi rispose con un sorriso di soddisfazione.

Era tarda notte ed era arrivato il momento di andare a riposare sopra la stuoia scomoda come una lastra di marmo.

Guardai il vecchio Maato per l'ultima volta, il suo sguardo ricoperto da profonde rughe sembrava più triste che mai, avrei voluto dirgli qualcosa per rassicurarlo, per renderlo più felice, ma non essendo un grande oratore mi limitai a salutarlo in silenzio.

Mentre giacevo sul pavimento della capanna alla ricerca di Morfeo, sentivo nel cervello il frastuono di un'immensa orchestra che, scoordinata e senza alcun ritmo, mi assillava di domande su mio padre.

Solo il pensiero di chiamare padre, quell'individuo che non avevo mai conosciuto, mi faceva trasalire dalla rabbia, ma purtroppo non c'erano scusanti, per quanto lo odiassi, era comunque il fautore del mio destino.

Una fitta alle meningi mi fece stringere i denti, sentivo le tempie compresse da una morsa che premeva sempre con più forza a ogni domanda senza risposta.

Perché una donna come mia madre aveva concepito un figlio con un uomo che nemmeno conosceva?

Inizialmente incolpavo Maato credendo che le sue tradizioni lo avessero spinto ad allontanare la figlia, ma non era così, si era dimostrato un bravo personaggio, molto intelligente e compassionevole.

Allora per quale motivo mia madre aveva avuto una relazione con un marinaio americano? E per quale motivo si era trasferita in America invece che farsi aiutare dal proprio padre?

Sentivo l'esigenza di trovare risposte più approfondite e di certo non sarei sprofondato nel fango più di quanto non avessi già fatto.

Leopold sapeva molto di più di quello che mi aveva detto realmente e con qualsiasi mezzo gli avrei sciolto la lingua.

Quando le forze mi abbandonarono e anche l'orchestra chiuse i battenti, finalmente Morfeo mi trovò consegnandomi le chiavi del sonno, in pochi minuti tutte quelle domande e risposte divennero un sussulto che si perse nella notte.

CAPITOLO SESTO

Villaggio di Moka.

Il sole del mattino intrappolava con la sua luce ogni particella di polvere che volteggiava nell'aria, creando un'aureola magica attorno alla madre di Moka, che affaccendata lo seguiva con lo sguardo e gli sorrideva con amore.

Quello sguardo contornato da lunghi capelli neri intrecciati con ciuffi argentei la rendeva incredibilmente misteriosa e Moka in cuor suo provava un dolore che a stento riusciva a controllare.

Sua madre Huhana, aveva intuito che qualcosa stava affliggendo il figlio e, lasciando sole le sue figlie, s'incamminò verso di lui.

La dolce madre prese sotto braccio il figlio che la rendeva orgogliosa e spronandolo a fare una passeggiata s'incamminarono verso la spiaggia.

Prima che Makareta e Marama venissero al mondo, Moka e sua madre facevano quotidianamente lunghe passeggiate sulla spiaggia, raccogliendo bellissime conchiglie o più semplicemente per osservare l'orizzonte.

Quando il grande Kainga morì per mano dei popoli del sud e Moka dovette occupare il suo posto, il tempo da trascorrere con la madre diminuì e ben presto divenne solo un lontano ricordo.

<<Figlio, ti ricordi quante passeggiate su questa spiaggia?>> intonò Huhana lasciando che il vento le scompigliasse i lunghi capelli.

<<Certo madre, ogni giorno all'alba o al tramonto>>

<<Quando tuo padre morì, ti lasciò una grande responsabilità e tu ancora oggi la assolvi con dedizione. Dimmi cosa ti tormenta?>>domandò Huhana guardando negli occhi il figlio.

<<La veggente ha scrutato nel futuro e ha visto qualcosa di tremendo>> rispose Moka abbassando lo sguardo.

<<Per aver instillato la paura nel corpo di mio figlio, la veggente ti avrà informato di qualcosa di veramente terribile>> ipotizzò afferrandogli la mano.

<<E' qualcosa che non posso controllare, solo il pensiero mi crea un dolore che a stento riesco a controllare>> rispose Moka accarezzandosi il volto con la mano della madre.

<<Sono tua madre grande Moka, io ti ho messo al mondo e non sai quanta fatica ho fatto, leggo nei tuoi occhi con la stessa semplicità di quando eri solo un bambino. Posso intuire da cosa nasce la tua disperazione>>

<<Allora dimmi cosa fare, perché io non riesco a rassegnarmi, non posso farlo. Scappa madre verso le montagne che delimitano il confine con i popoli del sud, i miei soldati potranno proteggervi durante la guerra, non posso permettere che i pakeha uccidano mia madre e le mie sorelle>> esclamò bruciando di rabbia.

<<Moka, figlio mio, capisco il tuo dolore, ma non sarebbe giusto nei confronti di tutte le donne del villaggio. Anche loro sono madri e sorelle o mogli con figli. Come potrei svegliarmi al mattino pensando di aver abbandonato il mio popolo nel momento del bisogno>> rispose con saggezza e un incredibile coraggio.

Moka cadde in ginocchio sopraffatto dal dolore, sulla spiaggia le onde lo accarezzavano cercando di consolarlo in quel momento d'infinita tristezza.

Sua madre si adagiò al suo fianco e abbracciandolo in una stretta materna cercò di consolarlo.

<<Figlio, non ti devi preoccupare, raggiungeremo il grande Kainga e ti guideremo per i giorni che verranno. Non avere paura per il nostro destino, Kio, il grande Dio ha una sorte per tutti noi, dobbiamo solo affidarci alla sua volontà>>.

<<Come puoi parlarmi in questo modo, mi stai dicendo che dovrei abbracciare il destino senza opporre nessuna resistenza? Come posso solo pensare che questo sia giusto? Madre non posso permetterlo, preferisco sacrificare la mia vita al grande Kio>>.

<<Non dire sciocchezze figlio mio, tu sei molto importante per questo popolo e avranno bisogno di te come non mai. Ascolta, noi siamo come le impronte che lasciamo sulla spiaggia. Dopo il nostro passaggio, le onde le cancellano per sempre, ma questo non vuol dire che non siamo mai esistiti. Le nostre impronte sono le gesta che facciamo in vita e quando non ci saremo più, saranno perpetuate dalle parole che ci ricorderanno per l'eternità. Non avere paura grande Moka, abbi forza e sprona il tuo popolo a non soccombere>> gli spiegò con pazienza e amore.

<<La veggente mi ha detto che in molti moriranno, la battaglia sarà cruenta e troveremo la pace solo con la resa>> osservò Moka alzandosi in piedi.

<<Lascia che il destino faccia il suo corso, non temere le tue gesta, quando sarà il momento giusto, sono sicura che prenderai la giusta decisione>>.

<<Adesso cosa mi consigli di fare?>> chiese Moka cingendo con le mani il volto della madre.

<<Adesso abbracciami, poi prepara i migliori guerrieri alla battaglia>>.

TRISTE VERITA'.

Mi svegliai prima che il sole sorgesse, Maato era rannicchiato sulla stuoia e tremava visibilmente nonostante le temperature molto elevate.

Frugando nella mia valigia trovai un vecchio maglione di lana che usavo per lavorare nel cantiere navale nei mesi invernali e posandolo come una coperta sulle spalle del febbricitante Maato lo lasciai in pace uscendo dalla capanna.

Una stanca luna stava per cedere il suo posto a un giovane sole, che in lontananza scalpitava per emergere dagli abissi e conquistarsi il suo posto d'onore nel cielo.

Stando seduto sul terreno a guardare la lenta metamorfosi del mare, da nero come la pece ad azzurro come il cielo, scorsi in lontananza i pescatori che si dirigevano al largo per gettare le reti.

Una strana sensazione di libertà mi fece vibrare il cuore, la mia anima si stava fondendo con quell'isola e sentivo crescere il desiderio di non andarmene più.

Avevo avuto in dono la possibilità di ricominciare una nuova vita, lasciandomi alle spalle una triste e malinconica esistenza autodistruttiva.

Le radici del mio passato nascosto mi stavano nutrendo e ogni giorno diventavo sempre più forte e determinato a voltare pagina.

Sentivo solo il bisogno di chiarire qualche particolare, non m'importava di soffrire, ma per cancellare il mio passato e assicurarmi un nuovo futuro dovevo avere delle certezze che per anni mi erano state celate e che potevo far riaffiorare solo con l'aiuto di Leopold.

Mentre osservavo una neonata alba rimuginando su una vita passata di abusi, un fiacco vento proveniente da est mi avvolse in un magico abbraccio facendomi provare strane emozioni.

Quell'imprevedibile folata di vento tiepido mi scivolò attorno al corpo donandomi una serenità che solo di rado avevo provato.

Incredibilmente avvertii un profumo che la memoria aveva dimenticato da anni, era l'unica prova tangibile di una piccola porzione d'esistenza trascorsa felicemente.

Senza volerlo i miei occhi incominciarono a brillare e delle lacrime scivolarono lungo le guance per scomparire inghiottite dalla sabbia.

Il profumo trasportato dal vento mi era familiare, e per un istante ebbi la netta sensazione di avvertire la presenza di mia madre e del suo dolce abbraccio.

Controllai le condizioni di Maato, che raggomitolato sotto il maglione aveva smesso di tremare.

Posai la mano sulla fronte e mi assicurai che non avesse qualche malanno. La pelle del nonno era leggermente imperlata di sudore ma ciò nonostante era freddo come un pezzo di granito.

Probabilmente la stanchezza e qualche sorso di Rum lo avevano indebolito, quindi decisi di non svegliarlo per fargli recuperare le forze.

Avrei chiesto a Leopold un po' di tè e un'aspirina per poterlo curare. Maato avrebbe trovato qualcosa da ridire dell'aiuto da parte di un lontano parente di William Hobson, ma sapevo perfettamente che non avrebbe disdegnato una buona tazza di tè caldo e un analgesico per tornare velocemente in forma.

Con la frescura del mattino m'incamminai verso il sentiero che s'inerpicava sulla collina, le foglie dei rami rischiarate dai riflessi solari ondeggiavano in tutte le direzioni sospinte da una leggera brezza proveniente dal mare.

Seguii il sentiero che mi aveva insegnato Maato fino alla cascata, dove mi soffermai qualche istante per godere ancora una volta di quell'incredibile opera d'arte.

Anche se non avvertivo la sete, sorseggiai dal ruscello l'acqua fresca e rimettendomi in cammino mi diressi verso la casa del serafico amico inglese.

Durante il tragitto intravidi qualcosa di sfuggente tra la vegetazione e incuriosito, varcai gli arbusti senza fare rumore. Acquattandomi dietro un grosso tronco abbattuto da un lampo e ricoperto di muschio, vidi a pochi passi un grosso uccello tozzo dalle ali minuscole.

Il suo grosso becco rovistava nel terreno alla ricerca di cibo e quando si accorse della mia presenza, con uno scatto fulmineo si dileguò nella folta vegetazione.

Rallegrato dallo strano incontro, ripresi la marcia pensando alle domande da fare a Leopold, che mi sembrava alquanto restio a discutere della mia famiglia o per lo meno di quello che ne restava.

Dopo una ventina di minuti di marcia, intravidi sul crinale della montagna la villa in stile Liberty dell'aristocratico inglese.

Mentre mi accingevo a bussare alla porta, cercavo d'immaginarmi il suo folkloristico abbigliamento, gli abiti erano una continua sorpresa e a stento riuscivo a trattenere una risata.

Bussai con le nocche sul legno della porta su cui era stata appesa una targhetta in oro laccato, "Dio salvi la regina."

I suoi pesanti passi si propagarono dal piano superiore, nitidamente sentii ogni gradino di legno cigolare sotto il suo peso e quando fu a pochi passi dalla porta, lo avvertii fermarsi di colpo.

<<Chi siete? Andatevene via sporchi bastardi! Non riuscirete mai ad accopparmi>> esclamò con una cantilena dettata da una sbronza mattutina.

<<Calmati Leopold sono John Miller, il nipote di Maato, aprimi, ti devo parlare>> urlai per scandire le parole.

<<Io non devo dirti nulla, torna sulla tua spiaggia tra i tuoi simili, siete tutti un ammasso di rozzi selvaggi, Maato compreso. Leopold non si farà mai fregare da un Maori. Non riuscirete ad avere la mia pelle>> abbaiò alterato dall'alcol.

<<Calmati Leopold, non sono qui per farti del male, ho bisogno del tuo aiuto, aprimi ti prego>> lo supplicai.

<<Non sono uno stupido, ho capito che è una trappola, se vi apro la porta, mi assalirete con le vostre armi di legno e mi fracasserete il cranio e brucerete la mia casa. Ma non ve lo permetterò>>.

Solo per merito di un formidabile udito riuscii a scansarmi in tempo, l'inconfondibile suono dei cani di un fucile echeggiò nel silenzio e, spostandomi parallelo alla parete mi salvai da una sventagliata di piombo che trapassò la porta.

Osservando attraverso i grossi buchi creati dalle cartucce della doppietta, vidi Leopold in mutande intento a ricaricare, era visibilmente ubriaco e scosso, se non fossi intervenuto tempestivamente, probabilmente avrebbe commesso una sciocchezza impossibile da riparare.

Con una piccola rincorsa mi scagliai contro la porta, una potente spallata la divelse completamente e avventandomi contro il confuso pistolero gli strappai di mano il fucile.

Leopold incominciò a inveire sulla mia razza meticcia, poi scoppiò a piangere come un bambino cadendo in ginocchio.

Pietrificato per l'accaduto scaricai il fucile e deponendolo al sicuro sopra un grosso armadio feci alzare dal suolo il povero Leopold adagiandolo sul comodo divano.

Restai in silenzio e rimasi a guardarlo mentre si disperava e blaterava discorsi deliranti che a fatica riuscivo a capire. Quel pover'uomo era talmente sconvolto che avrebbe potuto compiere un gesto disperato.

Io conoscevo bene quei distruttivi stati d'animo e non potei far altro che tranquillizzarlo parlandogli sommessamente.

Senza chiedere il suo permesso mi recai in cucina e gli preparai una dose di caffè che avrebbe potuto far risorgere un morto. Mentre armeggiavo, cercando d'indovinare dove tenesse l'occorrente, vidi nel lavandino una collezione di bottiglie vuote di whisky.

Mentre il caffè bolliva e saliva verso la superfice, cercai di capire per quale motivo Leopold si fosse ridotto in quello stato, era un uomo per bene che a stento riusciva a uccidere una mosca e nonostante il suo abbigliamento stravagante restava comunque un personaggio intelligente.

Rovistando nell'armadietto dei medicinali, improvvisai una tisana per cercare di attenuare i postumi dell'alcol con una dose massiccia di bicarbonato, il tutto miscelato con l'estratto di finocchio e limone.

La miscela lo avrebbe aiutato a espellere l'alcol più velocemente, mentre il caffè lo avrebbe risvegliato dal torpore.

Quando il caffè affiorò, lo versai in un'ampia tazza e addolcendolo con del latte, servii i miei infallibili intrugli post sbornia al povero moribondo.

Leopold trangugiò tutto in un fiato e con un rutto che avrebbe spento una candela a un metro di distanza, mi fece un sorriso.

Era ancora visibilmente ubriaco, ma gli effetti autolesionisti si erano placati, in quel momento capii che avevo la possibilità di avere delle risposte. Dovevo sfruttare l'occasione prima che svanisse l'effetto di sincerità che solo l'alcol poteva garantire a qualsiasi persona.

<<Leopold, per quale motivo ti sei ridotto così?>> intonai per tastare il terreno.

<<Per non ascoltare le voci che mi rimbombano nella testa, sono un codardo, sono uno stupido codardo>> balbettò piangendo.

<<Quali voci, Leopold ascoltami, quali voci ti assillano?>>

<<Quelle della mia coscienza, sono un codardo, sono un ridicolo codardo che nessuno vuole come amico>> esclamò con rabbia.

<<Io sono tuo amico e anche Maato è tuo amico. Perché dici queste cose?>> Domandai.

<<Perché non ho nessuno, non ho moglie, figli, nessun nipote, in tutti questi anni ho vissuto da solo, ho cercato di farmi degli amici ma nessuno vuole per amico un discendente di William Hobson. Se non fosse stato per tuo nonno, mi sarei infilato la canna del fucile in bocca e stai certo che quando Maato mi avrà abbandonato, anch'io lo seguirò>>.

Le sue parole interrotte dai sussulti mi sembravano vaneggiamenti, ma un dubbio s'insediò nella mia mente facendomi mancare il respiro.

<<Cosa vuoi dire? Maato non ti abbandonerà mai, è tuo amico, lo sai vero?>>

<<Anche lui mi abbandonerà sciocco, e abbandonerà anche te, trova qualcuno da amare e crea una famiglia, non ridurti come questo vecchio stupido>>.

<<Stai dicendo che deve morire?>> domandai con il cuore che mi palpitava in gola.

<<Certo, stupido sciocco, ha un brutto male, mi ha fatto giurare che non te lo avrei mai detto, ma gli resta poco da vivere. Quel vecchio pazzo è ancora vivo solo per vedere il suo unico nipote in pace con se stesso>>.

Il mio cuore si bloccò divenendo di granito, ero immobile a guardare quel vecchio ubriaco che mi stava comunicando la peggiore notizia che avrei potuto immaginare.

<<Perché mia madre è scappata in America?>> valeva la pena proseguire e fare di un unico fardello ogni triste realtà.

<<Non ci arrivi mezzo pakeha? Pensa stupido americano, è stata stuprata ed io sapevo tutto e non sono mai riuscito a dirlo a tuo nonno. Non valgo niente, dammi il mio fucile stupido Maori che tolgo il disturbo una volta per sempre>>.

Il mio cuore che era diventato di granito andò in frantumi, macinato dalla macchina della verità, ero il frutto di una violenza e la mia vita l'avevo costruita sulla violenza da cui avevo avuto origine.

<<Perché mia madre ha voluto darmi il cognome del suo aguzzino?>> esclamai con voce tremula.

<<Mezzo pakeha chiedi troppo, forse perché non voleva che tuo nonno potesse realizzare cosa fosse successo o forse per darti un indizio! Adesso vattene ho già parlato troppo, vattene da qui>>.

<<Conoscevi mio padre?>> domandai digrignando i denti.

<<Conoscevo? Lo conosco vorrai dire! Quel bucaniere da strapazzo è ancora nella marina, quando non è su qualche nave, vive nella taverna che costeggia il porto, sempre ubriaco come una spugna quel figlio di puttana, averi dovuto ammazzarlo, e ci avevo anche pensato, ma non ne sono stato capace, sono solo uno stupido vecchio idiota incapace di fare qualsiasi cosa>>.

<<Come si chiama la taverna? Dimmelo!>> esclamai.

<<Il catinaio di sua maestà. Ti consiglio di non andarci ragazzo, ti ammazzeranno, quello non è suolo zelandese, quello che succede lì dentro resta lì dentro. Nemmeno la polizia ha potere in quel locale.>> Mi ragguagliò socchiudendo gli occhi.

<<Lo vedremo!>> risposi alzandomi in piedi.

Uscii dalla casa con Leopold che urlava e si dimenava come un ossesso. Le sue risposte mi trasportarono in un limbo fatto di dolore ma non di completa rassegnazione.

Avevo un unico obiettivo per la testa, volevo ad ogni costo strappare la vita dal petto a quell'uomo che portava il mio stesso cognome.

Con molta probabilità sarei finito in galera o peggio sarei morto, ma in quel momento giurai sulle fiamme dell'inferno che ardevano nel mio cuore che avrei ammazzato con le mie stesse mani il fautore della mia venuta al mondo.

Camminai senza fermarmi trasportato solo dall'odio, le mie orecchie non avvertivano più il delizioso cinguettio degli uccelli, sentivo solo il frastuono del dolore che mi martellava la testa. I miei occhi avevano perso la capacità di vedere la bellezza della natura che mi circondava. Tutto in un momento ero divenuto cieco dalla rabbia, una collera incontrollata che mi faceva annaspare mentre cercavo di tornare verso la piccola isola.

Sentivo nel corpo crescere una forma di violenza che non volevo controllare e senza accorgermene mi trovai a correre tra gli arbusti che mi colpivano il volto creandomi abrasioni che incominciarono a sanguinare copiosamente.

Sentivo la pelle lacerarsi al contatto con gli arbusti, ma non sentivo nessun dolore, non poteva esistere male più grande di quello che covavo nel cuore.

111

Attraversai la sottile striscia di sabbia con ampie falcate e per non perder tempo mi arrampicai sulla collina evitando il sentiero.

Annaspando senza fiato arrivai finalmente alla baracca e quando vidi Maato, compresi che stavo correndo dall'unica persona che poteva consolarmi in quel momento.

Inconsciamente avevo preso il sentiero sbagliato, conoscevo bene la strada per la città e dall'abitazione di Leopold avrei potuto raggiungerla con facilità.

Qualcosa mi spinse tra le braccia di Maato e per la prima volta lo chiamai con l'unico nome che un nipote dovrebbe usare.

<<Nonno, conosco la verità, conosco la verità, conosco la verità..>> ripetei all'infinito mentre respiravo a fatica per l'estenuante corsa.

Maato cadde in ginocchio dinanzi a me e abbracciandomi cercò di tranquillizzarmi accarezzandomi dolcemente.

<<Lo voglio uccidere, devo ucciderlo nonno, non la passerà liscia quel bastardo che ha distrutto la mia vita e quella di mia madre>> mi sfogai.

<<Tutto a tempo debito, adesso calmati figlio mio, la rabbia non è la miglior consigliera di un guerriero, respira a fondo e calmati>> mi sussurrò nelle orecchie.

<<Quindi tu lo sapevi? Tu sapevi tutto? Perché non hai fatto nulla?>>

<<Per tanti motivi e uno fra tutti eri tu, se lo uccidevo, mi avrebbero messo in prigione e non avrei mai potuto congiungermi a te>> mi rispose smorzando il mio impeto. <<Arriverà il tuo momento, è scritto nelle stelle, aspetta che la storia faccia il suo corso e vedrai che avrai la tua vendetta>> aggiunse.

Senza proferire una sola parola mi alzai dal suolo e mi trascinai nella capanna, sentivo il bisogno di stare da solo per decidere il da farsi.

Non ricordo quanto tempo trascorsi nella penombra della capanna seduto sulla stuoia di juta, mio nonno faceva la spola cercando d'incoraggiarmi a bere qualcosa, ma avevo lo stomaco talmente chiuso che persino una goccia d'acqua mi avrebbe fatto vomitare.

Quando il triste pensiero di mia madre mi abbandonava, subentrava con prepotenza la preoccupazione per la malattia di mio nonno, mi sentivo nel vortice della tempesta, nell'occhio di un ciclone di disavventure che non voleva allentare la sua morsa sul mio destino.

Quando credevo che la mia vita avesse raggiunto una svolta, mi ero reso conto che tutto stava precipitando in un abisso sempre più nero.

Mi accorsi che era sera perché dalla piccola finestrella non filtravano più lame infuocate, la luce all'interno della capanna era sbiadita in un color ruggine che rendeva l'atmosfera paradossalmente piacevole nonostante il dolore che mi affliggeva.

Mi addormentai nell'autocommiserazione e mi svegliai il mattino seguente per un brusio che proveniva dall'esterno.

<<John, c'è una visita. Forza esci!>> esclamò mio nonno con calma.

<<Non mi va, resto qui>> risposi sprezzante.

<<John c'è Faata, vuole fare due chiacchiere con te, forza esci almeno per salutarla!>> esclamò con un tono più deciso.

<<Mandala via, non me la sento>> risposi mordendomi la lingua.

Mio nonno uscì dalla capanna e altri brusii continuarono per parecchi minuti.

<<John, ti prego, vieni con me, devo farti vedere una cosa, ci metteremo poco, ti prometto che in meno di un'ora sarai di nuovo alla capanna. Ti prego fallo per me>>. La voce di Faata squarciò il tumulto che ancora imperversava la mia testa e sospirando non riuscii a dirle di no.

Mi cambiai e andai con Faata di malavoglia, non sapevo dove voleva andare, quindi la seguii senza fare domande.

Mi sentivo stanco, la mia mente e ogni capacità cognitiva era stata risucchiata dalla malvagità di quell'elemento che mancava alla mia storia per comprendere tutta la mia vita. Avrei preferito starmene nella capanna ad arrovellarmi le cervella, ma non potevo ignorare il mio cuore. Sapevo quello che provavo per quella ragazza, anche se fingevo di ignorarlo e con tutte le mie forze cercavo di controllarlo, comprendevo pienamente che ero innamorato di lei.

<<Dov'è mio nonno?>> domandai.

<<Scusa ripeti!>> esclamò Faata.

<<Dov'è mio nonno..>> intonai scandendo meglio le parole.

<<No, no, come l'hai chiamato?>> domandò Faata con gli occhi che le sorridevano.

<<Nonno!>> risposi intimidito.

<<Questa si che è buona. Avrei scommesso che non lo avresti mai fatto>> sostenne incredula.

<<Come dovrei chiamarlo, è il padre di mia madre, l'unica persona al mondo che tiene a me>> risposi innervosito.

<<Hai ragione, è il sostantivo perfetto ma riguardo al secondo punto ti sbagli di grosso. Ricordalo>> mi rispose rabbuiandosi.

<<Non volevo dire quello, è tutto quello che mi rimane della mia famiglia, non ho nessuno oltre a lui. Hai capito vero?>> cercai di mettere riparo alle parole che avevo pronunciato.

<<Certo, non sono stupida, non devi giustificarti, forza, ti devo portare in un posto.>> Rispose fredda tradendosi con un volto arrossato.

<<Dove mi porti?>>

<<In un posto che non esiste in nessun altro luogo del mondo, niente domande è una sorpresa>> smorzò il discorso incamminandosi.

Dato che non ero in vena di discorsi e inutili frasi retoriche, restai in silenzio fino all'imbarcazione, anche lei non era in vena di parlare e così restammo in un silenzio assordante per tutto il viaggio.

Faata costeggiò la costa che cadeva a strapiombo nel mare, le alte scogliere scolpite dai venti e levigate dalla forza del mare si alternavano a piccole spiagge sinuose dalla sabbia bianca e lucente.

Lo scenario che scorreva sotto i miei occhi era di una tale meraviglia che nessuna cartolina avrebbe mai potuto rendergli giustizia e in quell'istante mi accorsi di non pensare più alla sgradevole sensazione che mi torturava dal giorno precedente.

Tenui riflessi dorati scintillavano sulla superficie del mare, colorando le onde che si propagavano all'infinito.

All'orizzonte i gabbiani volavano spensierati seguendo i flussi d'aria calda e lanciando stridule grida planavano delicatamente sull'acqua per appropriarsi di qualche carcassa emersa dai fondali.

Fata se ne stava seduta sullo sgabello con il timone fra le mani, i suoi capelli sciolti ondeggiavano accarezzati dal vento e la sua pelle ambrata risplendeva sotto un sole caldo e lucente.

Non aveva ancora aperto bocca e mi domandavo per quale motivo non cercasse d'instaurare un dialogo con il sottoscritto.

Avevo il timore che il mio gesto eroico avesse turbato il nostro rapporto e ripensai più volte a come avrei potuto iniziare il discorso per parlare dell'accaduto, ma non essendo dell'umore giusto restai in silenzio.

Trascorsero altri venti minuti, gli schizzi d'acqua mi avevano infradiciato la maglia e del luogo segreto non vi era nemmeno l'ombra.

Scivolando verso la poppa della barca mi sedetti vicino a Faata e osservandola con una smorfia rubata a un bambino, le strappai un sorriso.

<<C'è qualcosa che non va?>> le domandai guardandola fissa negli occhi.

<<No, è tutto ok!>> rispose secca.

<<Sei sicura? Non mi sembra che sia tutto ok!>> Ribattei.

<<Certo>> mi guardò sospettosa. <<Anzi no, quando avrai terminato le vacanze, te ne tornerai a New York, vero!>> Incalzò con una voce affilata e pungente.

<<Non saprei, sinceramente ci stavo pensando. New York mi manca e mi mancano i miei amici. Dipende..>> Sospirai lasciando in sospeso una vera risposta.

A New York non vi era nessuno che mi aspettava, non avevo amici oltre a Pitt e alla sua famiglia. In quella maledetta città ho lasciato solo brutti ricordi e una persona che detestavo, me stesso.

114

<<Dipende..>> buttò li Faata.

<<Perdonami? Cosa?>> finsi di non comprendere.

<<Stavi dicendo che ti mancano gli amici della tua città e hai terminato il discorso con un "dipende">> esclamò innervosita.

<<Dipende da te, vuoi che io resti o me ne vada?>> la fulminai.

Faata divenne improvvisamente rossa, i suoi occhi s'illuminarono di felicità e un sorriso radioso le apparve sul viso.

Ritrovando subito dopo una finta serietà s'irrigidì ed evitando il mio sguardo alzò un braccio per indicare qualcosa.

<<Siamo arrivati!>> esclamò ignorando la mia domanda.

<<Allora posso sapere dove mi hai portato?>> replicai.

<<Alle grotte di Waitomo. Adesso zitto e sorprenditi>> sibilò osservando l'entrata della grotta.

Un'enorme grotta apriva la sua maestosa bocca verso il mare e Faata dirigendo il timone verso l'apertura s'inoltrò nella sua cavità.

La caverna ci inghiottì senza far rumore, lunghe stalattiti scendevano dal soffitto come denti aguzzi e quando la luce fu sconfitta dall'oscurità, restai pietrificato per la visone che avevo davanti agli occhi.

Avrei voluto parlare, ma dalla bocca mi uscì solo uno stupido brusio seguito da qualche parola incomprensibile e balbettata.

Ero affascinato e sconcertato allo stesso tempo. Faata spense il motore ed io mi alzai in piedi raggiungendo la prua dell'imbarcazione che scendeva lungo un pozzo d'oscurità.

L'intera volta della grotta era costellata da milioni di piccole luci azzurre che risplendevano.

Era come stare nell'atmosfera e poter sfiorare le costellazioni con le dita. Non vi era luogo al mondo più etereo e dannatamente surreale di quella grotta.

Strabiliato, sentivo il cuore esplodermi nel petto, avvertivo una sensazione divina penetrarmi nella pelle e scorrermi nelle vene.

Quelle piccole stelle celesti che abbellivano la volta della grotta emanavano una tenue luce celestiale che riusciva e penetrare nell'oscurità per fondersi con l'anima.

Faata mi osservava divertita, guardava il mio volto inebetito scandagliare la grotta con la bocca aperta. Ero in pace con me stesso e non avvertivo più l'impulso violento della vendetta.

La barca oscillò sotto i miei piedi, voltandomi vidi Faata a un palmo del mio volto che mi guardava con gli occhi lucidi.

<<Voglio che resti, lo voglio con tutto il cuore>>.

115

Le nostre labbra si unirono e una cascata di lucciole ci avvolse in un turbinio di colori brillanti.

Le cinsi le mie braccia attorno al corpo e nella magia di quella grotta capimmo che i nostri destini si erano fusi l'uno con l'altra. Non me ne sarei mai andato senza di lei.

Nelle settimane successive trascorsi sempre più tempo con Faata. Inconsapevolmente stavamo divenendo una coppia di fatto e Maato non perdeva mai l'occasione per esprimere la sua felicità con ampi sorrisi e occhiolini maliziosi.

Con l'aiuto del tempo ebbi modo di svestire Faata dalla sua impenetrabile corazza, scovando una dolce ragazza dai modi gentili e affettuosi.

Ogni minuto che mi dedicava, lo trascorreva insegnandomi con pazienza la lingua Maori. In meno di un mese il mio vocabolario si arricchì di nuove parole e orgoglioso non perdevo l'occasione per vantarmene davanti al nonno.

Ogni giorno ci accomiatavamo per brevi istanti dinanzi ad uno scenario diverso. Sempre al tramonto, quando il cielo e la terra si fondevano infiammando l'aria con riflessi color rubino.

In quei momenti di quiete, Faata appoggiava la sua testa sul mio petto e ascoltando il ritmico tamburellare del mio cuore, mi stringeva le mani in un intreccio che non avremmo mai sciolto.

Con il suo aiuto cercai un lavoro per sostenermi, perlustrammo le vie della periferia che brulicavano di fabbriche dalle alte cancellate arrugginite.

Mi accorsi che la storia di una nazione non s'imparava sui libri scolastici, ma si nascondeva tra le file di operai che aspettavano l'apertura dei cancelli di prima mattina.

Scoprii che solo i nativi e qualche scavezzacollo inglese erano reclutati per svolgere i lavori più umili e mal retribuiti.

Quando Faata era impegnata nel suo lavoro, divoravo ogni quotidiano che riuscivo a reperire. Cercavo d'integrarmi il più possibile con la nazione che mi ospitava, leggendo e studiando ogni sorta di trafiletto politico, sociale e culturale.

I giornali divennero i miei professori e ogni giorno esaminavo con attenzione ogni inserzione lavorativa.

Trascorso un po' di tempo, riuscii a trovare un posto di lavoro in un'azienda di autotrasporti. Il mio compito era stipare il rimorchio con il materiale che mi veniva accatastato sul piazzale.

Il mio capo, un inglese paffuto e calvo, urlava perennemente standosene seduto comodamente sul muletto elettrico.

Ogni qualvolta mi fermavo per prendere il respiro o per bere un sorso d'acqua, premeva il clacson e minacciava di licenziarmi.

Nonostante fosse poco più alto di un bambino, aveva lo stesso temperamento di Napoleone Bonaparte e poco gli importava se le mie braccia avevano la stessa circonferenza del suo torace.

Il lavoro era pesante e duro, soprattutto quando la colonnetta di mercurio schizzava oltre i quaranta gradi. All'interno dei rimorchi ricoperti di tela, il calore poteva stroncare la vita a un cammello.

Malgrado gli avvisi di un'adeguata idratazione, il piccolo Napoleone mi fulminava con lo sguardo ogni volta che mi fermavo a bere, ma nonostante ciò, il lavoro era ben retribuito e gli operai del mio calibro erano gentili e coalizzati contro il piccolo dittatore.

In punta di piedi e senza troppo clamore arrivò la brutta stagione, l'isola era avvolta da una bruma grigiastra e un cielo plumbeo e uggioso incupiva i colori sgargianti del mare.

Le condizioni di Maato andavano peggiorando e le temperature non aiutavano la sua precaria condizione. Decisi che la capanna non poteva più assolvere il suo compito, quindi mi attivai per cercare una nuova sistemazione.

Quando informai il nonno della mia decisione, scoppiò un piccolo battibecco, mio nonno sosteneva che la capanna era perfetta, bastavano degli accorgimenti per renderla calda e accogliente. Mentre io insistevo che sarebbe crollata al primo alito di vento invernale e ci avrebbero trovarti morti e stecchiti dal freddo.

Faata premurosamente s'incaricò di trovarci una sistemazione provvisoria per superare i mesi freddi. Ogni appartamento che trovava aveva sempre qualcosa che faceva storcere il naso a mio nonno.

Troppo lontano dal mare, troppo piccolo, troppo grande, troppo bello, troppo brutto; purtroppo nonostante gli innumerevoli sforzi di Faata, non avevamo ancora trovato una giusta sistemazione e nel frattempo la tosse e le forze del nonno andavano a peggiorare.

La voce arrivò al malinconico e solitario Leopold e fu per merito suo che finalmente trovammo la perfetta sistemazione.

Leopold si offrì di ospitarci a casa sua per tutto il periodo invernale, sosteneva che la casa era talmente grande da poterci vivere in tre famiglie e che un po' di compagnia non avrebbe fatto altro che giovare alle sue crisi depressive.

Incredibilmente mio nonno accettò l'inconsueta proposta. Sosteneva che la casa si trovava in un'ottima posizione e che non era di certo la compagnia di un vecchio amico inglese a guastargli il soggiorno.

Leopold elettrizzato per l'evento inaspettato si offrì di mantenerci senza che versassimo un solo dollaro e dopo un'estenuante battaglia combattuta a colpi di frasi retoriche e ricatti reciproci, stabilimmo che la nostra permanenza ci sarebbe costata cinquecento dollari al mese. Vitto e alloggio con comodità annesse.

Faata non era molto contenta di vedere così spesso Leopold, ma conoscendo lo stato di salute di mio nonno accettò la strana sorte che ci aveva aiutato.

Mio nonno con il tepore di una vera casa e soprattutto di un vero letto, migliorò notevolmente.

Leopold ogni giorno ci strabiliava con ricette culinarie di alto livello e anche il suo umore migliorò.

Il fucile con cui aveva ridotto in un colabrodo la porta d'ingresso era arrivato per via direttissima al commissariato di polizia, per essere distrutto definitivamente.

Mentre la dispensa colma di liquori si svuotò e divenne un comodo ripostiglio per generi alimentari.

Un lunedì pomeriggio riuscii a terminare il lavoro con una mezzora di anticipo.

Avevo sgobbato per tutta la giornata e quando il rimorchio fu definitivamente stipato fino al soffitto, decisi di timbrare il cartellino per fare una sorpresa a Faata.

Il piccolo Napoleone aveva da ridire nonostante mi fossi spaccato la schiena per tutto il giorno, ma mi bastò un'occhiata storta e i peli del collo gli si rizzarono sugli attenti per la paura.

Ammutolito, scivolò negli uffici e osservandomi dalla finestra mi lanciò maledizioni che non potevo sentire.

Con il tempo ero diventato un vero esperto di mezzi pubblici, salii sopra il vecchio tram rosso che si fermava in centro a Kerikeri e prendendo al volo la coincidenza dell'autobus mi diressi verso Fairway drive, dove risiedeva la centrale della guardia forestale.

Dopo mezzora d'attesa Faata uscì dal grosso edificio messo a nuovo da interventi di ristrutturazione. Vedendomi seduto sulla panchina dal lato opposto della strada, mi fece un sorriso radioso e correndo nella mia direzione mi abbracciò come se non mi vedesse da una vita.

<<Cosa ci fai qui? Che bella sorpresa John!>> Esclamò afferrandomi la mano.

<<Sono riuscito a scappare dal piccolo dittatore con mezzora d'anticipo e volevo vederti>>.

Una giornata grigiastra avvolgeva la città in una nebbia lattiginosa che penetrava nelle ossa. Faata mi teneva la mano lanciandomi delle furtive occhiate d'intesa che io ricambiavo con stupidi sorrisetti.

<<Dove mi porti di bello?>>

<<Avevo pensato a una passeggiata verso il centro e una bella tazza di cioccolata al Floridas Bar>>.

<<Ottima idea! Allora mi fa strada lei signore?>> scherzò baciandomi.

<<Senza ombra di dubbio signorina, mi segua e la stupirò>> risposi assecondando lo scherzo.

Nella stagione invernale, la città era sgombra dalla moltitudine di visitatori che arrivavano nei mesi estivi, armati di macchine fotografiche e confezioni giganti di crema solare.

Il centro era avvolto da un silenzio surreale, i cittadini erano assopiti dalla giornata prettamente invernale e l'umidità che aleggiava a mezz'aria riusciva a dissuadere chiunque dal fare una passeggiata.

Tutti tranne noi, che incuranti delle pessime condizioni climatiche, passeggiavamo felici nelle vie diserte e illuminate dalle luci fioche che proveniva dalle vetrine dei negozi.

I grandi palazzi storici erano bui e impregnati come spugne d'acqua che trasudava dal muschio che cresceva abbondante sulle loro facciate. Mentre i grandi palazzi moderni, sembravano orribili sculture lasciate incompiute dalla mano del loro creatore; ma all'interno si poteva vedere il brulicare di centinaia di persone indaffarate a chiudere i conti della giornata.

Ridendo e scherzando, arrivammo dinanzi al bar che ci avrebbe ristorato con una cioccolata calda. Il locale era semivuoto e una gentile cameriera ci fece accomodare in un angolo appartato.

La lista delle cioccolate che facevano, era talmente lunga che sembrava un volume tascabile della divina commedia e ci vollero parecchi ripensamenti prima di trovare quella giusta.

Seduti uno difronte all'altra, ci guardavamo negli occhi come se ci conoscessimo da sempre. Sembrava che tutta la nostra vita l'avessimo trascorsa aspettandoci reciprocamente, e ora che c'eravamo trovati vedevamo solo il nostro futuro insieme.

La cameriera arrivò con un vassoio che conteneva due alte tazze di ceramica decorata. Posò le nostre cioccolate fumanti ricoperte di panna montata e annuendo con il volto ci ringraziò per la mancia.

Il freddo che c'era penetrato nelle ossa durante la passeggiata fu sconfitto istantaneamente dal primo sorso. Sentivo lo squisito cioccolato liquido scendere nella gola dove sprigionava un sentore di mirtilli che lo rendeva eccezionale.

Restammo a lungo nel bar a parlare del più e del meno, la notte nel frattempo era già calata e le poche persone che contava il bar al nostro arrivo erano scomparse lasciandoci soli.

Faata si rattristò tutto in un momento guardando le luminarie delle strade accendersi e sprofondò nella propria sedia ammutolita.

<<C'è qualcosa che non va? Faata mi senti?>> domandai osservandola assorta nei suoi più tristi pensieri.

Faata si voltò con un sorriso malinconico e dirigendo lo sguardo verso le vie avvolte dalla luce calda dei lampioni, sbuffò sopraffatta dal dolore.

<<Faata se vuoi puoi parlarmi, di certo non sarò io a obbligarti, ma se vuoi parlare sono qui!>> mi limitai a puntualizzare.

Dopo la mia affermazione ci fu un lungo silenzio interrotto solo dal tintinnio dei bicchieri lavati dalla cameriera.

Me ne stavo in silenzio a guardare fuori dalla vetrata una città che stava per chiudere i battenti e con la coda dell'occhio osservavo Faata cercando di capire da dove provenisse il suo malessere.

<<E' successo come domani!>> buttò li interrompendo il silenzio.

<<Che cosa? Cos'è successo come domani?>> sibilai.

<<Come domani ma sette anni fa!>> balbettò irrigidita.

<<Di cosa parli Faata?>> domandai con cautela e gentilezza.

<<Sette anni fa come domani moriva mio fratello>>.

Restai in silenzio avvertendo una fitta allo stomaco, avrei voluto aiutarla con parole di conforto ma dalla bocca non mi uscì nulla.

<<Era solo un ragazzo di ventuno anni, poco più di un ragazzino>> gemette sospirando.

<<Com'è successo? Posso saperlo?>> incalzai per farla sfogare.

<<Stava rientrando a casa, era un bravo ragazzo, studiava e lavorava per mantenersi gli studi. Quel giorno aveva finito tardi al lavoro e lo aspettavamo per cenare. Ma non arrivò mai. Uscii da casa per cercarlo e dopo qualche chilometro vidi un'ambulanza e tre pattuglie della polizia ferme. Intuii immediatamente che qualcosa di brutto era accaduto al mio fratellino>> mi spiegò con le lacrime agli occhi.

<<Cosa gli accadde? Se non te la senti di raccontarlo non fa nulla, io ti capisco!>> la rassicurai.

<<No, non puoi capire John! Stava correndo per strada perché non voleva farci attendere, due poliziotti a piedi lo videro saettare sul marciapiede e pensando che fosse un ladruncolo lo immobilizzarono con una scarica elettrica. Morì d'infarto subito dopo. Non ebbero nessun rimorso, mi dissero che era la prassi procedere in quel modo. Li citammo in giudizio e il giudice stabilì che i due poliziotti avevano fatto il loro dovere quindi non furono puniti. Ci addebitarono anche le spese giudiziarie e non fu mandato nemmeno un mazzo di fiori. Come puoi capire questo John? Era dolce e solare, voleva diventare avvocato per difendere i nativi che erano ingiustamente incriminati. Invece morì a soli ventuno anni su un freddo marciapiede>>.

<<Hai ragione non posso capirlo>> risposi ingoiando un nodo stretto in gola.

<<Scommetto che erano due poliziotti inglesi!>> supposi allungandomi per afferrargli una mano.

<<Sì, la nostra rovina. I nostri padroni, i nostri mostri>> aggiunse raggomitolandosi sulla sedia.

Il raccapricciante racconto mi colpì con una tale intensità da farmi provare un senso di disgusto verso gli inglesi.

Capivo per quale motivo Faata non sopportava Leopold e capivo il motivo di tanta ostilità verso i Pakeha.

Quella povera ragazza era stata ferita nell'animo e quella cicatrice avrebbe prodotto dolore per tutta la vita.

Per quando amassi la ragazza che mi stava di fronte, non riuscivo a trovare parole per consolarla, sarebbero state solo bugie. Lei sapeva meglio di me che le cose non sarebbero mai cambiate e che la morte del suo amato fratello era stata inutile.

Afferrando la mano della mia triste ragazza uscimmo all'aria aperta dove una leggera pioggia incupiva ulteriormente la città fantasma.

Nel silenzio delle vie, illuminate da spade di luce provenienti dalle finestre delle abitazioni, ci dirigemmo verso la macchina di Faata. Il tragitto verso casa fu un solitario viaggio di pensieri desolanti e nessuno dei due ebbe la voglia o il coraggio di proferire una sola parola.

Mi lasciò sul viale che portava alla casa di Leopold, non me la sentii d'invitarla in casa, temevo che la presenza dell'inglesotto avrebbe prodotto altre emozioni negative.

La baciai sulla fronte stringendola a me, mentre lei ricambiò con un freddo bacio sulla guancia, dopo di che avviò il motore e senza parlare scomparve oltre il crinale.

CAPITOLO SETTIMO

Commodoro William Hobson arriva sulle coste della Nuova Zelanda.

Una dea intagliata nel legno era stata sistemata sulla prua della nave. In una mano brandiva una spada mentre nell'altra teneva alta la bandiera inglese.

Il suo compito era di proteggere i marinai durante il viaggio in mare aperto e dimostrare ai soldati che l'Inghilterra avrebbe regnato ovunque portando la propria bandiera nei paesi più lontani con la forza della spada.

Il concetto era chiaro e conciso, la flotta inglese era tra le migliori al mondo e quel pezzo di legno sagomato ad arte aveva il dovere di ricordare ai soldati i valori su cui si basava l'ideologia britannica. Sconfiggere, dominare, migliorare.

Quella raffigurazione era stata voluta da William Hobson. E proprio la sua nave era quella che precedeva tutta la flotta.

In cima all'albero maestro un marinaio provvisto di un cannocchiale in ottone scorse tra la foschia la costa della Nuova Zelanda. Senza perdere tempo agguantò i pioli di legno e scendendo dalla vertiginosa trave corse verso il suo capitano.

Il Commodoro William Hobson era incantato a guardare la lunga scia biancastra che lasciava la nave dopo il suo passaggio e tenendo un carillon vicino all'orecchio, ascoltava una triste melodia dalla vibrazione metallica.

<<Commodoro, mi perdoni, ho avvistato la costa della Nuova Zelanda!>> Esclamò il marinaio osservando lo strano comportamento del suo capitano.

Il Commodoro non mostrò nessun interesse alle parole che il suo marinaio gli aveva riferito e congedandolo con un colpo della mano, continuò ad ascoltare la malinconica cantilena.

Il marinaio indispettito dell'accaduto si diresse dal secondo in grado, un giovane tenente ambizioso e, spiegandogli l'accaduto, si congedò per riprendere il suo lavoro.

Il tenente urlando a squarciagola ordinò di issare le vele e segnalare alle navi di coda di fermare l'avanzata. William Hobson richiuse con un gesto stizzito il carillon nella sua mano e sfilando la spada dal suo fodero appoggiò la lama sulla gola del suo tenente.

<<E' ammutinamento per caso?>> ruggì Hobson con una voce spettrale.

<<No Commodoro, pensavo che fosse indaffarato e volevo alleviarle il lavoro>> rispose spaventato il giovane tenente.

<<Mi stai sfidando?>> esclamò graffiando le corde vocali.

<<Non lo farei mai Commodoro, ho commesso un errore mi perdoni, non accadrà più>> lo supplicò con il terrore dipinto in volto.

<<Portatemi la vedetta. Ora!>> tuonò con la rabbia traboccante dagli occhi.

Due soldati presero in consegna la vedetta che aveva avvistato la costa e aveva riferito al tenente le coordinate.

Tremante per la paura dovettero trascinarlo di peso fin sopra la poppa, dove vi era William Hobson che teneva stretto fra le mani il grosso timone.

<<Pensi di saper fare meglio di me?>> sibilò con una voce tagliente.

<<Non mi permetterei mai, mi perdoni Commodoro, pensavo non avesse sentito le mie parole>> si giustificò la vedetta.

<<Credi che il tuo comandante sia uno stolto distratto?>> osservò Hobson guardando con crudeltà il suo subordinato.

<<No, mai, lo giuro sulla bandiera dell'Inghilterra!>>

<<Volevi ridicolizzarmi dinanzi ai miei soldati?>>lo accusò con un sorriso inquietante.

<<La prego Commodoro, ha frainteso. La sua parola è legge su questa nave.>> balbettò disperato.

<<Ebbene, poiché la mia parola è legge, ti condanno per insubordinazione a una pena esemplare. Che sia di monito a tutti gli altri, che le mie parole e i miei gesti non vengano mai più ridicolizzati.>> Urlò con foga. <<Vieni qui al mio posto e prendi il timone, questa è la tua pena>> ridacchiò scansandosi di un passo.

La vedetta spaventata annuì con un sorriso e avvicinandosi al grosso timone di legno lo afferrò con entrambe le mani.

<<Sei una vedetta quindi per il tuo lavoro usi solo gli occhi, le mani non ti serviranno più>> affermò Hobson afferrando la spada.

Sotto gli occhi atterriti del tenente, il Commodoro William Hobson alzò la lunga spada sopra la sua testa e con un gesto fulmineo recise con un colpo secco entrambe le mani del povero marinaio.

Pallido in volto come un morto, agitava i moncherini al cielo cercando di capire cosa fosse successo, mentre le sue mani ancora stringevano il legno del tondo timone.

<<Un medico!>> Urlò il Commodoro. <<Cauterizzate le ferite con polvere da sparo e mettetelo in cella. Deciderò del suo destino a battaglia finita>> ordinò pulendo la lama in un lembo di stoffa.

Il giovane tenente terrorizzato per l'accaduto restò pietrificato in un angolo, il suo volto contratto per l'orrore era mortificato e sgomento.

<<Tolga quelle lerce mani dal mio timone e le getti in mare. La prossima volta che si azzarda a prendere un'iniziativa senza il mio parere personale, le prometto che le mani che finiranno in pasto ai pesci saranno le sue. Adesso esegua l'ordine>> sibilò come un serpente nell'orecchio del suo tenente.

Il giovane tenente strappò con forza le due mani violacee dal legno cui erano avvinghiate e camminando a passo svelto si diresse verso la banda della nave per gettare i macabri resti della vedetta.

Dopo aver eseguito l'ordine, conati di vomito non tardarono ad arrivare e
aggrappandosi al legno vomitò anche l'anima.
<<Arriveremo in volata fino alle spiagge, i nativi dovranno vederci arrivare tutti
insieme, dovranno temerci ancor prima di poterci sfidare sul campo di battaglia.
Piegheremo la loro brutalità esibendo il nostro numero e quando le loro menti
saranno spaventate, li annienteremo. Avanti a tutta velocità, date ordine alle navi di
coda di aumentare la velocità e di seguire la nostra rotta>> tuonò il Commodoro
alzando la spada al cielo.

LA STORIA CHE SI RIPETE.

Era pomeriggio inoltrato e una sottile bruma stava calando a braccetto con l'oscurità
sulla città di Kerikeri. Il freddo penetrava il giubbotto di pelle come una lama di
coltello e riparandomi le mani nelle tasche dei pantaloni mi avviai verso l'autobus
che mi avrebbe condotto fino a Moturua.
Trovai da sedere vicino al finestrino, il buio aveva calato il suo spettrale sipario
sull'isola e le persone che camminavano sui marciapiedi, parevano manichini dai
volti marmorei.
Sull'autobus la gente non conversava, l'unico rumore che si poteva sentire era la
vibrazione del motore che arrancava in salita. Tutta quella gente seduta al proprio
posto faceva parte della stragrande maggioranza di operai che come me tornava a
casa dopo una giornata di duro lavoro.
Nessuno aveva modo di gioire e nessuno trovava la forza di lamentarsi, erano tutti
concentrati per il giorno successivo e ai sacrifici che avrebbero dovuto sopportare.
L'autobus fece l'ultima fermata poco fuori città, reclutando due giovani ragazzi
dall'aspetto poco rassicurante. Gli anni trascorsi in strada mi avevano insegnato
molte cose sui giovani teppisti e quei due tizi avevano l'aria di essere su
quell'autobus per uno scopo preciso.
Smisi di fissare fuori dal finestrino per tenere d'occhio la situazione e
immediatamente mi accorsi di un particolare interessante.
Un ragazzo teneva una mano nella fodera del giubbino e sudava copiosamente
nonostante le temperature fredde che imperversavano sull'isola.
Senza destare sospetto mi spostai di un sedile sistemandomi vicino al corridoio
centrale. Ero certo che a breve quei due giovani scapestrati avrebbero commesso una
sciocchezza e volevo esser certo di poter intervenire prima che finisse in un dramma.

Come avevo ipotizzato il più agitato dei due estrasse dal giubbino un lungo coltello a serramanico. Era deciso a prendere la borsetta di un'anziana signora che sedeva in fondo all'autobus, per poi scendere in volata grazie al freno d'emergenza.

Aspettai che il balordo fosse parallelo alla mia posizione e con un semplice sgambetto lo feci ruzzolare a terra.

Il suo amico vedendo l'accaduto si precipitò per aiutarlo, ma senza preavviso lo aggiuntai per il bavero alzandolo da terra.

Il giovane ragazzo mi guardava terrorizzato e mi supplicava con gli occhi di non colpirlo. Senza esitare posai un piede sulla mano del suo compagno che stava ancora a terra e con un calcio allontanai il coltello che aveva perso durante la caduta.

<<C'è qualche problema?>> esclamò l'autista frenando la corsa dell'autobus.

<<Ci sono due ragazzi che vorrebbero scendere!>> risposi mantenendo salda la presa.

L'autista uscì dal posto di guida per raggiungerci e vedendo il coltello a poca distanza dalla colluttazione annuì indispettito.

<Devo fare una deviazione per la centrale di polizia?>> mi domandò scuotendo la testa amareggiato.

<<Apra solo la porta, non ce ne sarà bisogno!>>

L'anziano autista attivò la leva e la porta si aprì con un lungo cigolio.

Mantenendo la presa sul ragazzo che mi stava di fronte, mi chinai per aggiuntare l'amico disteso a terra. Spingendoli verso l'uscita il mio volto si rabbuiò vedendo nei loro occhi tutti gli errori che avevo commesso durante la mia giovinezza.

Scesi dall'autobus tenendo i ragazzi per il collo, il loro respiro affannato era una supplica che alle mie orecchie arrivava chiara. Sbattendoli con forza sulla fiancata del veicolo non mostrai un minimo di pietà schiaffeggiandoli ripetutamente.

<<Che cosa pensavate di fare? Vi credete dei duri perché minacciate con un coltello una vecchia signora? Non voglio più rivedervi da queste parti, se vi ripesco, vi ammazzo di botte! Chiaro?>> tuonai, con gli occhi che uscivano dalle orbite.

I due ragazzi dal volto gonfio per le botte annuirono piangendo e scusandosi più volte con le mani giunte in preghiera aspettavano che li lasciassi andare.

Dopo qualche secondo lasciai la presa e i due teppistelli caddero bocconi senza fiato.

Risalii sull'autobus e nessuno fiatò, a nessuno interessava quello che avevo fatto.

Nemmeno la vecchietta che stava per essere rapinata mi ringraziò per l'intervento.

Il mio primo gesto da cittadino esemplare non aveva sortito nessun tipo di reazione.

Tornai a sedermi al mio posto e guardando fuori dal finestrino mi lasciai trasportare fino a casa.

Mentre scendevo, l'autista mi ringraziò, non ci scambiammo molte parole. Ci fu solo un'alzata di mano con un "grazie amico" annesso.

125

Il sentiero che portava fino all'abitazione di Leopold, che da qualche tempo era diventata anche la mia dimora, pareva un lungo serpente grigiastro che sinuoso muoveva le sue spire tra la nebbia e l'oscurità.

Ero stanco e affamato e desideravo con tutto il cuore che il vecchio britannico si fosse messo ai fornelli.

Mentre salivo per la stradina sconnessa notai in lontananza un brulicare di luci.

Il vespaio di fari si trovava proprio dinanzi alla villa e questo particolare m'insospettì.

Conoscendo il personaggio schivo che era, capii immediatamente che era successo qualcosa di grave.

Aumentando l'andatura mi ritrovai a correre a perdifiato, il freddo pungente divenne ben presto un alleato contro le vampate di calore e in un paio di minuti raggiunsi stremato la casa.

Notai immediatamente la jeep di Faata mentre, posteggiate a casaccio, vi erano altre macchine che non conoscevo. Dalle finestre filtrava una luce gialla che creava rettangoli luminescenti sulla veranda e, come marionette, delle ombre si muovevano veloci con un sottofondo di voci sommesse.

Senza esitare avanzai nell'ingresso e la piccola folla che attorniava la sala si ammutolì e si accomiatò in cucina.

Sul divano intravidi la sagoma di una persona, avvicinandomi restai attonito a osservare Faata.

Cercava di tenere aperti gli occhi tumefatti, le labbra rotte erano ricoperte di sangue e su tutto il corpo si potevano distinguere nitidamente i segni di atroci percosse.

Vedendomi cercò di sorridere, ma il dolore per la pelle lacerata le causò una fitta che le dipinse in volto un'atroce smorfia di dolore.

<<Dobbiamo portarla al nosocomio John!>> sibilò con timore l'anacronistico Leopold.

<<Forza John portala sulla macchina dobbiamo andare immediatamente all'ospedale>> esclamò Maato ponendomi una mano sulla spalla.

Voltandomi di scatto con il volto paonazzo d'ira digrignai i denti come un lupo in cerca della sua preda.

Maato aveva intuito le mie intenzioni, ma sapeva che non era ancora arrivato il tempo per mettere in pratica ciò che mi balenava per la mente. Dovette utilizzare tutta la sua astuzia per dissuadermi e facendo leva sulle giuste motivazioni evitò che compiessi una strage.

<<Risparmia la tua ira per il futuro, trattieni la tua rabbia nel petto, adesso devi prenderti cura di lei, quando sarà fuori pericolo, potrai esplodere in un mare di violenza. Hai capito?>>

La mia risposta fu un ruggito che fece raggelare il sangue di tutti i presenti. Cingendo tra le braccia Faata mi voltai e lasciai i presenti pietrificati.

<<Ti amo>> sibilò con voce querula.

Una lacrima scivolò sulla mia guancia e restando in bilico sul mento si staccò per cadere sulla testa incrostata di sangue che tenevo in grembo.

Dall'ospedale uscirono due infermieri con una barella cigolante e presero in consegna la mia giovane ragazza massacrata. Temevo che la sua vita si potesse spegnere da un momento all'altro. Camminavo a zonzo per i lunghi corridoi dell'ospedale aspettando impazientemente che qualcuno si degnasse di dirmi qualcosa.

Dopo un paio d'ore trascorse a rimuginare nell'attesa, finalmente un infermiere mi raggiunse a passo svelto. Sfregandosi gli occhi stanchi mi guardò con un sorriso all'angolo della bocca e facendomi accomodare su di una sedia di legno, soppesò con cautela ogni parola.

<<E' messa male, ha tre costole rotte e un polmone perforato. Una clavicola è fratturata e una spalla slogata. Fortunatamente non ha riportato traumi alla colonna vertebrale e gli organi interni non sono stati danneggiati. C'è stato un tentativo di stupro ma grazie al cielo è stato solo un tentativo. Non sono riusciti nell'intento. In questo momento è sedata e intubata, faticava a respirare e quindi abbiamo dovuto drenarle un polmone, gli occhi sono tumefatti dai lividi, ma i bulbi oculari e la retina non hanno riportato alcuna lesione. Nell'arco di tre mesi dovrebbe rimettersi completamente. Sa per caso dove è avvenuto il pestaggio?>> Mi domandò tenendo una penna e un foglio tra le mani.

<<No!>> mentii.

<<Sa dirmi se sospetta di qualcuno?>>

<<No!>> mentii nuovamente.

<<Lo sa che non può intralciare la giustizia? E' un reato grave! Se sa qualcosa deve dirlo immediatamente, le forze dell'ordine faranno un'indagine e prenderanno i colpevoli, ma deve dirmi qualcosa>> l'infermiere cercò di scucirmi qualche informazione.

<<Non so nulla>> risposi seccato.

Alle mie spalle apparvero Leopold e Maato che ringraziarono cortesemente l'occhialuto infermiere in camice bianco e lo allontanarono preventivamente prima che potessi perdere la pazienza.

<< So dove andare>> esclamai guardando Maato negli occhi.

<<Non sei ancora pronto! Ascolta questo vecchio, fai quello che ti dico, quando arriverà il momento propizio, sarò io a spalleggiarti>> mi sussurrò in un orecchio.

<<Non c'è da essere pronti, bisogna solo agire>> risposi inquieto.

<<La tua vendetta è solo l'apice di una storia che si trascina da troppo tempo, tu sarai un faro per le generazioni future. Le tue gesta cambieranno il modo di pensare dei nativi. Dammi un po' di tempo e vedrai che avrai modo di cambiare la storia. E' scritto nelle stelle, tu provieni dalla stirpe dei Kainga Moka, sei nato per essere un leader, non sciupare quest'opportunità. Fidati di me ragazzo>>.

Le giornate successive le trascorsi tra il posto di lavoro e l'ospedale. Ogni giorno dopo aver timbrato il cartellino, correvo verso la stazione centrale e prendendo il tram delle diciotto restavo al capezzale di Faata fino all'ora di chiusura.

Poco per volta la sua faccia incominciò a sgonfiarsi dai lividi, riprendendo il suo colorito naturale. I dottori le somministravano giornalmente della morfina per assopirle il dolore e per tutto quel tempo non riuscì a ricordare il mio volto.

Ogni giorno che trascorreva all'ospedale, era un supplizio per la mia anima, ero distrutto dal dolore e proprio quel male stava facendo nascere in me un mostro assetato di vendetta.

Ero divenuto intollerante verso gli inglesi, soprattutto quelli che rivestivano cariche importanti e si approfittavano del loro potere.

Anche sul posto di lavoro avevo cambiato atteggiamento, se dapprima mantenevo la calma e mi mordevo la lingua, dopo quel terribile fatto vibravo dalla voglia di appendere al muro quel mollusco del mio capo.

Guardavo con aria di sfida chiunque incrociasse i miei occhi, ero una tigre che aveva trovato il cancello aperto della gabbia ed ero molto affamato di carne inglese.

Ovunque posavo gli occhi vedevo una diversità sociale che metteva su due livelli ben distinti gli abitanti della Nuova Zelanda. I Maori erano stati addomesticati come animali da soma, mentre l'aristocrazia britannica vantava i migliori posti di lavoro e le cariche più importanti.

Quando uscivo dall'ospedale a notte inoltrata, vagavo per la città senza meta, nei locali alla moda vedevo i pupazzi inglesi divertirsi brindando con bottiglie di vino da duecentocinquanta dollari, mentre le tavole calde e le mense per i senza tetto erano letteralmente prese d'assalto dai veri padroni dell'isola.

Era tutto capovolto, in quell'istante compresi a fondo il trattato di Waitangi. Mentre camminavo nei giardini pubblici, scrutavo nella memoria le parole di Faata e il disgusto con cui le pronunciava. Pensai a tutte quelle persone che avevano perso i loro terreni, le donne maltrattate e usate per i lavori più umili e ingrati, ai vecchi lasciati soli ai loro destini senza reddito perché espropriati dei loro averi.

Camminando nel freddo della notte, mi accorsi di essere un Maori e che il mio compito era ben più importante di trovare vendetta. Dovevo fare giustizia.

Mentre mi apprestavo a rientrare a casa due poliziotti mi avvicinarono facendo roteare i loro manganelli, immediatamente il ricordo di Faata che piangeva

128

rimembrando il fratello deceduto per delle percosse, mi attraversò la mente in un lampo.

Tenni il volto chino e il cappuccio sulla testa nella speranza di esser lasciato in pace, ma sapevo che la storia sarebbe andata in tutt'altra direzione.

Quando c'incrociammo un poliziotto allungò il manganello verso la mia faccia. La sua intenzione era d'intimorirmi ancor prima di aver sentito le mie generalità. Quello stupido gesto mi fece digrignare i denti, ma decisi di approfondire la situazione.

<<Cosa facciamo capo, lo sbattiamo dentro per vagabondaggio?>> domandò il poliziotto che teneva il manganello.

<<Questo scimmione? Io direi che dovremmo insegnarli prima l'educazione! Non ti hanno insegnato a scoprirti il capo quando parli con un tutore della legge?>> incalzò il più alto in grado.

Avevo sentito abbastanza. Con un colpo veloce della mano rubai il manganello al poliziotto e roteandolo nell'aria lo frantumai sulla spalla del suo proprietario.

Mentre il poliziotto cadeva a terra dal dolore, mi avventai sul più anziano. Sfoderai un velocissimo pugno che si schiantò nello stomaco e anche lui cadde sul terreno bagnato senza fiato.

Per evitare che chiamassero dei rinforzi strappai le loro ricetrasmittenti e sfilandogli le manette dalla cinta li assicurai a un palo della luce.

Erano soli e indifesi, come tutte le persone che negli anni avevano subito ogni sorta di angheria da parte loro.

La dura lezione della vita si stava per abbattere come una scure sui loro peccati e non vi era nulla che li potesse salvare.

Scappai nascondendomi nel manto plumbeo della notte, il cuore mi batteva forte nel petto e sentivo l'adrenalina scorrermi nelle vene per sferzarmi i muscoli.

Avevo celato il volto nel cappuccio della maglia che indossavo sotto il giubbino e zigzagando tra le piccole vie del centro svanii come un fantasma.

A quell'ora della notte le vie del centro erano silenziose e desolate. Le strade erano bagnate dall'umidità e risplendevano sotto le luci dei lampioni che emanavano una luce livida. Dai tombini uscivano grossi ratti, che incuriositi dalla mia presenza mi guardavano per qualche istante prima di svanire nei bidoni dell'immondizia. Un cane randagio segnava il suo territorio con zampilli d'urina e zoppicando entrò negli anfratti dei palazzi che creavano nascondigli sicuri per i senza tetto.

Camminavo ormai da un'ora senza una meta e sentivo che la stanchezza offuscava le mie capacità mentali.

Dalle finestre di un appartamento apparivano lampi di luce creati dalla televisione di qualche nottambulo.

L'eco dei miei passi rimbalzava tra le pareti degli edifici chiusi, impenetrabili al mondo esterno. Ormai sfinito, mi recai verso la zona esclusiva di Kerikeri, dove speravo di trovare un taxi per ritornare a casa.

Uscendo dal centro storico mi bastò superare quattro vie per ritrovarmi nella zona più caotica della città.

Locali alla moda e discoteche esclusive si alternavano con insegne luminose.

Nelle strade, bolidi europei con cavallini rampanti erano stati posteggiati con cura in parcheggi riservati. La musica sparata dalle casse di qualche Dj si sentiva nitidamente all'aperto. Mentre i figli della nuova aristocrazia, ballavano ubriachi sui marciapiedi con cocktail abbelliti da ombrellini e cannucce fluorescenti.

Era un semplice giovedì notte, ma sembrava che in quella via il capodanno fosse arrivato con molto anticipo.

Il lavoro e i sacrifici non erano conosciuti da questa gioventù, che si divertiva con sostanze chimiche di ogni genere e fiumi di alcol.

Su qualche porta di cristallo lucidata a specchio, vi era uno slogan che consigliava di entrare solo se si era di pura razza britannica.

Mentre camminavo, sentivo i loro sguardi pieni di pregiudizi, non davano nessun valore alla dignità umana, dalle loro bocche uscivano solo insulti e commenti.

Se a vent'anni si sentivano legittimati a comportarsi in quel modo, di certo era per un indottrinamento famigliare.

Mi sentii umiliato, non per le loro frasi stupide, ma per la mancanza di coraggio da parte del mio popolo.

Senza che se ne accorgessero, i Maori erano stati stretti da un guinzaglio invisibile e privati di ogni forma di dignità.

Salii sul primo taxi che trovai disponibile, l'autista mi guardò con una strana espressione di riluttanza e mi chiese se avevo del denaro per pagare la corsa.

Seccato dalla sua richiesta, sfilai dalla tasca una banconota da venti dollari e la gettai sul sedile anteriore.

Anche il taxista era inglese e non vedeva di buon occhio i nativi che scorrazzavano a tarda notte per quelle vie rinomate del centro.

Ero nato e cresciuto in America, avevo un padre americano ma ciò nonostante tutti mi scambiavano per un nativo. Quella notte capii di esserne fiero.

Uscimmo dalla città inoltrandoci nella periferia degradata e pericolosa. Nessun inglese si sarebbe mai azzardato a metterci piede. I palazzi scrostati dall'intonaco sembravano relitti di una guerra appena finita. L'immondizia era accatastata agli angoli delle strade e anime solitarie vagavano con tacchi a spillo sotto le luci traballanti dei lampioni arrugginiti.

Quando il conducente del taxi capì la mia destinazione, cambiò completamente atteggiamento, probabilmente Leopold era una persona conosciuta e di un certo spessore sociale.

Non mi degnai di rispondere alle sue domande, scesi dal taxi e mi diressi verso casa.

Quella stessa notte faticai a prendere sonno. Sentivo l'obbligo morale d'intraprendere una crociata verso i soprusi e le differenze razziali, ma per farlo dovevo smuovere la coscienza della gente.

Il sole sorgendo infiammò con i suoi raggi la mia stanza da letto, rendendola simile a un caleidoscopio per merito dei cristalli appesi al lampadario.

Dalla cucina provenivano rumori di stoviglie e rintocchi di tegami e un delizioso aroma di caffè saliva per le scale intrappolandosi in ogni camera che trovava aperta.

Quando scesi, trovai mio nonno e Leopold corrucciati che mi osservavano come una vecchia coppia di coniugi.

Osservandoli di sottecchi mi diressi al tavolo per consumare la mia colazione, ma una flebile voce nell'orecchio mi suggerì che c'era qualcosa che non andava.

Leopold mi raggiunse al tavolo mantenendo le braccia conserte in segno di disapprovazione. Dopo qualche istante arrivò mio nonno e con lo stesso sguardo di Leopold, gettò sul tavolo il "Dominion", quotidiano neozelandese.

<<Leggi a pagina quattro!>> il tono di voce era autoritario.

Presi il quotidiano che profumava ancora d'inchiostro fresco e sfogliandolo restai pietrificato a guardare il titolo che sovrastava l'intera pagina.

POLIZIOTTI AGGREDITI.

**La scorsa notte, due poliziotti della ronda notturna sono stati malmenati selvaggiamente da uno sconosciuto di origine nativa. I due agenti stavano sorvegliando il quartiere già scenario di scontri feroci per futili motivi.
Uno sconosciuto che celava la sua identità con il cappuccio della maglia, ha aggredito selvaggiamente i due agenti senza alcun motivo, per poi scappare senza lasciare traccia.
Questi episodi non sono nuovi alla polizia di Kerikeri, gli inglesi temono per la loro incolumità….**

Il banale trafiletto continuava con altre menzogne e inutili frasi retoriche. Lessi solo poche righe e fingendo un perfetto disinteressamento lo ripiegai per porlo a mio nonno.

<<Non devi dirci nulla?>> esclamò mio nonno riprendendosi il giornale.

<<Come facevano a sapere che era un nativo se indossava un cappuccio che gli copriva il volto?>> chiesi sorseggiando il caffè.

Leopold e mio nonno si guardarono di sfuggita per trovare una risposta adeguata, ma dinanzi all'evidenza di un articolo razzista dovettero sottostare al mio gioco.

<<Parla di una maglia con il cappuccio, proprio come quella che ha tu!>>.

Non volevo prendere in giro mio nonno, non se lo meritava e decisi di vuotare il sacco.

<<Non è andata così! Stavo girando per il centro pensando ai fatti miei quando due poliziotti mi hanno avvicinato. Non mi hanno nemmeno chiesto il nome, uno dei due mi ha appoggiato il manganello alla faccia e mi ha minacciato più volte. Quando il suo collega ha deciso che era arrivato il momento di darmi una lezione, ho preso in mano la situazione>>.

<<E cosa hai fatto?>> domandò Leopold.

<<Nulla di che! Avrei potuto ucciderli quei due buffoni, ma mi sono limitato a disarmarli>> mi soffermai ridacchiando. << Poi ho strappato le loro ricetrasmittenti e li ho ammanettati a un palo>>. Conclusi sorridendo.

<<Lo trovi divertente John? Quei due poliziotti si rifaranno su qualche ragazzo nativo, come il fratello di Faata. Ti sembra giusto quello che hai fatto? Se vuoi cambiare le cose, lo devi fare alla luce del sole, senza la paura di nascondere la tua identità, è così che agiscono i Maori>> esclamò con la voce affranta.

<<Mi sono solo difeso, avrebbero dovuto lasciarmi in pace>>.

<<Lo so ragazzo, ti capisco, ma adesso cercheranno un capro espiatorio e qualcuno pagherà a sue spese il tuo gesto. Qui non siamo a New York, qui la legge non è uguale per tutti. Promettimi che la prossima volta che affronterai delle persone lo farai a viso aperto e ti prenderai le tue responsabilità!>>.

<<Non ti preoccupare, la prossima volta lo vedrà tutta l'isola e tutti sapranno chi sono>> risposi rabbuiandomi in volto.

<<Allora è giunto il momento di consacrarti. Hai deciso tu stesso da che parte stare. Domani diverrai a tutti gli effetti, un vero Maori. Trascorri serenamente le tue ultime ore da pakeha>>.

Avevo raggiunto il punto di svolta definitivo, quel piccolissimo tassello che mi avrebbe permesso di riorganizzare l'immenso mosaico della mia vita stava per essere incastrato correttamente nella sua sede.

Quel mattino decisi di andare direttamente all'ospedale. Strada facendo telefonai ai miei datori di lavoro comunicandogli che non stavo troppo bene. Mi rispose la segretaria del padrone, che gentilmente mi disse di non preoccuparmi ma di riguardarmi.

La metro era stipata di gente che si recava al lavoro, per la maggior parte era gente comune con facce tristi e assonnate, che a stento alzavano lo sguardo per vedere chi gli si sedeva accanto.

La città era in balia di forti venti che spazzavano con forza qualsiasi cosa trovavano sul loro cammino. Le vie erano diventate piste di decollo per giornali e cartacce varie, mentre un ombrello, volteggiando nel cielo plumbeo scompariva all'orizzonte.

Arrancando tra le folate di vento, una leggera pioggerella incominciò a cadere sulla città, facendo risplendere i tetti di un rosso acceso.

Per evitare un malanno mi coprii il capo con il cappuccio della felpa e tenendo il giubbino di pelle premuto contro la gola, avanzai nell'intemperia.

Alle mie spalle una sirena emise il suo potente suono stridulo. In una manciata di secondi mi ritrovai con le mani sulla testa e una pistola puntata al volto. Due poliziotti mi minacciarono di bucarmi il cranio al primo movimento e percuotendomi un ginocchio con il manganello mi fecero cadere a terra.

Steso sul marciapiede come il più temuto dei terroristi, sentivo la pressione di un ginocchio sulla colonna vertebrale.

Qualche passante, raccapricciato per il trattamento che mi era stato riservato, cercò di prendere le mie difese ma bastarono pochi volteggi del lungo manganello per farlo desistere dalla nobile causa.

Il poliziotto che mi teneva premuto contro il suolo, sfilò il mio portafoglio dalla tasca posteriore dei jeans. Dopo qualche minuto trascorso ad assaporare il puzzo dell'acqua che ripuliva il lerciume del marciapiede, mi sentii sollevare dal suolo con gentilezza.

<<Ci perdoni, l'avevamo scambiata per un'altra persona!>>, si scusò il poliziotto porgendomi il portafoglio.

Riprendendomi il borsello osservai severo i due poliziotti che mi stavano di fronte.

<<La prego di scusarci, saremmo felici di sdebitarci per il malinteso pagandole le spese della lavanderia>> prese la parola il collega che mi aveva tenuto sotto mira.

Mi scrollai di dosso cicche di sigarette e gomme da masticare che si erano appiccicate ai vestiti. Le mani erano insudiciate di schifezze varie e anche il volto di certo non era da meno.

<<Fottetevi>>. Fu l'unica parola che mi uscì dalla bocca.

All'interno dell'ospedale uno sbuffo d'aria calda proveniente dal soffitto mi riscaldò le ossa fradice dai vestiti umidi e sinceramente non me la sentivo di presentarmi in quelle condizioni da Faata.

Rifugiandomi in un bagno che odorava di disinfettante, mi lavai le mani e mi sciacquai il volto. La carta igienica fu molto utile per ripulire il giubbino dalle macchie e utilizzando i diffusori per le mani, asciugai alla bene meglio i vestiti inzuppati.

Finalmente mi trovavo in una condizione accettabile, di certo Faata non avrebbe fatto caso al mio abbigliamento ma infermieri e dottori avrebbero arricciato il naso guardandomi dall'alto al basso.

Il classico odore di ospedale, un miscuglio di disinfettanti, profumi e medicinali vari, mi dava la nausea ogni volta che mi riempiva le narici. Camminando svelto lungo i corridoi colmi di gente, evitai di prendere l'ascensore per non trovarmi premuto in una scatola metallica tra degenti e anziani ansimanti.

Le scale erano deserte e affrettando il passo compiendo balzi di tre gradini per volta, arrivai alle nove in punto dinanzi alla porta della camera di Faata.

Guardando attraverso la porta socchiusa, vidi un medico anziano esaminare le ferite della mia ragazza e, annotando qualche scarabocchio su di una cartella, uscì accompagnato da un'infermiera.

Senza chiedere il permesso entrai in camera. Faata stava dormendo per l'effetto dei sedativi. Il suo volto sembrava più roseo e disteso, mentre le grosse tumefazioni sugli occhi stavano scivolando poco per volta verso il basso, dipingendo un alone violaceo sulle guance.

Ponendo una sedia accanto al letto mi sedetti al suo fianco. Il suo respiro era flebile ma costante e accarezzandole una mano la baciai sulla fronte. L'unico posto dove non vi erano cicatrici o lividi.

Le sue palpebre vibrarono come ali di una libellula. Aprendosi, lasciarono che la luce si riflettesse sull'iride mettendo in mostra piccole pagliuzze color ocra.

Ci volle qualche istante prima che riuscisse a mettermi a fuoco. Girò lo sguardo in tutte le direzioni, inquadrò la camera e infine mi guardò con una tale intensità da sentirmi scrutare nell'anima.

<<Dolce ragazza Maori, come andiamo?>> esclamai con voce pacata.

<<Potrebbe andare meglio pakeha, ma non mi lamento>>. Sussurrò con un filo di voce.

<<Da domani non potrai più chiamarmi pakeha! Quindi, divertiti fin che puoi>>.

<<Tu resterai per sempre il mio pakeha. Cosa accadrà domani?>>

Trattenni a stento le lacrime, era evidente che lo sforzo di parlare le causava delle fitte lancinanti al costato.

<<Domani sarò consacrato Maori a tutti gli effetti. L'ha deciso Maato in persona. Cosa ne pensi?>>

<<E' stupendo John, mi dispiace non poter partecipare. Sono orgogliosa di te!>>.

<< Avrei dovuto proteggerti, ma non c'ero. Ho permesso che ti capitasse questo. Mi sento tremendamente in colpa. Sono un buono a nulla, avrei potuto evitarlo, ma non sono stato capace>>.

Faata allungò la mano e mi accarezzò il volto.

<<Non dire sciocchezze. Sarebbe capitato comunque, era destino. Quello che conta è che tu sia qui al mio fianco>>.

Lasciai cadere la testa sul letto sopraffatto dal dolore, Faata pose la mano sulla mia testa per rincuorarmi. Ero avvilito e distrutto, incapace di trattenere le lacrime.

<<I Maori non piangono. John è tutto a posto. Dammi un mese di tempo e solcheremo il mare con la mia barca. Le ferite guariranno, resteranno delle cicatrici, ma faranno parte del passato>>.

<<Dimmi com'è successo?>> le domandai alzando lo sguardo.

<<No, non voglio che ti cacci nei guai, hai la possibilità di ricominciare una vita. Dobbiamo solo dimenticare questa brutta storia>> mi parlò con serietà.

<<Non possiamo dimenticarci di nulla, non lo stiamo facendo solo per noi, ma per tuo fratello, per mio nonno e per tutte quelle persone che subiscono angherie ogni singolo giorno. Sul posto di lavoro, nelle strade della città, ovunque guardi c'è differenza razziale. Io sarò da monito per gli altri. Dimmi, dove è accaduto e chi è stato?>> la supplicai con gli occhi.

<<Non cambierà nulla. Qualunque cosa farai, non cambierà mai nulla. Siamo schiavi senza catene, siamo burattini senza fili. John io ti amo e non voglio vederti come mio fratello, ucciso a manganellate su qualche marciapiede>> rispose piangendo.

<<Di questo non ti devi preoccupare, non accadrà. Se qualcuno non inizia a combattere, queste diversità non avranno mai fine. Faata ti scongiuro, dimmi cosa ti è successo e per mano di chi? Ti prometto che non farò nulla di folle, cercherò solo di coinvolgere la coscienza della gente. In questo modo potrò vendicare tuo fratello e mille altre persone. Non sono più estraneo a questi fatti, ora sono un Maori>>.

Faata voltò la testa sul cuscino per non incrociare il mio sguardo. Sapevo perfettamente che la peggiore delle ferite che ricopriva il suo corpo si trovava nel cuore. Rivangando la morte di suo fratello la profonda ferita che aveva nel cuore incominciò a sanguinare. Era straziante vederla sopportare un tale dispiacere, soprattutto in quelle condizioni, ma se volevo cambiare il destino dei nativi, dovevo assolutamente sapere da dove iniziare.

<<Stavo rientrando dal giro di sorveglianza sulle montagne di Puketi Forest. Qualche giorno prima mi era stato detto che delle persone si aggiravano armate nel bosco. Pensavo che fossero i soliti bracconieri, quindi lasciai la macchina al sicuro e incamminandomi a piedi mi diressi nei luoghi dell'avvistamento. Effettivamente vidi della gente che armeggiava con fucili e pistole di grosso calibro e si divertivano a

135

sparare a delle bottiglie di birra. Erano tutti ubriachi, dal primo all'ultimo>>. La interruppi per delle precisazioni. <<In quanti erano?>> domandai.

<<Cinque o sei, non ricordo precisamente, ricordo solo che erano americani e inglesi, la loro cadenza era evidente. Capii che non potevo fare nulla, quindi ripresi il sentiero per ritornare alla jeep per chiedere rinforzi alla radio. Ma evidentemente feci troppo rumore e quando me ne accorsi, avevo già tre di loro che m'inseguivano>>. La voce tremula di Faata s'interruppe ripensando al terrificante episodio. <<Mi misi a correre più forte che potevo e sapendoli ubriachi speravo di poterli seminare. Sfortunatamente inciampai in una radice nascosta dalla vegetazione e prima che potessi rialzarmi, li avevo già addosso>>. Faata deglutì e in silenzio riprovò la sensazione di disperazione. <<Mi gettarono a terra e mi bloccarono polsi e caviglie e aspettarono il resto del branco per decidere il da farsi. Quando furono tutti riuniti, decisero di darmi una lezione. Cercarono di spogliarmi per violentarmi, ma mi opposi con tutte le forze. Li graffiai in volto e scalciai fino a perdere la sensibilità nelle gambe. Quando capirono che non ci sarebbero riusciti, si accanirono su di me con pugni e calci. Credo che la loro intenzione fosse di uccidermi. Qualcuno passò poco distante con una macchina e così si dileguarono nel bosco. Sentivo il sapore del sangue in bocca, capii che ero messa male perché non riuscivo a rimettermi in piedi, ma ero cosciente, John ero pienamente cosciente e..>> lasciò in sospeso la frase. Qualcosa la turbava, conoscevo bene quella ragazza, sapevo che non c'era nulla che potesse inquietarla in quel modo. Era nervosa e mi guardava con due occhi tristi, come se avesse pietà di me.

<<Finisci per favore..>> la spronai.

<<E l'ultima cosa che sentii fu uno di quei balordi che gridava al suo amico di seguirlo>>.

<<Non capisco? Faata spiegati, non aver paura>>.

<<Lo chiamava Miller! Urlava a squarcia gola il tuo cognome>>.

Restai attonito con la bocca aperta e gli occhi iniettati di sangue. I muscoli del volto divennero duri come il marmo di una statua. Sentii il sangue ribollirmi nelle vene e aumentare di pressione in ogni vena del corpo. Le mani incominciarono a vibrare scosse da forti fremiti. Sentivo una creatura mostruosa crescere nel mio petto. Senza che volessi mi stava divorando il cuore e il cervello, rendendomi schiavo di un corpo senza pensiero e senza amore. Avvertivo il subdolo e meschino desiderio di compiere il più terrificante dei peccati. Volevo uccidere mio padre.

Lasciai Faata con una carezza sulla testa. Lei mi guardò uscire dalla porta e rispettosamente non mi disse nulla.

Vagavo per i lunghi corridoi piastrellati di azzurro ciondolando come un ubriaco. Il destino si era accanito su di me, mi aveva inflitto una punizione così tremenda che per la prima ora non riuscii a ragionare.

Quando mi fermai, mi accorsi che avevo percorso una decina di miglia. Forse mi trovavo ai piedi di una collina, solo e sotto la pioggia. Non sapevo da che parte dovevo andare per tornare a casa, sapevo solo che strada seguire per trovare quel farabutto di mio padre.

Dovetti usare tutta la mia forza di volontà per non permettere all'inconscio di prendere il sopravvento sulle mie capacità motorie. Temevo che un nuovo black out, mi avrebbe trascinato involontariamente alla taverna a ridosso del porto. Se questo fosse accaduto, a costo di perdere la vita, avrei trascinato all'inferno mio padre con le mie stesse mani.

Vagando nel nulla tra strade sterrate e boschi senza fine, raggiunsi un'abitazione di contadini. Suonai alla porta sperando di non spaventare nessuno. Mi aprì una vecchia signora che osservandomi negli occhi, si pose una mano sulla bocca e mi supplicò di entrare.

Ero zuppo d'acqua dalla punta dei capelli fino alle scarpe, il freddo mi faceva sbattere i denti con tanta violenza che avrei potuto scheggiarmeli.

La signora mi avvolse in una coperta e mi accarezzò come se fossi stato un figlio che non vedeva da anni.

In silenzio com'era apparsa, scomparve, lasciandomi solo dinanzi ad una piccola stufa a legna che emanava calore.

In quel momento, mi accorsi che la mia forza di volontà era più forte del desiderio di seppellire quel maledetto bastardo di mio padre.

Avevo superato la prova più importante della mia vita, ero riuscito a contenermi, a placare i demoni che ardevano nel mio cuore. Ero riuscito a reprimere la mia indole violenta e sopprimerla con la forza di volontà. Forse avevo raggiunto l'obiettivo che mio nonno sperava. L'autocontrollo.

La vecchia signora tornò con una tazza di brodo caldo fra le mani che ingurgitai in un fiato.

La signora dai modi gentili mi guardava rattristata, sembrava che capisse il dolore che portavo nel cuore.

<<Ragazzo, da dove vieni?>> mi domandò.

<<Sono il nipote di Maato>>. Risposi con un filo di voce.

L'anziana signora accennò a un sorriso e mi accarezzò sulla testa.

<<Conosciamo bene tuo nonno. Mio marito è un suo grande amico. Non siamo nativi, ma abbiamo sempre appoggiato le idee di tuo nonno. E' una brava persona e ci ha sempre parlato di un nipote che viveva lontano, ci parlava con la convinzione che

137

un giorno saresti tornato da lui. E a quanto vedo aveva ragione. Ma per quale motivo hai camminato fino in questa fattoria nel bel mezzo del nulla?>>.

<<Non lo so. Dovevo pensare, quando mi sono fermato, mi sono accorto che mi ero perso>>.

<<Avrai avuto molto a cui pensare per fare tredici miglia a piedi. Ragazzo non so cosa ti porti nel cuore, ma capisco che è qualcosa di molto ingombrante. Per questo non ti chiederò nulla, ma cerca di risolverlo quanto prima>>.

Annuii con il volto senza proferire una parola. Mentre la signora cercava altre coperte, entrò suo marito, un vecchio signore.

<<Caro, questo ragazzo è il nipote di Maato, si è perso ma per fortuna è arrivato fino a noi!>>.

<<Quante volte ti ho detto di non invitare persone in casa, non puoi sapere se è una brava persona. Prima o poi ti accadrà qualcosa di brutto. Altro che vedere il riflesso dell'anima!>>. Esclamò sbuffando.

<<Non farci caso, è un po' burbero per l'età, ma è un buon uomo. Non ti avrebbe lasciato fuori nemmeno lui>>. Replicò la signora guardandomi amorevolmente.

<<Si che lo avrei fatto!>>. Sbottò dalla camera adiacente suo marito.

<<Che cosa voleva dire, con "il riflesso dell'anima"?>>, chiesi con gentilezza.

<<Nulla di che. E' una cosa che mi trascino da molto tempo. Da bambina, mia nonna mi diceva che certe persone riescono a vedere oltre la materia. Mi spiegava che l'anima ha un riflesso e questo lo si può vedere negli occhi di chi ti sta di fronte. Se osservi attentamente, puoi vedere il colore della sua anima per riflesso. Se quest'alone è bianco, vuol dire che la suddetta persona è buona. Se invece è nero, vuol dire che è cattiva. Guardandoti negli occhi ho visto un oceano di grigio. Secondo me hai sofferto tanto nella tua vita, ma in cuor tuo sei una brava persona. Prima o poi il bianco prenderà il sopravvento, fidati>>.

<<Sciocchezze, scempiaggini, è la tua cataratta che ti fa vedere gli aloni. Smettila di dire stupidaggini>>. Urlò nuovamente il marito dalla camera vicina.

<<Tu fidati di me, con il tempo riuscirai anche tu a vedere il riflesso. E' solo questione di pratica>>. Sorrise con dolcezza.

<<Mi scusi per il disturbo, adesso devo andare>>.

<< Piove a dirotto, non ci pensare nemmeno. Ci penserà mio marito a portarti a casa>>. Con un sorriso divertito mi fece cenno di aspettare. <<Alfred, prendi la jeep e porta a casa questo giovanotto>>. Intimò con una voce più severa.

<<Ma Alisa! Tornerò che sarà tardi e la cena sarà fredda..>>.

<<Se non lo fai, non ce ne sarà proprio di cena. Muoviti!>>. Ordinò con pugno di ferro.

Il marito entrò in cucina accigliato trascinando i piedi. Prese il giubbotto dall'appendiabiti e indossandolo di malavoglia guardò in cagnesco la moglie.

<<Dovrei portare te dall'altra parte della città, e spartire il letto con questo sconosciuto. Sono sicuro che starei decisamente meglio>>. Esclamò prendendo le chiavi della macchina.

<<Muoviti brontolone, senza di me saresti già in un ospizio a mangiare liofilizzati..>>, rispose a tono la signora.

Il marito cercò una risposta che non arrivò mai e guardando crucciato la propria moglie, la baciò sulla fronte e uscì dalla casa per accendere la macchina.

<<Vienici a trovare quando vuoi, la porta per te è sempre aperta. Anche se non lo dimostra, sei simpatico a quel vecchio brontolone..>>.

<<La ringrazio di tutto, è stata gentilissima. Appena potrò, verrò a trovarla>>.

La signora mi baciò sulla fronte accarezzandomi più volte. Qualcosa mi suggerì che quella donna non aveva mai avuto figli, ma il desiderio di averne uno non era mai tramontato.

La salutai rendendole la coperta, poi salii in macchina e mi lasciai trasportare a casa.

CAPITOLO OTTAVO

La quiete prima della tempesta.

Il sole sorgendo all'orizzonte colorò di ambra la bruma che saliva dal mare.
Il vento sibilava tra i rami delle piante e un silenzio tombale avvolgeva i cento guerrieri che osservavano il loro capo.
Il grande Kainga Moka, ascoltava i sussurri delle onde che s'infrangevano sulla scogliera e sapeva perfettamente che a breve la guerra avrebbe avuto inizio.
L'intero villaggio si barricò nelle proprie capanne, donne, bambini e anziani, furono raggruppati e sistemati vicino alle caverne, così da potersi nascondere e scampare alla furia della battaglia.
Tutti gli uomini che potevano combattere si armarono per difendere le abitazioni.
Avrebbero sacrificato la vita per la loro terra, e ognuno in quel momento giurò di opporsi fino allo stremo delle forze per respingere i pakeha.
Moka e i suoi fedelissimi guerrieri, gli Hongi Hika, aspettavano con impazienza il fervore dello scontro. Erano tutti abilissimi combattenti cresciuti per un unico scopo, togliere la vita al proprio avversario.
Moka sapeva bene di essere in minoranza, ma sapeva altrettanto bene, che ogni guerriero era un formidabile strumento di morte.
All'orizzonte, delle grandi vele spiegate trainavano per merito del vento le gigantesche navi colme di soldati.
Dalla spiaggia pareva di assistere all'avanzata di animali giganti pronti a divorare l'isola.
Moka guardò fiero le innumerevoli navi schierate che procedevano a piena velocità e un brivido gli percorse la schiena.
Non era paura, era il brivido della violenza. Quella sensazione che lo spronava a essere temuto sui quattro angoli dell'isola. Quando quel brivido gli percorreva la schiena, la bestia che teneva imprigionata in corpo era liberata dalle sue catene. A quel punto non vi era pietà per nessuno.
<<Guerrieri. Hongi Hika. I pakeha sono all'orizzonte e a breve calpesteranno questa sabbia. Le pance di legno di quelle navi contengono molti soldati. Più di quanti possiamo immaginare. Hanno armi che possono uccidere a svariati passi di distanza, con il fragore del tuono e la forza del lampo. Sono protetti da tessuti rubati agli dei. E non avranno pietà per nessuno. Sono qui per ucciderci, per sottometterci, per renderci loro schiavi. Se ne avranno l'occasione, stupreranno le nostre donne e uccideranno i nostri figli. Ma io oggi vi dico, che la spiaggia di questa isola diverrà rossa per il sangue che verseranno i pakeha. Noi non temiamo i loro tuoni, perché noi stessi siamo figli della tempesta. Noi non temiamo le loro armature, perché il

140

nostro corpo, i nostri muscoli, sono stati temprati da mille battaglie. Noi non temiamo il loro numero, perché ognuno di noi vale come dieci di loro. Hongi Hika, voi siete i migliori guerrieri Maori che Aotearora abbia plasmato dalle proprie viscere, siete nati sotto le stelle della forza e del coraggio. Muovetevi veloci, non lasciate che abbiano il tempo di colpirvi con i bastoni che lanciano saette. Mirate ai punti più deboli. Aprite gole e spaccate i loro crani. Sulla sabbia saranno rallentati dal peso delle loro protezioni. La nostra terra ci aiuterà a sconfiggerli, dobbiamo assecondarla. Nel bosco utilizzate la vegetazione per confondervi e al momento propizio spazzateli via come un'onda impetuosa. Guerrieri, siete pronti a seguirmi anche nella morte per salvare la nostra madre terra?>> Ruggì Moka con la forza di un leone.

I cento guerrieri pronti a morire per il loro capo alzarono le armi al cielo. Gli occhi strabuzzarono dalle orbite. Le lingue furono mosse come serpenti. I muscoli delle braccia e delle gambe furono colpiti dalle mani. Il loro grido si alzò nell'aria durante la danza della guerra e raggiunse le orecchie dei soldati, che ammutoliti e spaventati temevano per la propria vita.

LA METAMORFOSI.

Non chiusi occhio per tutta notte, restai disteso sul materasso a guardare il progressivo avanzare della luce.

Un fascio di luce penetrava dalla finestra come una lama lucente e miliardi di minuscole particelle volteggiavano all'interno della lama senza trovare mai la pace.

Era il giorno della mia metamorfosi, avrei abbandonato per sempre la pelle che abitavo da più di trent'anni per indossarne una nuova dipinta di striature nere che determinavano la mia vera origine.

Avevo raggiunto il mio scopo. Disfarmi del passato per appropriarmi di un futuro diverso. Creato dalle mie mani e dai miei errori.

Avrei dovuto gioire per quell'opportunità che mi era stata concessa, ma purtroppo ero solo capace di pensare alle parole di Faata.

Ero deluso e amareggiato, ma più di ogni altra cosa, ero terribilmente infuriato con me stesso. Inspiegabilmente durante la notte avevo perso la voglia di vendicarmi e non sentivo più l'esigenza di uccidere la fonte del mio dolore.

Mi sentivo disgustato da me stesso, avrei voluto ritrovare la forza per liberare il demone che mi divorava dall'interno e portare a termine il mio compito.

Non potevo lasciare impunito quel personaggio, avrebbe cercato di rovinare altre ragazze e avrebbe creato altri orfani con un passato di violenza come il mio. Questo non potevo permetterlo.

Dopo una notte a pensare a come mi sarei comportato, arrivai ad un'unica conclusione, avrei spazzato via il covo dei marinai e avrei impartito a tutti una lezione durissima. Tutti gli inglesi e gli americani dell'isola avrebbero sentito parlare del mio nome.

Ero confuso, divagavo di continuo senza trovare una vera guida da seguire. Tra impulsi di morte ormai soffocati e sommosse guidate dalla mia parola, conclusi che era tempo di parlare con mio nonno. Solo lui avrebbe trovato il capo del groviglio che per tutta la notte mi aveva tenuto sveglio.

Mi alzai dal letto cigolante, indossai vestiti puliti e scesi in cucina. Mio nonno era già sveglio che osservava dalla finestra una giornata particolarmente radiosa.

La nebbia e il freddo dei giorni precedenti si erano dissolti nel nulla e l'unica conferma di quei giorni spettrali, erano l'erba umida e le ampie pozzanghere dall'acqua torbida.

<<Sei impaziente di diventare un Maori?>> domandò mio nonno restando immobile dinanzi alla finestra.

<<Non credo che un tatuaggio possa cambiarmi la vita, e sinceramente non so se me lo merito!>>.

<<Perché dici questo figliolo? C'è qualcosa che ti turba?>>

<<Ho scoperto chi è stato a ridurre Faata in quelle condizioni..>>

142

<<Chi è stato?>> un'ombra gli calò sul volto.

<<Mio padre..>> sussurrai atterrito.

<<Come hai intenzione di procedere?>> mi domandò serenamente.

<<Quando l'ho saputo, avevo voglia di ucciderlo, sentivo l'esigenza di togliergli la vita. Poi durante la notte ho perso la foga e quasi me ne vergogno>>.

Restai in silenzio a osservare mio nonno. Non parlava, forse aveva perso la sua sapienza e a stento cercava di controllarsi.

<<Ora sei un vero Maori. Come hai detto tu, le linee sul volto e sul corpo sono solo tatuaggi e un vero Maori non si valuta da quanti tatuaggi ha sulla pelle, ma da quanto dolore può sopportare nel proprio cuore. Adesso sei degno di ricevere il Moko, adesso posso morire in pace>>.

Restai basito dalle sue parole, la confusione che mi aggrovigliava il cervello fino a un istante prima si dissolse come la nebbia dei giorni precedenti.

<<Io non so cosa fare! Come posso esser degno di farmi chiamare Maori se non so nemmeno vendicare la mia famiglia!>> esclamai preoccupato.

<<Lo saprai ragazzo, devi solo lasciarti guidare dal cuore. Tu pensi troppo, devi imparare ad ascoltare il tuo cuore. Ogni suo battito ti racconta una storia, ascoltalo attentamente e vedrai che tutto diverrà più semplice..>>

<<La mia testa mi dice di andare nel covo di quei marinai e spazzarli via dalla faccia della terra. Mentre il mio cuore mi dice di preoccuparmi solo di Faata. Non so più cosa devo fare>> mi rabbuiai.

<<Lo sai perfettamente, solo che non l'hai ancora capito. Dai il tempo alla tua mente di fare pace con il tuo cuore. Quando questo avverrà, tutto ti sarà chiaro e saprai cosa fare>>. Il vecchio Maato si voltò e con le mani mi avvolse il volto. <<Sei ancora in tempo per declinare la consacrazione. Sei un Maori nel cuore non serve che te lo dipingi sul volto. Dimmi figliolo, cosa vuoi fare?>> mi domandò con un luccichio negli occhi.

<<Voglio consacrarmi Maori e ricevere da te il Moko, sono fiero di portare le linee sul mio volto e sono fiero di essere tuo nipote>>.

Uscimmo di casa lasciando Leopold con l'ingrato compito di svolgere le mansioni domestiche. Era visibilmente sconsolato per non poter assistere alla mia consacrazione. Purtroppo era un rito riservato solo ai nativi.

L'aria frizzante del mattino alleggeriva l'ansia che provavo. Un sole caldo lasciava intuire una splendida giornata quasi primaverile e un cielo terso scongiurava qualsiasi tipo di acquazzone.

Seguii il nonno sul sentiero che scendeva per la collina e attraversammo il bosco che delimitava la spiaggia bagnata dal mare. La cascata era sempre magnifica, una scultura naturale che non smetteva mai di sorprendermi.

L'acqua che scendeva a rivoli dalle montagne era azzurra e fredda, mentre il laghetto sottostante aveva perso le sfumature verdastre per trasformarsi in un occhio dal colore blu intenso.

Lasciammo la cascata e il fragore dell'acqua che s'infrangeva sui massi alle nostre spalle per inerpicarci lungo un piccolo sentiero impervio.

Le piogge invernali avevano reso sdrucciolevole il percorso e uno strato di muschio si era aggrappato alle rocce rendendole scivolose.

Maato camminava dinanzi a me silenzioso. Temevo per la sua salute precaria, ma sapevo bene che non c'era modo di dissuaderlo.

Dopo un'ora di scarpinata ci fermammo in una piccola radura.

Maato mi raccontò che Moka, prima dell'inevitabile guerra contro i coloni inglesi, si era addentrato nel bosco e aveva pregato gran parte della notte sui massi che fuoriuscivano dal terreno. Le sue richieste giunsero alle orecchie delle divinità, che per ricompensarlo della sua devozione, gli indicarono la direzione da intraprendere per recarsi da una leggendaria veggente.

Quando il chiarore del mattino gli permise di vedere la direzione da seguire, continuò a camminare verso la cima, spronato dalla convinzione che una vecchia donna con capacità ultraterrene lo potesse aiutare contro i pakeha.

Ascoltai in silenzio la storia dei miei antenati che si perdeva tra mito e leggenda dalla notte dei tempi. Ma decisi di tenermi ogni considerazione per me.

Riprendemmo la marcia in silenzio ascoltando la natura che ci circondava. Mio nonno osservava le piante come fossero vecchi amici ritrovati dopo molti anni. Le felci ci accarezzavano lasciandoci umidi i vestiti e un tappeto di foglie gialle ci avvolgeva i piedi rendendo meno faticoso il cammino.

Quando la salita divenne più ripida, le forze di Maato incominciarono a vacillare. Colpi di tosse secca gli impedivano di respirare in modo regolare, ma ciò nonostante non smise di avanzare.

Superandolo con ampie falcate mi sistemai dinanzi a lui e ponendogli la mano, lo aiutai nel tratto più faticoso.

L'escursione tra la natura e i racconti di mio nonno lo interpretai come un ritiro spirituale. Un modo veramente ingegnoso per farmi comprendere la filosofia Maori. Il significato era semplice tanto quanto la sua forma d'insegnamento.

La vita non è altro che un percorso in salita, sta a noi decidere se arrampicarci per conquistare la vetta o più semplicemente osservare la cima dalle sue pendici. Solo chi ha il coraggio di sacrificarsi per raggiungere la sommità della montagna, potrà avere una vita piena e senza paura.

Anche quella considerazione restò un pensiero che non si trasformò mai in verbo.

Quel viaggio mistico mi serviva per avvicinarmi ai miei antenati e all'unica cosa che i Maori credevano veramente importante. Aotearora, la terra dalla grande nube bianca.

Marciando tra lance di luce proiettate dai rami, ci avventurammo per un piccolo sentiero quasi inghiottito completamente dal verde.

Restava solo un piccolo avvallamento nel terreno, quasi impercettibile all'occhio, ma perfettamente distinguibile per un vecchio saggio come Maato.

Sempre in rispettoso silenzio seguii il mio mentore senza dubitare.

Osservando la cima della montagna notai un'enorme chioma che apriva i suoi imponenti rami sulla flora circostante. La dimensione di quella pianta era così incredibile, da far sembrare arbusti gli alberi che la circondavano.

<<Quella è la grande pianta madre, è lì che siamo diretti>> m'informò mio nonno.

<<E' veramente grande, non ho mai visto una pianta di quelle dimensioni>>.

<<Si dice che sia la primogenita di tutte le piante dell'isola. Il suo seme è stato messo nella terra dal grande dio Kio. Ai piedi della grande pianta madre vi era la dimora dell'indovina>> m'istruì Maato soffermandosi un istante a prendere fiato. << Per noi Maori è un luogo sacro. Sarà lì che avverrà la tua metamorfosi spirituale. Da pakeha a Maori>>.

Mentre seguivamo la grande chioma della pianta madre, incominciai a pensare a Faata. Avrei voluto che fosse con me in quel momento di transizione, ma sapevo perfettamente che le sue condizioni fisiche non le avrebbero permesso di alzarsi dal letto.

Arrivammo a ridosso di una parete rocciosa che s'innalzava oltre la foresta per salire verso la vetta.

Dalle sue crepe zampillava dell'acqua fredda e trasparente. Congiungendo le mani a cucchiaio riuscii a dissetarmi e immediatamente mi sentii sferzato dalla vitalità.

Anche Maato bevve l'acqua che si formava dallo scioglimento della neve in vetta, era provato e affannato. Si sforzava di non tossire per non preoccuparmi, ma fu impossibile non vedere gli spasmi della cassa toracica.

<<Siamo quasi arrivati, ci manca poco!>> esclamò sciacquandosi il volto.

<<Nonno, ti vedo stanco, riposiamoci ancora un po'>> cercai di convincerlo sedendomi a terra.

<<Non possiamo John, è vero, sono stanco e allo stremo delle forze, ma è una fase molto importante quella che stiamo facendo. Giù dal pendio, sulla spiaggia di Moturua ci stanno aspettando>>.

<<Lo capisco, ma la tua salute è più importante della mia consacrazione>> utilizzai un tono più severo.

<<La mia salute è importante quanto la tua consacrazione, ti dico che sto bene e dobbiamo proseguire>> chiuse il discorso.

Stimai approssimativamente la distanza tra noi e la grande pianta madre. Di buona lena e senza troppe soste in una mezzora saremmo arrivati. La fatica però avrebbe messo a dura prova il fisico ormai indebolito di mio nonno e temevo seriamente per la sua vita.

Incredibilmente, Maato, ritrovò una forza d'animo incredibile. Ogni molecola e cellula del suo corpo stavano compiendo uno sforzo sovrumano e mantenendo un'andatura regolare m'impose una cadenza da giovane sherpa.

Arrivammo nei pressi della pianta madre nel tempo stimato. Maato per non perdere ossigeno prezioso, non sibilò una sola parola.

Aveva gli occhi febbricitanti e lo sguardo provato, ma ciò nonostante, la sola vista di quell'immensa pianta, lo riempì di una gioia immensa.

Mi sedetti sul terreno, dove un tappeto di foglie morbide mi accolse delicatamente. L'odore di terra bagnata si mischiò al profumo di sottobosco e assaporando a pieni polmoni quella dolce essenza, guardai mio nonno.

Come un amante, accarezzò la sua vecchia amica. La scrutò in ogni suo piccolissimo particolare. Fece attenzione a ogni nuova ferita che portava sulla corteccia e soffrì con lei. La guardava con amore, mentre lei come una madre protettiva, sembrava che lo custodisse gelosamente dal resto della boscaglia.

<<Vieni qui John!>> esclamò.

<<Dimmi nonno>>.

<<Ti presento la grande pianta madre. La capostipite di tutte le piante dell'isola. Seminata dalla mano di Kio in persona. Toccala, appoggia le tue mani sul suo tronco, cerca di sentire l'energia che la attraversa>>.

Senza esitare eseguii le istruzioni. Appoggiai le mani sul tronco ruvido della pianta e cercai di sentire qualcosa.

<<Non stai appoggiando le mani sul sedere di una bella ragazza. Stai accarezzando la figlia di un dio, l'essenza della vita. Chiudi gli occhi e concentrati. I tuoi sensi non ti servono a nulla. Certe sensazioni, si avvertono con un gioco bilaterale tra cuore e mente. Fonditi con lei. Lasciati assorbire dalla sua presenza>>.

Mi scansai di qualche metro per trovare la mia intimità. Respirai a pieni polmoni. Osservai quel monolite vivente nella sua magnificenza. Appoggiai le mani con discrezione e dopo qualche secondo sentii la necessità di appoggiare anche la fronte. Restai immobile, concentrandomi su quell'essere straordinario che stavo abbracciando. A un tratto, quando pensavo che fosse solo frutto dell'immaginazione di mio nonno, una vibrazione mi passò sotto i palmi. Continuai a concentrarmi. Un formicolio s'impossessò delle mani, avvertivo la sua forza scorrere attraverso il legno e penetrarmi nel corpo. Quella pianta era viva, era l'essenza stessa della vita. Una fonte inesauribile di vitalità. Il formicolio si propagò alle braccia invadendo il corpo.

146

Ero un tutt'uno con la pianta madre, non mi sentivo più un singolo, ma parte integrante di lei.

<<Nonno, sento la sua forza, la sua vitalità, la sua energia>>.

<<Bravo John, assorbila, lasciati nutrire, è la forza più potente dell'universo. E' quella che ha creato ogni cosa>>.

Mi lasciai rigenerare da quella forza ancora sconosciuta. Quando mi staccai, non vidi più dinanzi a me una semplice pianta con un tronco ruvido. Ero alla presenza di una forma di vita superiore, creata dalla mano di un dio.

Mio nonno mi prese sotto braccio e, camminando, mi narrava storie millenarie. Ero completamente dedito alla sua attenzione. In quel luogo incantato dove anche le piante trovavano il modo di comunicare, sentivo in me la voglia di dare fiducia a mio nonno. Non lo vedevo più come un cantastorie di metafore. Era un erudito narratore di leggende, nate da un fondo di verità.

<<Guarda qui John, sai cosa sono queste pietre?>> mi domandò indicando con il dito degli accumuli sul terreno.

<<Sembrano dei resti di qualcosa!>>.

<<Sono i resti di una capanna. Qui ci viveva la vecchia veggente. Una donna con delle abilità incredibili. Poteva leggere nel futuro. Comprendere il passato e manipolare il presente. Era la guardiana della grande pianta madre e Moka ne aveva grande rispetto. Chiese consiglio a lei per la guerra contro i pakeha. Si dice che Moka, sapesse in anticipo molte cose e che con pochi guerrieri, riuscì a placare l'avanzata di oltre ottocento soldati armati. John prima di ridiscendere il crinale per la conclusione della tua consacrazione dovrai fare un'ultima cosa!>>.

<<Dimmi nonno, cosa devo fare?>>.

<<Dovrai parlare con i tuoi antenati, viaggiare sul filo del tempo e ripercorrerlo a ritroso. Dovrai congiungerti a essi e lasciarti consigliare. Qui, in questo luogo sacro, dove la grande indovina ci sarà di aiuto e sarà la tua guida, la tua anima si staccherà dal corpo e viaggerà oltre le barriere del tempo e dello spazio. Quando tornerai, sarai pronto>>.

Non mi opposi, se quella era la sua volontà, l'avrei soddisfatto.

Mi adagiai al suolo sedendomi su dei massi. Mio nonno nel frattempo estrasse dal marsupio un mazzolino di erbe intrecciate. Ero rilassato e consapevole di quello che stavo facendo. La mia ignoranza, la mia ostinazione, la mia ostilità e il mio scetticismo li abbandonai per sempre.

Maato accese la treccia spegnendo immediatamente la fiamma viva. Uno strato di braci rosse incominciò a bruciare lentamente facendo emergere un fumo denso.

Inginocchiandosi dinanzi a me incominciò a sventolare la treccia creando degli anelli attorno alla mia testa. Una cantilena di parole Maori dal tono incomprensibile incominciarono a instillarsi nella mia mente.

Dopo qualche minuto quelle stesse parole indecifrabili, incominciai a ripeterle a memoria. Sentivo l'aroma dolciastro delle erbe che bruciava e penetrava nei miei polmoni.

Le palpebre si appesantirono, il mio respiro rallentò. La testa mi ciondolava sulle spalle in balia di una forza misteriosa.

La luce si affievolì e l'oscurità mi risucchiò in un vortice trascinandomi in un luogo misterioso. Mi trovavo sul confine del tempo e dello spazio e fluttuando senza l'ingombro fisico del corpo.

La voce di mio nonno divenne un eco lontano che si perse nel nulla. Ero solo e vagavo nelle tenebre. Da lontano vidi una figura misteriosa avvicinarsi con sospetto. Era una vecchia vestita di stracci che indossava un copricapo fatto di penne. Le sue unghie erano lunghe come artigli, la sua pelle bianca come la neve. I suoi occhi grigi come quelli di un lupo.

Avvicinandosi mi porse la mano e senza timore la afferrai. Mi guidò all'interno di un bosco, dove le piante si voltavano per osservarmi e le stelle si muovevano a loro piacimento.

Sorvolammo un mare piatto come uno specchio e giungemmo su una spiaggia rossa come il sangue.

Molte persone mi osservavano, erano Maori, grandi guerrieri del passato. La vecchia mi lasciò la mano e senza parlare m'istruì su cosa dovevo fare.

Camminai sulla spiaggia che scoprii essere intrisa di sangue. Costeggiai una fitta vegetazione e mi addentrai all'interno di un villaggio.

Seguii una via di terra battuta costeggiata da baracche e infine, arrivai dinanzi ad una grande capanna circolare.

Senza esitare spinsi la porta di legno e avanzai nell'oscurità. Ero calmo, non provavo nessun tipo di emozione. Un fuoco si accese improvvisamente nel centro della capanna. La fiamma volteggiava a mezzo metro dal suolo rischiarando quel pozzo di oscurità.

Attorno a quel fuoco scorsi altre persone. Uomini alti e dai corpi possenti. Mi guardavano compiaciuti ed io avanzai unendomi al cerchio.

La fiamma vibrò e volteggiò lentamente collocandosi difronte al grande Kainga Moka. Il suo volto era percorso da linee che formavano dei disegni che si prolungavano sulla spalla destra e scendeva sul braccio per chiudersi come un bracciale sul polso. M'indicò con calma ogni disegno geometrico ed io lo memorizzai.

148

La fiamma che ardeva librandosi nell'aria si spense improvvisamente lasciandomi solo a barcollare nel buio. La mano ossuta della vecchia mi agguantò di nuovo e mi trascinò con forza oltre le correnti del tempo e dello spazio. Sapevo che la sua presenza era importante, senza di lei non sarei mai riuscito a tornare.

La voce di mio nonno si fece sempre più forte fino quando potei sentirla con vigore. Aprii gli occhi, ed ero tornato.

<<Figliolo.. John è tutto a posto, sei tornato. Bravo figlio mio!>> esclamò spegnendo la treccia di erbe divenuta ormai un mozzicone.

Un forte senso di nausea mi fece tossire, mi sentivo confuso e disorientato. Con l'aiuto di mio nonno riuscii ad alzarmi e compiendo qualche passo incominciai a ristabilirmi.

<<Nonno ci sono riuscito, ho visto tutti i miei antenati. Moka mi ha fatto vedere i suoi tatuaggi. Li ho imparati a memoria>> esordii eccitato.

<<Ragazzo disegnali nella polvere, fammi vedere cosa ti ricordi!>>.

Impugnai un bastone e incominciai a disegnare delle linee sul terreno. Le linee divennero sempre più articolate trasformandosi in disegni e simboli. Maato mi osservava strabiliato e sorridendomi ammiccava compiaciuto.

<<Bravo, bravo ragazzo. Sei degno della tua stirpe. Adesso possiamo ultimare il tuo passaggio>>.

Ancora incredulo per l'esperienza ultraterrena, vidi qualcosa o qualcuno muoversi nel bosco. Aguzzai la vista e seguii l'ombra che svaniva e ricompariva a suo piacimento. Maato, si era già messo in cammino, pronto per ridiscendere la montagna dal versante opposto. La sua tenacia continuava a sbalordirmi.

Mi sciacquai il volto imperlato di sudore in una pozzanghera di acqua piovana e mi lanciai al suo inseguimento.

Un rumore alle mie spalle mi fece voltare di scatto. Osservai attentamente la natura che mi circondava. Dinanzi a me la grande pianta madre apriva i rami in un triste saluto. Con un sorriso la ringraziai per l'energia che mi aveva concesso e, prima di riprendere il cammino, restai folgorato da una strana apparizione.

Ai piedi della grande pianta, un'anziana signora mi guardava impassibile.

La sua pelle era talmente chiara da mettere in risalto le vene azzurrine. Alzai un braccio per salutarla, ma lei con un passo scomparve all'intero del tronco.

Anche quel particolare sarebbe rimasto un segreto che averi portato con me fino alla fine dei miei giorni. Forse Maato mi avrebbe creduto, ma quell'attimo fuggente di pura magia, mi sembrò un dono e decisi che lo avrei custodito gelosamente.

Ridiscendemmo il crinale aiutati dalla pendenza. Il sole era alto nel cielo e una strana atmosfera aleggiava nell'aria. I nostri passi si perpetuavano all'infinito scanditi da un eco che riecheggiava nella foresta. La natura si era assopita dal flebile sole di fine inverno e godeva del suo tepore prima che sopraggiungesse la fredda notte.

Maato proseguiva sul sentiero come una vecchia locomotiva a carbone, per quanto la caldai fosse al massimo dello sforzo, non si concedeva un solo secondo per riposare. A quel punto incominciai a dubitare di me stesso. Forse ero io ad aver bisogno di una sosta e tutte le mie lamentele non erano altro che un desiderio inconscio per prendere una piccola pausa.

L'unico istante che mi fu concesso per fermarmi, fu per allacciarmi una scarpa, ma appena il nodo si strinse sulla linguetta, Maato aveva già ripreso la sua personale maratona verso valle.

In meno di un'ora avevamo percorso l'intero sentiero che scendeva dalla montagna. La vegetazione cedette il posto a una radura di fiori ed erba verde che cresceva rigogliosa.

Cambiando direzione proseguimmo il cammino verso il mare. Ero esausto e assetato e non vedevo l'ora di arrivare alla mia tappa finale. Dopo quell'immenso dispendio di energie, non temevo più il dolore che avrei dovuto affrontare. Volevo solo sdraiarmi e lasciare riposare i muscoli indolenziti delle gambe, preferibilmente con una bibita ghiacciata per placare l'arsura della gola.

In lontananza vidi il mare, una splendida estensione blu con riflessi azzurri che si espandeva all'infinito.

Il calore della piana incominciò a stringere la sua morsa, l'aria fresca della vetta era un dolce ricordo che c'eravamo lasciati alle spalle e con esso l'acqua fredda che zampillava dalle rocce.

A un tratto mio nonno si bloccò di colpo, prese il suo inseparabile coltello che teneva nel marsupio e recise due piante verdastre che crescevano sul terreno palustre.

<<Questa è acqua di palude, filtra dal terreno e resta intrappolata sulla superfice dall'argilla. Nelle piane è facile imbattersi negli acquitrini, ma ricorda che quest'acqua non è buona da bere. E' contaminata da batteri di ogni genere che potrebbero ucciderti nell'arco di poche ore. Per dissetarti devi cercare questa pianta, nasce da un piccolo tubero che resta aggrappato nel fango e assorbendo l'acqua sporca la filtra attraverso la fibra. E' ricco di sali minerali, ti aiuterà a recuperare l'energia molto velocemente. Basta solo strappare le foglie esterne e mangiare il contenuto bianco. Stai attento a recidere la pianta, non strapparla per nessun motivo. Se la recidi, entro qualche settimana il tubero ancora vivo provvederà a far nascere una nuova pianta. Se la estirpi, morirà e non potrà aiutare gli americani come te che si perdono in queste zone. Capito John?>> esclamò sorridendo passandomi la pianta appena recisa.

Essendo a corto di saliva mi limitai ad annuire con il volto e strappando velocemente le foglie, addentai il bianco traendone subito beneficio.

La fibra rilasciò acqua dolciastra con un sentore salino, masticai la pianta fino all'ultimo pezzo senza avanzare nulla. Questo riuscì a placare la sete e immediatamente mi sentii ristorato e rinvigorito.

Dopo quasi due ore, giungemmo a destinazione. In lontananza, sulla spiaggia bianca come farina, vidi un gruppo di persone che si sbracciava per segnalare la loro posizione. Mio nonno restituì il saluto e aumentando il passo si diresse verso di loro. Una comitiva di persone ci stava aspettando. Tutti vestiti con il classico vestiario Maori. Fui accolto nel gruppo con abbracci e strette di mano, mentre i più anziani mi posero i loro ossequi con il più tradizionale saluto Maori. La congiunzione del naso. Sentivo di far parte di una grande famiglia, dove mio nonno ero conosciuto come il capostipite.

Tutti gli portavano un grande rispetto e in quel momento mi accorsi di essere un privilegiato. Nel tempo che trascorsi con mio nonno, non feci altro che trattarlo come un amico. Utilizzando un linguaggio inappropriato e un tono che non si sarebbe mai meritato.

Due anziani ricoperti di tatuaggi mi presero in consegna. Mio nonno mi guardò orgoglioso mentre la gente si radunava attorno a lui. Io gli restituii uno sguardo fiero e pieno di ammirazione.

Per la consacrazione finale era stata preparata una capanna fatta di arbusti e pezzi di legno trovati nelle vicinanze.

La spiaggia era stata cosparsa di fiaccole che si sarebbero accese qualche minuto dopo l'imbrunire.

Mentre, all'ombra della vegetazione che arrivava a ridosso della spiaggia, erano state accatastate bottiglie contenenti uno strano intruglio biancastro.

Fui trasportato nella capanna fatiscente e mi fu chiesto di spogliarmi dei vestiti. Con un minimo d'imbarazzo mi denudai e celando gli attributi con le mani, i due anziani incominciarono a cospargermi il corpo con un unguento.

Sentivo la pelle impiastricciata dalla strana sostanza oleosa e non sapevo a cosa servisse.

Quando ogni centimetro quadrato del mio corpo fu completamente imbrattato, fui avvolto da un gonnellino striato e un mantello fatto di piume.

Uscii dalla capanna accompagnato dai due saggi. La gente ammutolì e, quando avanzai ponendomi al centro del gruppo, tutti urlarono all'unisono.

I tamburi incominciarono a scandire il tempo e una danza antica incanalò la sua energia nelle persone che danzavano.

Mi sedetti al fianco di Maato. Era il posto riservato al grande capo. Solo i discendenti del grande Te Kainga-Maata, ovvero Moka potevano sedersi sul grande tronco. Tutti gli altri si disposero sulla sabbia aspettando il discorso del loro capo.

<<Fratelli, noi siamo uniti da un legame indissolubile. Noi siamo Maori. Io sono Maato Karana e discendo per via diretta dalla stirpe di Kainga Maata. Nei secoli abbiamo combattuto insieme, abbiamo difeso le nostre famiglie e cercato di migliorare la nostra posizione verso gli inglesi e tutti i pakeha. Spero di avervi guidato lungo il cammino con forza e intelligenza. Ora che il mio tempo è quasi giunto al termine e sento le forze abbandonarmi lentamente, sono contento di poter affidare il mio compito all'ultimo discendente della mia stirpe. Mio nipote. Come sapete arriva da un luogo lontano, ha dovuto conoscerci, imparare le nostre tradizioni e capire i nostri usi e costumi. Ma come immaginavo, ha dimostrato forza e determinazione>>. Soffermandosi un istante mi guardò intensamente, come se volesse catturare dai miei occhi l'ammirazione che provavo per lui e per la fiducia che mi aveva sempre dato. <<Si è lasciato plasmare e convertire e alla fine ha dimostrato di essere un Maori. Il suo percorso è stato lungo, il pakeha che era arrivato su quest'isola è ormai morto, ma è sorto un uomo nuovo, con dei valori e dei forti principi. E' nato un Maori>>. Il gruppo di persone applaudì al discorso e alzandosi in piedi dimostrarono la loro fedeltà.

<<Oggi siamo stati alla grande pianta madre. Come me in passato, anche mio nipote, oggi ha celebrato il rito. E sono felice di dirvi che ci è riuscito. E' ritornato dall'oblio con giusti segni>>. La gente saltò e si abbracciò, tutti mi osservarono come se fossi il loro salvatore. <<Sul terreno mi ha tracciato il moko del grande Kainga. E' degno di prendere il mio posto, ma per far sì che accada dovete esser sicuri anche voi. Vi chiedo quindi di iniziare la consacrazione>>.

Gli anziani mi aiutarono ad alzarmi dal suolo. Mio nonno mi afferrò una mano sorridendomi. Fui accompagnato vicino a un falò, dove bolliva una grossa pentola. Il sole infiammò d'arancione la spiaggia, entro qualche minuto le fiaccole sarebbero state accese e la notte avrebbe avvolto la mia celebrazione.

Fui adagiato al suolo sopra una stuoia fatta di felci. Intuivo che la mia consacrazione non sarebbe stata solo metaforica, qualcosa mi diceva che avrei dovuto stringere i denti e dimostrare a tutti che fossi all'altezza della situazione.

Quattro uomini m'immobilizzarono braccia e gambe, mentre dal pentolone fu estratto un mestolo fumante.

Decisi in quel momento di estraniarmi. Con la forza del pensiero attraversai i ricordi della mente raggiungendo ogni porzione di vita che mi aveva sferzato di dolore. Se fossi riuscito a concentrare tutta quella sofferenza, nulla mi avrebbe fatto male.

Pensai a mia madre e al giorno del funerale, alle famiglie che mi adottarono, alle botte prese all'orfanotrofio. A ogni sconfitta subita sulla strada. Ai rancori e tormenti di una vita trascorsa allo sbando. Pensai a mio padre, allo stupro di mia madre, al tentato stupro di Faata. Al suo volto martoriato e al corpo ricoperto di lividi.

Improvvisamente caddi in una catalessi cosciente, mi accorgevo di quanto stava accadendo attorno a me, ma non sentivo nulla.

Vidi il mutare del cielo, con i suoi riflessi rossi fino a divenire un quadro buio e ricoperto di stelle. In quel vortice di ricordi strazianti, il tempo perse il suo significato e il dolore si trasformò in un amico sincero.

Dopo un'alternanza di persone che si susseguiva da diverso tempo, mio nonno, Maato Karana, mi accarezzò la fronte sudata.

<<Alzati figlio mio, sei pronto!>> urlò ai quattro venti.

Ripresi conoscenza dallo stato in cui mi ero rifugiato. Tutto attorno a me divenne chiaro e limpido. Anche il dolore non tardò a farsi sentire. Ma lo sopportai con fierezza.

<<Mio nipote, l'ultimo figlio della grande nube bianca. Io oggi ti consacro con il nome di… Pookaakaa. Il suo significato è bufera, burrasca, tempesta e tormenta. Come il carattere che ti contraddistingue. Come un elemento naturale degno della distruzione, difenderai il tuo popolo e ti abbatterai con potenza su chiunque voglia costringerlo in catene. Dimentica il nome pakeha che ti è stato affibbiato, da oggi tu sei il nuovo capo Maori. Discendi dalla stirpe dei Kainga Moka e occuperai il mio posto. Pookaakaa saluta il tuo popolo!>>.

Dalla foresta che avevo alle spalle, sopraggiunse molta gente di ogni età. Arrivarono dal mare con barche e canoe. Dalla spiaggia altre persone si unirono ai pochi eletti per la mia consacrazione.

La piccola cerchia di persone si trasformò in una folla che si allargava a vista d'occhio.

Illuminato dal fuoco che ardeva, la mia nuova immagine fece chinare il capo a tutti i presenti. Come fedeli sudditi s'inginocchiarono al mio cospetto, aspettando impazienti un discorso dal loro nuovo capo.

<<Popolo di Aotearora, alzatevi! Da oggi in poi non ci saranno più Maori che dovranno inchinarsi dinanzi a nessuno. Questa è la nostra terra, la nostra patria. Per troppo tempo i nostri occhi hanno dovuto abbassarsi dinanzi ai pakeha. Troppo a lungo le nostre ginocchia hanno dovuto baciare il terreno. Noi siamo i figli legittimi di questa terra e nessuno potrà mai obbligarci a stare in catene. Catene invisibili, forgiate dall'avidità degli inglesi, con cui ci tengono sottomessi ai loro capricci. Noi e solo noi abbiamo il diritto di decidere della nostra vita. Troppe vite sono state stroncate dalla loro malvagità. Troppe persone sono prigioniere dei loro capricci. Non

siamo animali e se è quello che credono che noi siamo, allora trasformiamoci in squali e divoriamo chiunque ci voglia sottomettere. Popolo di Aotearora, fratelli Maori, siete pronti a seguirmi con la stessa fedeltà con cui avete seguito Maato Karana? Siete pronti ad accettarmi come vostro capo? Io sono Pookaakaa, l'ultimo figlio della stirpe di Kainga Moka e vi chiedo di seguirmi nelle tenebre dell'oppressione per risorgere a nuova luce>>.

Un tuono di voci squarciò il silenzio. Le fiaccole si alzarono al cielo mentre i tamburi intonarono il loro ritmico battito.

Mio nonno mi raggiunse tra la folla, ero contento che fosse lì con me. La sua presenza mi rassicurava e ogni sua parola riusciva a diffondermi serenità.

Mentre camminavamo, la folla dinanzi a noi aprì un varco lasciando libero il passaggio. Eravamo sovrani di un popolo invisibile, reali che potevano vantare solo forza e determinazione. Non avevamo castelli o denaro, ma eravamo ricchi di speranza e volontà.

Seguii mio nonno nel bosco, la fiaccola che teneva in mano illuminava il sentiero che si allontanava dalla spiaggia.

Sentivo la terra avvolgermi i piedi scalzi, l'umidità della notte scendere dalle foglie per darmi sollievo sulla pelle.

Camminammo senza parlare fino a uno stagno in cui si rifletteva una luna gialla come oro.

<<Sei stata molto bravo Pookaakaa, sono fiero di te. Onora le parole che hai giurato al tuo popolo. Loro ti seguiranno ovunque e faranno qualsiasi cosa per te. Da oggi hai dei doveri e degli obblighi che prima ignoravi. Sono sicuro che saprai essere un ottimo capo>>. Si congratulò tenendomi una mano appoggiata sulla spalla.

<<Con il tuo aiuto e la tua saggezza saprò aiutare la gente del nostro popolo nonno!>> esordii stringendogli la mano.

<<Ma io non ci sarò ancora per molto. Dovrai continuare da solo quello che ho lasciato in sospeso. Salvare il nostro popolo. Salvare i Maori>>.

<<No nonno, non devi parlare così. Ho ancora bisogno del tuo aiuto, non puoi lasciarmi>>.

<<Non vado lontano, sarò lassù tra le stelle e con tutti i nostri antenati osserverò le tue gesta. Sono sicuro che farai grandi cose>>.

<<E se non ci riuscissi, se non fossi ancora pronto?>> domandai rattristato.

<<Guarda tu stesso chi sei divenuto. E' solo grazie alla tua volontà, ai tuoi sacrifici, alla tua determinazione che sei potuto diventare un Maori e un grande capo. Osserva!>>.

Dirigendo la fiaccola sul pozzo d'oscurità, lo specchio d'acqua dello stagno mi rivelò la mia nuova identità. Parte del mio volto era striato da linee che convergevano sul mento. La spalla e il braccio destro erano ricoperti da cerchi concentrici con disegni spettacolari al loro interno. Ogni disegno o linea aveva il suo significato. Il petto era ricoperto da fluide linee, che morbide tratteggiavano altri disegni tribali. Parte del fianco era dipinto da decorazioni che proseguivano verso la gamba destra e si concentravano sulla coscia e sul polpaccio terminando con un bracciale sulla caviglia. Ogni simbolo rappresentava la tenacia e la forza. L'energia e la spiritualità. Protezione e nobiltà di carattere. Le proprie origini e la forza dei guerrieri. Fortuna ed equilibrio. E infine l'armonia e la famiglia.

<<Devi avere fiducia in te! Lascia che il tuo cuore faccia pace con la tua mente e vedrai che tutto andrà bene. Adesso torniamo alla festa, sei tu il festeggiato d'onore. Dovrai bere con tutti fino all'alba. Ti aspetta una lunga notte, grande Pookaakaa>>. Per tutta la notte mi dedicai ai balli Maori. Bevevo la strana sostanza biancastra che avevo notato nella vegetazione al mio arrivo. Una sorta di alcolico ricavato dalla fermentazione di qualche frutto. L'alcol mi aiutò a non avvertire più il bruciore sulla pelle e per tutta notte danzai con i guerrieri e ringraziai il mio popolo.

CAPITOLO NONO.

Che la guerra abbia inizio.

William Hobson teneva la spada alzata per lanciare il segnale di attacco.
155

Ogni soldato osservava il Commodoro con il cuore che gli batteva in gola e il respiro strozzato.

A tutti era giunta la voce della ferocia dei Maori. Ogni soldato era consapevole che la morte avrebbe potuto rapirli appena sbarcati.

Mentre a William, quelle informazioni giunte per merito dei superstiti, non creavano nessun tarlo. Era sicuro delle proprie forze, della propria abilità come spadaccino e infallibile cecchino.

Pensava divertito che le menti labili dei suoi soldati erano corrose dalla paura ancor prima della battaglia. La morte avrebbe reclamato i suoi corpi entro qualche istante ed era quello che si meritavano.

Le navi erano state disposte come un plotone d'esecuzione. Erano stati gli ordini di William a volere un tale dispiegamento.

Era convinto che l'impatto visivo avrebbe sferzato il primo colpo, mentre il secondo sarebbe stato l'invasione di massa.

La spiaggia si avvicinava velocemente e le sagome dei nativi incominciavano a prendere forma. Le piccole macchie iniziarono a definirsi e poco a poco si poté valutare le dimensioni.

I cento Maori che erano sulla spiaggia, superavano in altezza qualsiasi soldato inglese. I loro muscoli brillavano alla luce del sole, mentre i loro volti deturpati da strane linee, invocavano terribili presagi di morte.

Moka osservava con attenzione l'avanzata delle grandi navi. I suoi guerrieri non temevano lo scontro. Non lo avrebbero mai abbandonato. E non sarebbero mai scappati.

Il sole risplendeva nel cielo, all'orizzonte i gabbiani osservavano le vele spiegate dei vascelli lanciando grida straziate.

Moka stava attento a cogliere i segni del destino. Una foglia che si librava nel vento, un pesce morto punzecchiato da un granchio e il sibilo del vento che, scendendo dalle montagne, portava un lieve refrigerio.

Il momento era giunto, le navi s'incagliarono nel basso fondale e la lama lucente di William si abbassò con un unico gesto.

Il segnale fu impartito anche agli altri vascelli. <<All'attacco senza paura nel nome della regina. Morte a chi arretra!>> urlarono i tenenti spronando i propri soldati a correre verso la battaglia.

Moka osservò l'avanzata di quegli uomini che correvano nell'acqua. Tenevano i loro bastoni alti sopra la testa e a breve avrebbero invaso la sua terra.

<<Hongi Hika, miei fedeli guerrieri, il tempo è giunto. Muovetevi come la tempesta e dimostrategli chi sono i Maori. E' tempo di morte. Avanti... ...>>. Ruggì alzando le armi al cielo.

156

Moka fu il primo a lanciarsi nell'acqua per fermare l'avanzata dei pakeha. I suoi guerrieri lo seguirono senza esitare. Come demoni si muovevano rapidi e mietevano vittime. Gli inglesi trovandosi svantaggiati per l'acqua alta non riuscirono a sparare e il primo plotone fu spazzato via velocemente.

Le baionette si scontrarono con le lunghe lance. Le tavole di legno ricoperte di denti di squalo squarciarono le gole e frantumarono i loro crani.

Di fronte a tanta potenza gli inglesi perirono ancor prima di toccare la spiaggia.

I guerrieri Maori non cedettero di un solo metro ma al contrario continuarono ad avanzare.

William Hobson vedendo il massacro ordinò al secondo plotone di avanzare e nel frattempo fece raggirare il campo di battaglia da innumerevoli soldati sbarcati sulla spiaggia da una diversa postazione.

I soldati si ritrovarono nell'acqua rossa del sangue dei caduti. I loro corpi galleggiavano esanimi. Ma non vi era nessun corpo degli avversari.

Moka notò uno strano movimento laterale così ordinò di dividersi in due gruppi. Una loro parte avrebbe continuato a lottare in acqua mentre gli altri avrebbero raggiunto la spiaggia per evitare di essere attaccati alle spalle.

I soldati incominciarono a essere più cauti. Avanzavano a piccoli passi. Qualcuno cercò di sparare, ma l'acqua aveva inumidito la polvere da sparo così oltre a qualche scintilla, dalla canna non uscì nulla.

Presi dal terrore, i soldati, indietreggiarono. Ma William Hobson dalla nave infilò una palla di piombo nella schiena di un soldato che stava disertando.

<<Avanzate o vi faccio impiccare uno a uno all'albero maestro.>> Urlò come un forsennato.

I soldati compresero che la morte era inevitabile. Si trovavano tra due fuochi che non avrebbero lasciato scampo. Sguainando le loro spade trovarono la forza di avanzare compatti.

Moka era in netta minoranza. Metà dei suoi guerrieri era sulla spiaggia che combatteva contro le truppe inglesi. I soldati che riuscirono a conquistarsi la terra ferma poterono imbracciare i fucili e i primi tuoni incominciarono a echeggiare nell'aria.

Gli Hongi Hika ricordavano gli insegnamenti del loro capo. Si muovevano veloci e non permettevano ai pakeha di premere il grilletto.

Le lance si scontrarono con le spade e per qualche istante resistettero, ma il metallo più resistente riuscì a vincere sul legno e i guerrieri dovettero utilizzare solo mazze piatte e clave dentate.

Moka vide i suoi guerrieri cadere a terra. Sulla spiaggia avevano bisogno di lui. Con una ferocia sovrumana si scagliò contro i pakeha che giungevano dalle navi, decimandone il più possibile, e poi ordinò di arretrare sulla spiaggia.

Hobson osservava eccitato lo svolgersi della guerra dalla nave. Provava un misto di godimento alternato a frenesia. A breve sarebbe intervenuto con l'ultimo plotone spazzando via i superstiti della cruenta battaglia.

Moka ricompattò il gruppo. Le perdite erano poche, i loro fratelli avevano sacrificato la vita per salvare la loro terra. La spiaggia incominciò a tingersi di rosso e le loro energie iniziavano a diminuire.

<<Nel bosco!>>. Ordinò Moka.

Zigzagando per non essere colpiti dai bastoni che lanciavano i tuoni, s'infilarono nella folta vegetazione. I soldati della regina vedendo i loro avversari fuggire esultarono di gioia.

William intuì la trappola architettata a dovere, ma essendo troppo lontano per lanciare l'allarme, restò immobile a osservare lo svolgersi del massacro.

<<Per la regina, per l'Inghilterra. Staniamoli e ammazziamoli tutti!>>. Ordinò un tenente avanzando nella foresta.

I soldati esultarono e lo seguirono senza esitare.

I guerrieri si muovevano come ombre, apparivano e scomparivano all'improvviso, lasciando impauriti e disorientati i soldati della regina.

Dietro ogni felce, tronco o cespuglio, un guerriero era ben mimetizzato e nel silenzio aspettava di colpire.

Qualche soldato sparò a casaccio nella vegetazione, pensando di aver visto qualcosa. Gli Hongi Hika sbucavano dal nulla e mietevano vittime senza fare rumore.

Moka come un fantasma si muoveva con disinvoltura nella foresta. Attirava i pakeha in luoghi strategici e al momento giusto appariva alle loro spalle per recidergli la gola.

Dal bosco uscirono esangui una manciata di soldati. I loro volti terrorizzati erano bianchi come cenere e negli occhi attoniti si poteva scorgere il riflesso della morte. Un quarto del plotone che li stava raggiungendo si pietrificò all'istante. Dalla foresta sbucarono tre guerrieri che con ferocia e rapidità spazzarono via anche gli ultimi superstiti scampati all'agguato.

Hobson chiamò il suo capitano in seconda e digrignando i denti dalla rabbia diede l'ordine di far rientrare le truppe sulle navi.

La notte stava avanzando rapidamente e sapeva che su un territorio ostile i Maori avrebbero potuto causargli nuove perdite.

Celati dall'oscurità della foresta, Moka e i sui guerrieri videro i soldati far ritorno sulle barche.

Finalmente potevano riposarsi e curare le ferite. Le perdite non erano state ingenti. Ma parte dei suoi guerrieri erano stremati dalla battaglia e portavano delle profonde ferite che sanguinavano copiosamente.

Le ferite furono curate e suturate. Da una pianta era ricavata una fibra flessibile e resistente. Con essa si poteva legare un taglio profondo o addirittura cucire la ferita ricavando filamenti più sottili.

La notte portò speranza e riposo. Tutti erano stremati ma Moka stando seduto contro una grossa pianta osservava che dalle navi non uscisse nessuno.

La mente di Hobson cercava una scappatoia alla disfatta. Non poteva credere che un manipolo di aborigeni fosse riuscito a metterlo in difficoltà. La sua paura era rientrare in patria, sconfitto. La sua leggendaria fama avrebbe subito un violento tracollo e nessuno avrebbe più creduto in lui. Ottocento soldati armati non potevano perdere la guerra contro un centinaio di retrogradi nativi. Per altro senza armi degne di nota.

Sottocoperta i soldati non trovavano le parole per descrivere gli ultimi avvenimenti. Erano sciocatti e demoralizzati. Sentivano che nella giornata seguente ci sarebbero stati altri morti da seppellire.

William Hobson osservava la terra ferma dalla prua della sua nave. Prese dalla tasca della giubba il suo cannocchiale in ottone e in lontananza vide il luccichio di qualche focolare.

Immediatamente intuì che poteva stravolgere le sorti della guerra con una semplice mossa. Doveva costringere i nativi a battersi dove diceva lui. E l'unico modo era conquistare il villaggio.

<<Ammazzeremo donne e bambini. Chiunque si farà trovare nel villaggio verrà ucciso in nome della regina. Incendieremo le capanne, e quando il fuoco e le urla gli faranno capire cosa sta accadendo, noi ci faremo trovare pronti in formazione e gli riverseremo contro tutto il piombo che abbiamo nelle bisacce. In una sola volta li raderemo al suolo>>. Spiegò Hobson al suo capitano in seconda.

<<Quando inizierà la missione?>> intonò il capitano raggelato dall'espressione del suo Commodoro.

<<Quando la luna sarà coperta dalle nubi, fate sbarcare un centinaio di soldati e inviateli al villaggio. Noi sbarcheremo al mattino, così chiuderemo quel manipolo di bastardi, in una morsa letale>>. Ridacchiò Hobson guardando divertito il volto attonito del suo capitano in seconda.

<<Ottima strategia Commodoro. Impartisco gli ordini>>. Rispose incredulo.

Il giovane capitano non poteva credere a quanto sentito. Lui era un soldato al servizio della regina. Non era un assassino agli ordini di un folle. Ma sapeva bene che qualsiasi tipo di subordinazione gli avrebbe valso un'atroce condanna.
Il Commodoro William Hobson restò sulla prua della nave a osservare la macchia buia che si estendeva dinanzi ai suoi occhi e una scintilla di pazzia gli attraversò gli occhi.

Dopo un paio di settimane, la mia pelle riusciva a distendersi senza che accusassi dei dolori. Mio nonno ogni giorno mi aiutava a cospargermi di unguenti per velocizzare la guarigione mentre Leopold correva per tutta casa ricoprendo con fogli plastificati le antiche poltrone di pelle, le suntuose sedie ottocentesche e lo scomodo divano in puro stile liberty.

Gli oli essenziali estratti da alcune piante grasse, erano un rimedio contro gli arrossamenti del tatuaggio. La pelle aveva ritrovato la sua elasticità e da qualche giorno il contatto con le lenzuola era meno doloroso.

Ogni mattina vedendo la mia immagine riflessa, restavo disorientato per qualche istante.

Negli ultimi tempi mi stavo abituando anche a quello e, a dire il vero, incominciavo ad apprezzare fino in fondo l'estremo sacrificio che portavo sulla mia pelle.

Quando Faata mi vide per la prima volta, restò attonita con gli occhi sbarrati. Mi abbracciò piangendo e posandomi una mano sulla testa mi baciò.

Le spiegai lo svolgersi della consacrazione e la resi partecipe del mio nuovo nome. <<Figlio della tempesta, della burrasca! Non c'era nome che poteva calzarti meglio!>>. Mi suggerì abbracciandomi.

<<Merito di Maato, è stato lui a trovare questo nome!>> risposi contraccambiando l'abbraccio.

Entro breve Faata avrebbe lasciato l'ospedale, le ferite erano guarite, restavano solo qualche graffio e piccoli lividi che il tempo avrebbe cancellato.

Anche lei si sentiva bene, aveva ritrovato le forze e scalpitava per rientrare al lavoro. I dottori erano desiderosi di dimetterla il prima possibile, e per certi versi li capivo profondamente. Il carattere di quella ragazza era indomabile.

Da quando ero divenuto Pookaakaa, il capo dei Maori, le cose non erano cambiate più di tanto. Salvo qualche saluto in più, da parte dei nativi che m'incontravano per strada, il resto era rimasto invariato.

Avevo sempre lo stesso lavoro, non potevo ancora permettermi un'automobile e le diseguaglianze tra noi e gli inglesi continuavano come sempre.

Mio nonno peggiorava di giorno in giorno. Anche se lui non lo ammetteva, capivo che la malattia se lo stava portando via.

Leopold, da buon amico che era, non gli faceva mancare nulla. Dalle cure più costose a qualsiasi prelibatezza gli passasse per la testa.

Il mio volto mesto era un libro aperto per mio nonno. Non sopportavo l'idea che leggesse la tristezza nei miei occhi. Ma purtroppo ogni volta che i nostri sguardi s'incrociavano, non potevo fare a meno che rattristarmi.

Il tempo andava sempre migliorando, la primavera aveva spazzato via le nubi invernali che portavano pioggia ogni giorno. Così in compagnia di Maato, ogni volta che ne avevamo occasione, facevamo delle passeggiate verso il promontorio del colle per vedere da lontano il mare blu che s'infrangeva contro la costa.

Parlavamo di tutto e di nulla, ogni tanto io mi ammutolivo e ascoltavo in rispettoso silenzio le storie che a lui piaceva raccontare.

Faata mi telefonò dall'ospedale e con una voce squillante mi avvertì che i dottori la stavano dimettendo.

La trovai fuori dall'ospedale con un sacchetto in mano e una cartella stipata di referti medici. Vedendola, mi innamorai per la seconda volta. Il suo sorriso era splendido e i suoi capelli ondeggiando sulle spalle le incorniciavano un volto incantevole.

Quel giorno ebbi la fortuna di conoscere la sua famiglia. Abitava poco distante dalla città, in un quartiere periferico di piccole villette a schiera. Nei suoi occhi leggevo la voglia d'indipendenza, ma la morte del fratello le impediva di uscire di casa.

Probabilmente, la tragica perdita aveva influito in modo decisivo sui suoi genitori, e una probabile uscita di casa, avrebbe potuto minare l'equilibrio precario che si era instaurato.

Il padre di Faata era un uomo burbero e dallo sguardo serio. La madre, una donna gioviale e particolarmente somigliante a Faata, trovava sempre un sorriso per qualsiasi discorso. I suoi genitori avevano negli occhi una velata malinconia difficile da nascondere. Per quanto si sforzassero di rendersi normali agli occhi della gente, la scintilla di vitalità si era spenta e restava solo un triste ricordo su cui portare i fiori ogni domenica.

Amiri, il padre di Faata, si dimostrò schivo e impaziente. Subentrava nei discorsi con esclamazioni particolarmente forti e subito dopo si richiudeva nel silenzio guardando la televisione.

Mere, sua madre, era una donna comprensiva, in passato probabilmente era una donna solare ed energica. Ma di quella donna restava solo un finto sorriso e un corpo gracile.

L'arrivo di Faata fu un sollievo per tutti. Mere aveva pianto ininterrottamente per due settimane. E ora che la figlia era a casa sana e salva, la stringeva tra le sue braccia e la accarezzava con amore.

Amiri pendeva dalle labbra di sua figlia. Ogni volta che alzava lo sguardo e la vedeva di nuovo in casa, tirava lunghi sospiri di sollievo. In più occasioni notai il rossore avanzare nel bianco dei suoi occhi. Un chiaro segnale di compassione mista a gioia. Quell'uomo avrebbe voluto stringerla tra le sue braccia e piangere per ore, ma la mia presenza gli impediva di esprimere i suoi sentimenti.

<<Faata mi ha parlato molto di te!>> esclamò Mere porgendomi una tazza di caffè.

162

<<Spero in bene signora!>> risposi sorridendo.

<<A dire il vero le prime volte non ti sopportava..>> disse Amiri senza tanti giri di parole.

<<Ma caro! Ma ti sembra il caso?>> lo riprese la moglie sconcertata.

<<No, non si preoccupi. Ha pienamente ragione. Se dovessi incontrare me stesso solo qualche mese fa, di certo mi spedirei in America a calci nel sedere. Posso solo dire che in questi mesi sono cambiato molto e il merito è anche di Faata>>. Risposi pacatamente.

<<Non sei cambiato poi molto, un vero uomo difende la propria donna. Tu dov'eri mentre Faata stava per essere uccisa? Anche se sei il nipote di Maata Karana, hai il dovere di comportarti da uomo e se ti riesce da Maori. Non m'importa se sei stato tatuato o se diverrai il nuovo capo, a me importa solo di mia figlia e caso strano tu non c'eri quando aveva bisogno di te!>> sbottò Amiri puntandomi il dito.

<<Papà! Smettila.. Io ero al lavoro e anche lui era al lavoro. Come avrebbe potuto difendermi? Non dire sciocchezze e cerca di essere più gentile..>> lo riprese Faata sbigottita.

<<No figlia mia, per colpa dei pakeha ho perso un figlio. Per quanto voglia assomigliare a noi, lui non sarà mai un vero Maori. Ti do un consiglio, liberati di lui il prima possibile se non vuoi soffrire!>> strillò con vigore.

A quel punto capii che non ero il benvenuto. Ringraziai la signora Mere per il caffè e la sua accoglienza e, salutando Faata, mi avviai alla porta.

<<Un asino, se lo cresci in mezzo ai cavalli, si crederà un puro sangue, ma purtroppo sarà sempre un asino. Tu sei nato e cresciuto in mezzo ai pakeha e anche se sei Maori di sangue, resterai sempre un pakeha!>> mi ringhiò contro.

<<Mi perdoni Amiri. Lei che è il capofamiglia, dov'era mentre ammazzavano di botte suo figlio? >>.

Amiri restò pietrificato dalla domanda a brucia pelo. Sapevo di essere stato diretto, ma dopo tutti i sacrifici che avevo sopportato e le rivelazioni su mia madre, nessuno poteva incolparmi di colpe non mie.

Uscii dalla casa con Amiri che piangeva tra le braccia della moglie. Faata mi fermò nel piccolo giardino e voltandomi con uno strattone mi guardò furiosa.

<<Ma cosa ti è preso? Perché gli hai risposto così? E' solo preoccupato per me, dovevi capirlo!>> mi ruggì contro.

<<Certo dovevo capirlo. Come sempre del resto!>>.

Mesto in volto me ne tornai verso casa. Faata restò immobile a guardarmi mentre mi allontanavo. Quando sentii la porta sbattere, capii che l'avevo persa per sempre. Passarono i giorni, le settimane e infine un mese, ma di Faata non ebbi nessuna notizia.

163

Era svanita nel nulla. Inghiottita dalla reciproca collera tra me e suo padre. Avrei voluto chiamarla per farle capire che ero pentito delle mie parole, ma quando alzavo la cornetta del telefono, il pensiero di un rifiuto scandito con voce compita, mi faceva perdere l'entusiasmo e così riagganciavo ancor prima di aver digitato il numero.

Mio nonno capiva il mio stato d'animo. Ogni giorno cercava di tenermi la mente occupata affidandomi alcuni compiti per il bene della comunità.

Portare medicinali a una famiglia disagiata, aggiustare un attrezzo agricolo a dei poveri contadini o più semplicemente, assicurarmi che i ragazzi non si ficcassero in qualche guaio.

Nel frattempo, la malattia del nonno si aggravava di giorno in giorno. Il suo corpo sempre più esile era torturato da dolorose fitte che non gli davano pace.

Leopold gli era sempre accanto, pronto ad accudirlo a qualsiasi ora del giorno e della notte.

Era sempre più stanco. Mangiava a fatica e a stento riusciva a bere mezzo bicchiere d'acqua. L'orologio biologico stava scandendo i suoi ultimi rintocchi. Consapevole del fatto che gli restasse poco tempo, nei momenti di lucidità ci raccontava vecchie storie tramandate da padre in figlio. Ci raccontò la sua infanzia. Le sue avventure, i suoi amori e le sue delusioni. Quando parlava, lo ascoltavo sempre attentamente, perché sapevo che in ogni storia c'era sempre qualcosa da imparare. Tutto quello che diceva, aveva un messaggio subliminale da interpretare e metabolizzare.

Di sera, dopo cena, ci sedevamo sulla veranda ad ammirare il fatidico momento in cui mani invisibili tessevano il buio della notte.

Una falce di luna era incorniciata da schegge di luce e, ascoltando una sinfonia regalata dalla natura, ci godevamo il privilegio di veder nascere l'aurora.

Qualche giorno più tardi, mentre infilavo il mio cartellino nell'obliteratrice alle diciassette e trenta spaccate, il megafono dell'azienda scandì il mio nome.

<<John Miller è pregato di presentarsi negli uffici. Ripeto John Miller è pregato di venire con urgenza negli uffici!>>. Scandì con vigore la voce metallica della segretaria.

Un triste pensiero mi attraversò la mente. Temevo che una telefonata mi avvisasse che mio nonno si era sentito male e dovevo raggiungerlo all'ospedale.

Raggiungendo gli uffici di corsa vidi la segretaria che m'indicava la porta per raggiungerla. Spalancai la porta di vetro e mi fiondai alla sua scrivania.

<<E' Faata, è molto scossa, non mi ha detto nulla!>>, mi spiegò la segretaria trattenendo la cornetta al petto.

<<Faata? Sei sicura?>> risposi incredulo.

<<Si John è Faata, credo sia successo qualcosa. Muoviti parlale!>> ponendomi la cornetta mi fece un ampio sorriso d'intesa.

164

Se Faata aveva preso la decisione di telefonarmi, con certezza era successo qualcosa di grave.

Afferrai la cornetta e ponendola all'orecchio feci cenno alla segretaria di lasciarmi un minimo di privacy. Roxen, sbattendo le palpebre come una ballerina di burlesque, girò sui vertiginosi tacchi e a piccoli passi, scomparve dagli uffici.

<<Pronto, chi parla?>>, mi venne spontaneo chiederlo.

<<Sono Faata. John ti prego vieni a casa mia appena puoi!>> mugolò con voce affranta.

<<Stai bene? E' successo qualcosa?>> domandai stranito dalla telefonata.

<<Sì, ti prego vieni. Fai più presto che puoi!>> senza nessun preavviso riagganciò lasciandomi di sasso.

Roxen si affacciò alla porta e chiamandomi con un sibilo mi chiese se poteva rientrare.

Roxen era l'amante "non troppo segreta" del padrone dell'azienda. Nonostante le sue capacità si limitassero a rispondere al telefono e a dipingersi le unghie, ricopriva il posto di vice direttrice. Era comunque una brava persona, sensibile e disponibile e la maggior parte delle persone, se aveva un problema, si rivolgeva a lei.

<<John tutto bene?>> tutti gli inglesi mi chiamavano con il nome Americano.

<<Non direi! Scusa, devo andare..>>.

Mi lanciai in una corsa disperata verso il cancello, ma la voce metallica dell'altoparlante mi frenò di colpo.

<<John, prendi la macchina aziendale. Ci parlo io con il boss, gli spiegherò che è stata un'emergenza!>>.

Ringraziandola con ampi gesti delle braccia, corsi sul retro dell'azienda. Un garage custodiva una piccola collezione di bolidi lussuosi e in disparte vi era la nuova macchina aziendale, che portava sulle fiancate il nome dell'azienda "Victor Trasporter".

Una Holden Thunder color bianco, rombò dai tubi di scappamento al primo giro di chiave. Ingranai la marcia e mettendola a tavoletta, mi diressi verso la casa di Faata. Durante il viaggio cercai di scuotere la materia grigia per capire cosa fosse accaduto. Sentire Faata in quello stato mi aveva turbato. Era raro vederla piangere, nel suo codice genetico era stato impresso a fuoco: "Carattere energico, quasi impossibile da piegare."

L'ora di punta mi costrinse a rallentare l'andatura. In più occasioni utilizzai delle scorciatoie che mi aveva insegnato Faata, ma alla fine dovetti arrendermi all'inevitabilità. Come uno sciame di cavallette, tutti i palazzi che contenevano migliaia di damerini in giacca e cravatta si riversarono nelle strade pronti a intasare fino all'ultimo metro di asfalto.

165

Dopo svariate peripezie e molta pazienza, arrivai dinanzi alla sua abitazione. L'ultima volta che ero entrato in quella casa avevo pregiudicato la mia vita con lei e mi ripromisi di non fare più lo stesso errore. Mi sarei controllato e gentilmente avrei esposto le mie scuse.

Il cancello del vialetto era aperto, ma per non partire con il piede sbagliato, mi limitai a suonare il capannello dalla strada.

Faata aprì la porta dell'ingresso. Mi guardò con un volto atterrito e gli occhi gonfi. Confuso e disorientato la osservai corrermi in contro e dopo un breve istante la sentii tra le mie braccia.

Stringendomi le mani sul petto scoppiò a piangere. Accarezzandole i capelli, cercai di rassicurarla, ma ogni parola s'infrangeva contro un muro di profondi respiri e urla soffocate dalla maglietta.

<<Calmati Faata, cerca di spiegarmi cos'è successo?>> l'afferrai per le spalle utilizzando una voce suadente.

<<Vieni in casa..>> mi rispose con voce querula.

Aiutandola a camminare fin dentro casa la vidi accasciarsi sul divano. Sbalordito mi sedetti sulla poltrona che gli stava di fronte e aspettai pazientemente che trovasse un po' di equilibrio per parlarmi.

<<Allora mi spieghi?>> domandai.

<<Mio padre! Mio padre è... Mi hanno bruciato la macchina...>> frignò picchiando i pugni sui cuscini del divano.

<<Tuo padre cosa? Chi ti ha bruciato la macchina? Spiegati meglio, così non mi sei d'aiuto!>> la ripresi con tono severo.

<<Qualche tempo fa ho sporto denuncia verso ignoti per il tentato stupro che avevo subito. La polizia è andata nella taverna dei marinai per fare qualche domanda,>> prese il respiro singhiozzando <<poi qualche giorno fa qualcuno mi ha bruciato la jeep e nella cassetta della posta abbiamo trovato un foglietto che ci avvertiva di ritirare la denuncia se non volevamo fare la stessa fine della macchina. Mio padre questa mattina senza dire nulla è andato alla taverna e l'hanno massacrato di botte. Adesso si trova all'ospedale in coma. John cosa devo fare, aiutami!>> strillò disperata.

<<So io cosa fare. Tu resta qui e non ti muovere>> la avvertii con le fiamme che ardevano negli occhi.

<<No John ti prego. Non fare sciocchezze>> mi supplicò.

<<Faccio quello che ho giurato. Difenderò il mio popolo dai pakeha. E rammenta. Il mio nome è Pookaakaa>>.

Uscii dalla casa di Faata lasciandola sola sul divano. Gli inglesi avevano raggiunto il culmine. Era ora d'intervenire in modo drastico. La comunità Maori doveva dare un forte segnale. Dovevamo muoverci uniti e dimostrare a tutti che i tempi dei soprusi e delle minacce erano finiti.

Mi liberai del traffico infilandomi sul sentiero della costa, mi addentrai nella foresta e mi diressi verso il piccolo villaggio, dove avevo avuto lo scontro il giorno del mio arrivo.

Il fantasma di una luna trasparente era allo zenit. Gli ultimi raggi solari incendiarono un cielo purpureo. All'interno della foresta, protetto dalle grandi chiome, le tenebre dipingevano come inchiostro ogni cosa, trasformando il sentiero di terra battuta in un tunnel d'oscurità.

Arrivai nel piccolo villaggio dopo due ore di viaggio. Per un istante pensai che quel piccolo paese fatto di capanne, fosse stato abbandonato. Non vi era una sola luce, nessun tipo di rumore e nelle piccole viuzze non s'intravvedeva nessuno.

All'improvviso ricordai la grossa capanna, dove gli abitanti del paese si riunivano alla sera, quindi lasciai la macchina e m'incamminai nel paese fantasma.

Dopo aver camminato a casaccio senza nessun punto di riferimento, vidi da lontano una finestra che emanava un fascio di luce.

Avvicinandomi scorsi la grande capanna in cui aveva avuto inizio il mio litigio.

All'interno un brusio di voci mi fece intuire che ero arrivato nel posto giusto, tutta la gente del villaggio era riunita in quella grande camera. L'unica che vantava energia elettrica.

Varcai l'entrata zittendo il brusio. Camminai fino al centro della stanza, dove si creò un varco. Chi era seduto si alzò in piedi per avere una migliore visuale.

Nella folla riconobbi alcune persone che avevano partecipato alla mia consacrazione.

Osservai tutti i presenti aspettando una reazione, ma incredibilmente dinanzi ai miei occhi, tutti i presenti chinarono il capo in segno di rispetto verso il loro capo.

Uno dei tre giganti con cui mi ero battuto spuntò dalla folla, si avvicinò con fare minaccioso e s'inginocchiò dinanzi a me.

<<Pookaakaa, tu parla la tua lingua io tradurrò per te!>> m'informò sorridendo.

<<Alzati, nessuno si deve inginocchiare dinanzi a una persona, nemmeno al proprio capo>>. Gli posi la mano per alzarsi e quando fu al mio fianco incominciai a parlare.

<< Fratelli miei, sono qui per chiedere il vostro aiuto. Ve lo chiedo in veste di uomo, di fratello, di amico, non di vostro capo. Il capo deve proteggere e aiutare il proprio popolo, mentre io vi chiedo di seguirmi nella tempesta di uno scontro. I pakeha hanno tracciato una linea che separa la loro razza dalla nostra. Io voglio rimarcarla con il loro sangue. Dobbiamo lanciare un segnale. Abbiamo l'obbligo per i nostri figli e per ogni Maori che non è ancora venuto al mondo, di frenare l'arroganza dei pakeha. Si credono i padroni di Aotearora e come tali ci sfruttano come animali da soma. Io non sono un animale, io sono un uomo e sono un Maori, ho dei diritti e anche voi li avete.

167

Ogni giorno questi diritti sono calpestati dal potere britannico. Io dico che è arrivato il momento di spezzare il guinzaglio che ci tiene schiavi di un sistema viziato.

Dobbiamo reagire infliggendo una lezione al nemico più pericoloso. Se dimostreremo di non temere il fulcro dell'arroganza britannica, chiunque altro avrà rispetto di noi. Il centro di questa sovranità assoluta si trova nella taverna dei marinai, dove gli inglesi più razzisti si riuniscono. Hanno stuprato le nostre donne, hanno ucciso i nostri figli, hanno calpestato il nostro onore. Adesso io vi chiedo, chi vuole seguirmi? Sappiate però che troveremo la galera e lunghi processi. Ma nessuno potrà toglierci la soddisfazione di avere impartito una lezione ai nostri aguzzini. Maori, chi viene con me?>> urlai guardando la piccola folla.

Il mio interprete scandì a dovere ogni singola parola utilizzando la stessa foga, poi si voltò e mi posò la mano sulla spalla.

<<Pookaakaa, sono con te!>> esclamò.

Un sussurro timido divenne ben presto un brusio, il quale si trasformò in breve tempo in un urlo. La piccola folla saltava e urlava incitata dal discorso. I ragazzi più giovani si fecero avanti con coraggio.

<<Il messaggio che lanceremo dovrà essere chiaro. Nessuno dovrà dire che è stata una scaramuccia tra ubriachi o vecchi rancori>>. La folla si ammutolì e il traduttore ebbe modo di parlare. << Indosserete il gonnellino e metterete in mostra i tatuaggi, questa sera l'intera isola dovrà capire che Aotearora è nostra>>.

Seguito dalla folla mi diressi fuori dalla capanna. Gli anziani del villaggio mi ringraziarono e spronarono i loro ragazzi a seguirmi senza esitazioni.

Dal retro della capanna avanzò lentamente un grosso pulmino scolastico. La scritta "scuolabus" era quasi completamente scolorita e la carrozzeria di colore giallo smunto era tempestata di ammaccature e strati di ruggine.

Il traduttore mi spiegò che era stata una donazione da parte del liceo di Kerikeri, per riallacciare il dialogo che si era interrotto negli anni '90, quando le scuole private avevano vietato l'istruzione ai nativi.

Lo scuolabus scoppiettando aprì le porte a soffietto e tutti i posti furono occupati dai ragazzi Maori.

Caricai nel cassone del pick up i tre amici di Faata, Pita, Rawiri e Maaka. Avviai il motore, ma prima di partire una signora anziana mi bussò al finestrino.

Tra le mani teneva un gonnellino e la classica pettorina di piume, il corredo tipico per distinguere il capo.

La ringraziai con un sorriso e ingranando la marcia mi diressi verso la città, seguito dallo scuolabus.

Arrivammo nel porto di Kerikeri poco prima che scoccasse la mezzanotte.

Un'insegna luminosa faceva risplendere la scritta: "La taverna di sua maestà". Fuori dall'edificio una sfilza di motociclette piegate sui loro cavalletti, mettevano in mostra i potenti motori cromati.

Dinanzi alla porta del locale, un ubriaco vestito di bianco ciondolava come il pendolo di un orologio a muro. Pareva sorretto da fili invisibili e come una marionetta camminava a zonzo senza trovare una meta.

Come un piccolo esercito ci avviammo a piedi verso il bar. In bella vista al lato della porta trovammo affisso un cartello che vietava l'entrata ai maiali e ai Maori. Un ridicolo disegno spiegava esplicitamente quello che le parole non potevano far intendere.

L'ubriaco alzò la testa e strofinandosi gli occhi cercò di capire se eravamo frutto di allucinazioni dovute alla sbronza o un incubo che si stava materializzando.

Con un incredibile sforzo cercò di rimettersi in piedi, ma il risultato fu una sequenza di cadute imbarazzanti.

Al terzo tentativo fallito, decise di mettersi carponi e gattonò fin dentro il locale.

Lo scontro stava per avere inizio. Indossai i vestiti che la signora mi aveva donato e disposi i ragazzi in formazione.

Ero il capo e sentivo la responsabilità di ognuno di loro sulla mia coscienza.

Avevamo a che fare con la feccia britannica, non solo marinai in libera uscita che alzavano il gomito, ma anche ogni sorta di scalmanato e delinquente che detestava i nativi.

Parlai ai ragazzi e gli chiesi di ritirarsi in caso fossero spuntati dei coltelli. Assolutamente non dovevano rischiare la vita, si trovavano lì per un solo obiettivo, lanciare un messaggio. Ognuno di loro doveva guardare le spalle del loro vicino e nessuno si doveva isolare dal luogo dello scontro.

<<Maori, picchiate duro e difendete il compagno che vi sta vicino. Mirate al mento e allo stomaco. Non affaticatevi più del necessario. Dobbiamo demolirli, intesi!>>.

Dalla taverna incominciarono a uscire ondate di gente. Motociclisti con giubbini di pelle, marinai in divisa da libera uscita e gente comune che amava la birra e odiava i nativi.

Di fronte a noi uno spiegamento di violenti e ubriachi si schierò per affrontarci. Eravamo in netta minoranza, con un rapporto di tre a uno. Per ogni Maori c'erano almeno tre pakeha da neutralizzare.

Osservandoli non notai nessuna arma ma conoscendo il genere di persone, sapevo che alla fine qualcosa sarebbe uscito.

Il padrone del locale si fece avanti come porta voce e leader dei britannici.

<<Che cazzo ci fate qui? Tornate nella foresta razza di animali. E toglietevi quelle gonne, mi sembrate tutti froci!>> urlò graffiando le corde vocali.

Il consiglio fu impartito con il lancio di qualche bottiglia di vetro, che si ruppe a pochi passi da noi.

<<Noi non ce ne andiamo da nessuna parte, o almeno non ce ne andremo finché non avremo spaccato la testa a tutti quanti>> esordii strabuzzando gli occhi.

Dopo la dura affermazione, i rivali fecero un gran baccano, con urla, fischi e insulti vari. Noi restammo immobili a guardarli senza arretrare di un solo passo.

Quando ebbero finito, mi voltai verso il mio drappello di ragazzi e li spronai a rispondere a tono. <<Adesso tocca a noi!>>.

Con movimenti sincronizzati iniziammo a esibirci con la nostra danza della guerra. La Haka aveva il messaggio subliminale di spaventare il nemico. Gli occhi strabuzzarono dalle orbite e la lingua spinta fuori dalla bocca simboleggiava un serpente pronto a divorargli il cuore. Io impartivo la cadenza della danza urlando, mentre i ragazzi rispondevano con un coro. Ci colpimmo le braccia e le gambe, nulla poteva farci male. Non avremmo arretrato e non saremmo scappati. Eravamo lì per batterci e lo avremmo fatto senza esitare.

Quando ultimammo la danza, parte dei nostri avversari uscì dal gruppo di persone per rientrare nel bar. Faceva sempre un grande effetto visivo, la Haka. I nostri antenati la usavano per atterrire gli avversari sul campo di battaglia. Noi ripercorrevamo le loro gesta per instillare la paura nell'animo dei nostri avversari.

Ammutoliti, ci osservavano con timore, era arrivato il momento di abbattersi su di loro come la tempesta.

<<Spazziamoli via! Avantiii…..>> . Urlai con impeto.

L'impatto fu potente, i colpi non si risparmiarono. La cartilagine del naso si ruppe. Il sangue schizzò a fiotti. Usammo tutto il coraggio che avevamo in corpo. Le mani spellate sulle nocche bruciavano, le ferite sul volto sanguinavano. Eravamo stremati, esausti, ma non volevamo dare la soddisfazione di ritornare nella nostra riserva senza aver dettato delle regole ben precise. Ci stringemmo in gruppo compatti, eravamo attorniati su tutti i lati. Alcuni passanti scattarono delle foto con i cellullari, altri telefonarono alla polizia.

<<Disperdiamoci. Veloci e senza esitazioni. Colpite e avanzate>> ordinai digrignando i denti.

I ragazzi con uno scatto fulmineo si dispersero sul vasto piazzale. Sbucavamo dal buio come esseri dell'ombra e menavamo i nostri potenti fendenti. Quando uno di noi era in pericolo o si trovava in inferiorità numerica, ci lanciavamo in sua difesa. Eravamo una forza inarrestabile. Ci picchiarono, ci calpestarono, ci buttarono a terra, ma trovammo sempre la forza per rialzarci. Non era la potenza dei nostri muscoli a darci lo stimolo per continuare, ma una rabbia stipata nel cuore da molte generazioni.

Traboccava dal nostro cuore come veleno, era una droga capace di renderci immuni al dolore.

Eravamo solo un gruppo di trenta Maori ma per quasi un'ora riuscimmo a sottomettere un centinaio di persone. Era il nostro momento di gloria, era la resa di tutti i conti che da anni pesavano solo sulle nostre teste. Per quei sessanta minuti, ritrovammo la nostra dignità. Eravamo Maori liberi sulla nostra isola.

Il suono di una sirena fece scappare gran parte dei nostri nemici. Solo alcuni marinai e qualche fiero patriota restarono sul campo di battaglia. Ero solo alle prese con tre tizi. Due marinai e uno strano motociclista dalla barba lunga. Sembravano intenzionati a rompermi le ossa. Le sirene della polizia illuminavano i loro volti disorientati. Un elicottero sorvolava la zona e un poliziotto con un megafono, intimava ai presenti di distendersi a terra.

<<Miller andiamocene, l'ammiraglio ci sbatterà al fresco per un mese!>> esclamò con voce strozzata un marinaio.

<<No, prima gli spacco il culo a questo troglodita. A costo di farmi un mese di gattabuia>> gli rispose sputando a terra.

Restai attonito a guardarlo. Il destino, nella sua immensa saggezza, aveva voluto incrociare le nostre strade. Lo guardavo cercando di capire se gli assomigliavo.

L'oscurità, interrotta solo dai lampeggi rossi e blu delle sirene, non mi permetteva di vedere con chiarezza.

Ero incredulo e atterrito. Era più giovane di quanto credessi, a stento raggiungeva i cinquant'anni. In un istante mi passò dinanzi agli occhi una vita mai vissuta. Una sequenza d'immagini irreali create dalla mia mente. Un artifizio creato dal mio inconscio, per aprire le mani e cercare la pace.

Il motociclista vedendo lo spiegamento di mezzi della polizia si diede alla ritirata. Il marinaio innervosito, cercò per qualche istante di dissuadere mio padre, ma alla fine scappò.

Restammo solo noi due. Ci scrutavamo, ci osservavamo fin dentro l'animo. Nei suoi occhi vedevo solo malvagità. Digrignava i denti come un lupo e agitava pugni nell'aria. Mi avrebbe ucciso. Voleva vedermi a terra agonizzante. Odiava ogni fibra del mio corpo.

<<Non mi riconosci?>> gridai alzando il mento dalla posizione di difesa.

<<Io non conosco nativi bastardi!>> buttò lì con ferocia.

<<Eppure dovresti conoscermi, pakeha>>.

<<Chi sei?>>, domandò con uno sguardo maligno.

<<Sono.. Tuo figlio>>.

Improvvisamente lasciò cadere le braccia lungo il corpo. Mi guardava sorpreso con la bocca aperta e gli occhi sbarrati. Era visibilmente interdetto dalla rivelazione e non riusciva a capire che reazione adottare.

<<Mi chiamo John James Miller. Figlio illegittimo di un marinaio americano. Orfano di una madre stuprata. Hai una sola possibilità. Vattene e non farti mai più vedere o muori per mano mia>>. Ruggii con forza.

<<Sì, adesso ricordo. Pania, giusto? Quella puttana di una nativa... Avrei dovuto ammazzarla. Ero giovane, non ero ancora temprato>>. Il dolore mi assalì con una fitta al cuore. Un'incudine si posò sul petto. Faticavo a respirare. Quelle parole erano di una violenza sconcertante. <<Aspetta... Aspetta un secondo. Tu sei qui per quella troietta che stavo per sbattermi nella foresta! Cazzo, questo sì che è tempismo. Prima tua madre e poi la tua ragazza, restava tutto in famiglia>>. Le sue parole erano lame roventi che mi attraversavano il cuore. Una continua violenza indiscriminata.

Caddi a terra senza fiato, il fautore della mia creazione, inveiva sulla mia vita. Conati di vomito mi aggrovigliarono lo stomaco e le forze mi abbandonarono.

Sentii le sue mani stringermi il collo. Alzai lo sguardo e fissai i suoi occhi. Il riflesso della sua anima era nero. Non sarebbe mai cambiato.

Un pugno saettò nell'aria per raggiungermi il volto, ma prontamente lo intercettai con il palmo della mano.

Mi alzai dal suolo, il mio fisico lo spaventò. Lo agguantai per il bavero mentre si aggrappava con entrambe le mani al mio braccio. Era in balia di eventi che solo io avevo la possibilità di controllare.

Lo colpii una volta, poi la seconda, la terza e la quarta. Non mi sarei fermato finché il suo cuore non avesse smesso di battere.

I miei pugni erano martelli che s'infrangevano sulla carne viva. Sanguinava e a stento riusciva a tenere gli occhi aperti.

<<Figlio mio, aspetta figliolo. John, non uccidermi. Posso cambiare. Posso diventare un padre. Credimi! Ce la posso fare. Adesso ho capito, credimi. Non potrò mai essere un padre modello, ma ti prometto che cercherò di cambiare>>. Blaterò sputando sangue.

La mia vendetta l'avevo ottenuta. Placai l'odio che imperversava coma un temporale nel mio animo turbato. Pensai di lasciarlo andare, non avrebbe più fatto male a nessuno. Adesso sapeva che c'era qualcuno che avrebbe sistemato ogni sopruso.

Una fitta lanciante mi gelò il sangue nelle vene. Guardai verso il fulcro del dolore e vidi un coltello infilato nella carne. Mio padre mi aveva pugnalato all'altezza del fegato.

<<Io sono figlio di Panai. Nipote del grande capo Maori, Maaka Karana. Discendente di Kainga Moka. Tu non sei nessuno per me!>>.

Mi abbattei su di lui come la tempesta che infuria. I miei pugni divennero forti e pesanti come scuri. Quando finii, si trovava a terra ansimante che respirava a fatica. Il sangue mi scendeva dal ventre e colava per una gamba. La testa mi girava e le forze mi abbandonarono definitivamente. Ero stanco di lottare. Tutta la mia vita era stata una lunga lotta e ora da vincitore avrei potuto riposarmi.

Caddi sulle ginocchia, i miei ragazzi mi videro e divincolandosi dalla polizia corsero in mio aiuto. Proteggendomi in un cerchio mi difesero fino alla fine.

I fendenti dei manganelli scesero pesanti, ma nessuno sciolse il cerchio. Erano fieri. Erano Maori.

Mi risvegliai in una camera d'ospedale del penitenziario di Kerikeri. Una équipe di chirurghi, maestri nelle ferite da taglio, era riuscita a fermare l'emorragia che mi avrebbe ucciso.

Tutti i ragazzi che mi seguirono nell'impresa, trovarono vitto e alloggio in celle di due metri per tre, con porte e finestre sprangate.

Dei nostri rivali, ci furono solo cinque arresti, di cui tre per ubriachezza molesta arrestati in tutt'altra zona.

Faata lottò con tutte le forze per farmi trasferire in un ospedale civile e, quando ci riuscì, rifiutai. Se il mio popolo restava in galera, allora anch'io ci sarei rimasto.

Dopo due mesi di battaglie legali e avvocati pagati a peso d'oro, la comunità Maori, con un grande sforzo collettivo ci diede la libertà su cauzione.

Il sindaco, in lista per le elezioni, vedendo un'opportunità di guadagnare voti, si prodigò per pagare tutto l'ammontare della somma. I giornali lo soprannominarono: "Il venduto".

Fuori dal carcere scoprimmo che quella maledetta taverna era stata incendiata. Le fiamme l'avevano incenerita fino alle fondamenta. Ero sicuro che non era stato nessuno di noi, troppo impegnati a menare le mani nel buio di un parcheggio.

Qualcuno disse che era stata la mossa del padrone per ricevere i soldi dell'assicurazione. Altri spergiurarono di aver visto dei nativi lanciare delle bottiglie incendiarie.

Quello che ne uscì di buono, fu che il locale non riuscì più ad avere le licenze per riaprire.

I telegiornali parlarono per mesi della nostra sommossa. I giornali di carta stampata avevano le prime pagine ricoperte di titoli infamatori. Alcune brave persone, attivisti britannici, ci spalleggiarono e con cortei e dimostrazioni riuscirono a scuotere un po' la sensibilizzazione comune.

Le cose non cambiarono più di tanto, ma era comunque un passo nella giusta direzione. Adesso tutti sapevano che qualunque gesto verso i nativi non sarebbe passato inosservato.

173

CAPITOLO DECIMO

La conclusione. Il trattato di Waitangi.

William Hobson sfruttò l'assenza della luce lunare per celarsi nell'oscurità e dirigersi sulla terra ferma. Al suo seguito vi erano oltre cento soldati che si unirono con i superstiti della spiaggia.

In silenzio si diressero verso il villaggio. L'ordine era semplice e inderogabile. <<Uccidete e bruciate. Li staneremo come topi>>.

Il Commodoro pronunciò gli ordini con un sorriso di soddisfazione dipinto in volto. I soldati metabolizzarono le sue parole e se ne fecero una ragione. Qualcuno nel buio della notte cercò di ragionare, ma l'unica risposta propinata fu: <<Meglio loro che noi. Zitto ed esegui, se non vuoi morire>>.

Il capitano in seconda, più uomo di legge che soldato esemplare, cercò di mediare con il suo capitano. Era convinto di raggiungere un accordo senza dover sacrificare tante vite. Ma William Hobson non volle ascoltarlo, voleva raggiungere il suo obiettivo come aveva prestabilito. Uccidendo e annientando.

Quando giunsero al villaggio, però, trovarono una fiera resistenza da parte dei contadini e dei pescatori. I soldati del Commodoro ebbero dure perdite e solo qualche capanna fu data alle fiamme.

Moka si accorse che la guerra si era spostata nell'entroterra e pensando alla propria madre e alle sorelle, spinse i suoi guerrieri nell'ultimo estenuante duello.

Corsero nella giungla per raggiungere il più velocemente possibile la loro gente. Quando arrivarono corpi dilaniati, si trovavano ovunque. Nelle strade, all'interno delle capanne, ai piedi della foresta. Senza pensarci, Moka, volteggiò le sue temibili armi nell'aria e correndo all'impazzata si diresse verso la capanna della propria famiglia.

Durante il tragitto spezzò la vita a molti soldati, spinto da una rabbia incontrollabile. Giunto all'interno, le fiamme stavano già divorando la paglia del tetto. Distesi al suolo, inermi, vi erano tre corpi. Sua madre e le sue due sorelle.

Un urlo straziato squarciò il fracasso della guerra. Così forte che persino i soldati di sua maestà rabbrividirono. Dalla capanna ormai avvolta dalle fiamme uscì Moka con le armi in pugno. Di fronte a lui William Hobson lo guardava divertito.

L'epica lotta ebbe inizio, i colpi della spada del Commodoro s'infransero sul legno dentellato di Moka. L'aria s'intrise di elettricità. Tutti si fermarono a guardare cosa sarebbe accaduto.

Moka con la forza di un leone sfoderò un potente fendente che spezzò la lama della
spada di William Hobson. Nell'impatto anche il suo machete di legno andò in
frantumi. Lasciando cadere a terra le armi ormai inservibili, agguantò per il collo il
suo rivale e percuotendolo con forza lo trasformò in una maschera di sangue.
Uno sparo echeggiò nell'aria. Moka si toccò il ventre e vide la sua mano imbrattata
di sangue. William Hobson riuscì ad afferrare la sua pistola e colpirlo al fianco.
Moka cadde a terra stordito, la rabbia cercava di spingerlo a rialzarsi, ma il sangue
che fuoriusciva dal foro lo costrinse a terra.
I suoi guerrieri vedendo il loro capo a terra non persero un secondo e si gettarono
attorno a lui creando una barriera impenetrabile.
Quando William Hobson pensò di avere la vittoria in mano, il suo capitano in
seconda gli mostrò un dettaglio che gli era sfuggito.
Alzando il braccio rivelò una lunga scia di fiaccole che seguivano il crinale della
montagna. I popoli del sud stavano accorrendo in loro aiuto.
Hobson cadde in ginocchio sconfitto. Il capitano in seconda Henrik Mac Grave,
assunse il comando della spedizione e con un gesto storico chiese un armistizio.
Furono radunati tutti i capi tribù dell'isola e per non disperdere altro sangue fu
siglato un trattato. Il trattato di Waitangi.
I maori firmando quel trattato persero ogni cosa. L'unica cosa che non persero mai
fu la loro dignità, la loro forza.

LA FINE DEL VIAGGIO L'INIZIO DI UNA NUOVA VITA.

Mio nonno ebbe modo di vedermi sposare Faata. Leopold pianse a dirotto per tutta la funzione che si suddivise in due parti. Quella legale e quella tipica. Fu proprio Maato Karana a sposarci sulla piccola isola che mi aveva adottato dopo il mio arrivo.

Tutte le accuse sui Maori che parteciparono alla sommossa caddero nel nulla, ma le nostre gesta echeggiarono per molto tempo, come monito per tutti.

Mio nonno morì un giorno di fine autunno, ormai stanco e indebolito dalla malattia. Prima di spirare mi guardò negli occhi e con le poche forze rimaste mi disse di essere orgoglioso. Il mio cuore aveva fatto pace con la mia mente. Ero l'ultimo figlio dei grandi capi Maori. Ero l'ultimo figlio della grande nuvola bianca.

Lo seppellimmo come da tradizione Maori. Puntualmente ogni domenica vado a trovarlo con mio figlio. E' vispo e intelligente. Abbiamo deciso di chiamarlo Maato. La mia vita è stata una continua battaglia per trovare la luce, non sapendo che la luce, era dentro di me. Ora sono un capo e cercherò di far divenire mio figlio un degno successore del popolo Maori.

IN MEMORIA DI TUTTI I POPOLI OPPRESSI E DIMENTICATI DAI LIBRI DI STORIA.

ROMANZO DI FANTASIA CON CENNI STORICI REALMENTE ACCADUTI.

FINE.

Federico Garavelli.

www.ingramcontent.com/pod-product-compliance
Lightning Source LLC
Chambersburg PA
CBHW051821170626
46807CB00003B/974